팻걸♥선언

수잔 보트 지음 | 김선희 옮김

미래인

팻걸 선언

1판 1쇄 발행 2011년 6월 10일
1판 5쇄 발행 2018년 6월 1일

지은이 수잔 보트 | 옮긴이 김선희 | 펴낸이 김민지 | 펴낸곳 미래M&B
책임편집 황인석 | 디자인 이정하
영업관리 장동환, 김하연
등록 1993년 1월 8일(제10-772호) | 주소 서울시 마포구 동교로 134(서교동 464-41) 미진빌딩 2층
전화 (02) 562-1800(대표) | 팩스 (02) 562-1885(대표)
전자우편 mirae@miraemnb.com | 홈페이지 www.miraeinbooks.com

ISBN 978-89-8394-664-5 03840

값 9,800원

오후에 눈을 떴을 때 내가 바라는 건

누구도 내게 나쁜 소식을 전해주지 말기를.

– 〈오즈의 마법사〉에서

차례

팻걸 나가신다

제이미 D. 카카테라

비쩍 마른 여자가 뚱뚱한 여자에 대해 쓴 책, 기사를 읽는 건 정말 진절머리가 난다. 비쩍 마른 남자가 쓴 글은 또 어떻고? 느끼한 말라깽이 남학생들이 뚱뚱한 여자에 대해 도대체 뭘 아는데?

뚱뚱한 여자는 절대 주인공 역을 따내지 못한다. 자신의 일상과 생각, 꿈을 절대로 솔직히 드러내지 못한다. 누구도 뚱뚱한 여자에 관한, 뚱뚱한 여자에 의한, 뚱뚱한 여자를 위한 책을 펴내고 싶어 하지 않는다. 단 한 명도 없다. 하긴, 다이어트 책이 있긴 하다.

우리는 인쇄물에 '뚱뚱한'이라는 단어를 언급해서도 안 된다. 그랬다간 '과체중'을 지지하고, 이 나라에서 벌어지고 있는 건강 위기에 한몫한다는 이유로 고소당할지도 모른다. 여기서 히스테릭하게 한숨을 쉬자. 안 그러면 섭식장애를 일으킬지도 모르니까.

진짜 왕 짜증난다.

난 뚱뚱한 여자다!

그런데 난 보통 뚱보가 아니다. 바로 팻걸(THE Fat Girl)이다.

난 고3이다. 그리고 맹세하는데, 올해는 바로 나의 해다. 반드시 승리하여 쟁취하리라. 난 학교신문 《와이어》의 새로운 연재기사를 맡았다. 제목은 '팻걸 선언'. 난 한 덩치 한다. 시끄럽다. 이왕 할 거면 제대로 하고 안 그러면 집에나 가는 스타일이다!

지금 당장 팻걸에 대한 몇 가지 착각을 날려버리겠다. 여러분이 고정관념을 갖지 못하도록.

착각 1. 가엾은 팻걸에게 부드럽게 말하라. 팻걸은 끔찍한 장애를 안고 있으니까.

흥, 웃기는 소리 하시네. 난 호르몬 장애도 없고 내분비 장애도 없다. 난 '라지' 또는 '엑스라지' 같은 상투적인 문구, 혹은 병원에서 쓰는 고도비만 같은 단어들을 좋아하지 않는다.

난 통통하지 않다. 난 뚱뚱, 뚱뚱, 뚱뚱하다. 이 말에 불편함을 느낀다면, 그건 여러분의 문제다. www.naafa.org에 들어가서 제대로 공부 좀 하시길. 그래, 맞다. 미국 비만수용협회(NAAFA, '비만= 비정상'이란 편견에 맞서 싸우는 비만인 권익단체: 옮긴이). 뚱보, 바로 그거다. 이겨내기 위해서는 그 말에 익숙해져야 한다. 나도 그래야 한다. 평생 동안 매일매일 말이다.

착각 2. 가엾은 팻걸은 자신의 문제에 대해 교육을 받아야 한다.

진짜 김밥 옆구리 터지는 소리! 내가 영양과 운동, 혹은 '다이어트'를 위해 스스로 동기 부여하는 그 멋진 순간을 전혀 모르는 건 아니다. 어떻게 먹어야 하는지 나도 안다. 운동, 어떻게 하는지 나도 안다.

어쨌거나, 난 변함없이 뚱뚱하다. 금발머리에, 피부는 그저 그렇고, 발도 크다. 우리 엄마처럼, 우리 아빠처럼. 우리 친척들처럼. 우린 뚱뚱보 가족이다. 그러니까 금발의 천하장사 가족이다. 우리는 카카테라 집안이고, 비행기에서 자리 두 개를 차지한다고 해서 미안해하지 않는다. 아니, 우리 엄마는 미안해한다. 하긴, 엄마는 무슨 일이건 죄다 미안해한다. 그러니 엄마 말을 너무 진지하게 받아들이진 말기를.

착각 3. 가엾은 팻걸은 눈물을 감추기 위해 웃는다.

점점 더 가관이군. 난 명랑하거나 원만한, 뭐 그런 사람은 아니다. 난 투정 잘 부리고, 빈정거리기 좋아하고, 활달하고, 극단적인 그런 종류의 사람이다. 허풍쟁이다. 난 줄곧 가우드 고등학교 연극부에서 활동해왔다. 올해는 〈오즈의 마법사〉에서 에블린(서쪽 마녀:

옮긴이) 역을 맡았는데, 그 배역은 나한테 진짜 진짜 딱 맞다. 또 우리 학교 케이블 방송국의 출범에도 일조했다. 지금은 내 친구 프레디 아코스타가 뉴스쇼 앵커를 맡고 있다. 난 《와이어》의 기획연재 편집자다. 팻걸이 웃으면, 뭔가 웃기는 게 있는 거다.

착각 4. 가엾고 외로운 팻걸은 데이트를 할 수 없다.

귀신 씨나락 까먹는 소리! 내 남자친구 이름은 버크 웨스틴이다. 버크는 우리 학교 미식축구부에서 중앙 수비수를 맡고 있는데, 우리가 댄스파티에 갔다 하면 춤이란 춤은 모두 싹쓸이하며 무대를 휘어잡아버린다.

자신의 내면이 외면과 일치하지 않는다고 해서, 뚱뚱한 사람 모두가 슬픔에 잠겨 허우적거리는 건 아니다.

착각 5. 가엾은 팻걸이 바라는 것은 오직 한 가지, 살을 빼는 거다.

완전 헛다리. 팻걸은 자기 몸을 아름답게 가꾸는 것 못지않게 해야 할 것들이 어마어마하게 많다. 대충 이런 거다. 이번에(마지막으로) 치를 ACT(미국의 대입 학력고사 : 옮긴이)에서 수학문제 잘 풀기, 버크를 행복하게 해주기, 고3 졸업반으로서 해야 할 일들을 빠짐없이 챙기기, 연극 연습. 그리고 아, 맞다, 그중 제일 중요한 것. 대학 지원서를 작성하고 장학금 신청을 마무리하기.

각설하고 이제 본론으로 들어가자. 나는 왜 학교신문에 이런 선언문을 쓰고 있는 것일까?

돌발 퀴즈! 아니, 긴장할 필요는 없다. 객관식이니까.

A. 나는 동창회의 여왕을 노리고 있다.

B. 내가 말라깽이 슈퍼모델 대회나 밤늦게 나오는 그 지겨운 러닝머신 광고방송에 미친 듯이 항의할 때, 여러분이 내 증인이 되어주길 바란다.

C. 나는 세상 사람들이 팻걸로서의 삶에 관한 실마리를 팻걸의 시각으로 얻기를 바란다.

D. '공공복지에 이바지한 뛰어난 특집기사'로 전국 언론상을 받고 싶어서다. 그리 되면 내가 선택한 언론인 지원 프로그램에서 대학 장학금을 받을 수 있다. 우리 가족은 돈이 그리 많지 않다. 그러니 이것이야말로 내가 고등교육의 기회를 잡을 수 있는 유일한 방법이다. 안 그러면, 직장에 다니면서 공부해야 한다. 난 장학금이 절실히 필요하다!

E. 위의 보기 모두 해당됨.

F. 해당사항 없음.

G. 알고 싶지 않음.

정답은?

나는 여러분에게 팻걸은 무엇으로 사는지 알려주고 싶다.

여러분이 fatgirlscholarship@gmail.com으로 질문을 보내면 답장도 보내주겠다. 팻걸에게 편지를 보내 팻걸을 대학으로 보내주시길! 자, 이제 슬슬 입맛이 당기지 않는가?

1장
올해의 목표 세 가지

　나는 올해 죽었다 깨어나도 꼭 이루고야 말 목표가 세 가지 있다.

　첫 번째 목표가 아마 제일 쉬울 거다. 바로 최고의 팻걸 연재기사를 꾸준히 쓰는 것. 오늘날 이 세상의 뚱뚱한 여성에 대한 모략과 사회적 편견을 밝혀내 전국 언론상을 거머쥔다면 내 대학 학자금을 확보할 수 있다.

　두 번째 목표는 첫 번째 것과 관련 있는데, 노스웨스턴 대학교 입학허가를 받는 거다. 다른 좋은 대학이 많다는 걸 알지만 내 우선순위는 어디까지나 노스웨스턴 대학교다. 입학지원서에서 팻걸은 대학 관계자들을 논리적으로 설득하거나 깜짝 놀라게 할 계획이다. 아니면 둘 다 하든가. 뭐가 됐든, 난 내 뚱뚱함을 전면에 내세울 거다.

　세 번째 목표는, 죽었다 깨어나도 꼭 해내고야 말 것은 아니지만, 아마 제일 어려울지도 모르겠다. 내 머릿속을 가득 채우고 있는 데

드라인의 멍청한 숫자들을 이겨내야 한다. 이 모든 게 다 내가 고3이기 때문이다.

자, 개봉박두. 수업과제 마감, 졸업앨범 신청 마감, 진짜 마지막 ACT 등록 마감(SAT와 달리, ACT는 여러 차례 시험을 봐서 그중 가장 좋은 성적만을 대학에 제출할 수 있음：옮긴이), 동창회 운영위원회 입회 마감, 동창회 댄스파티 티켓 구입 마감, 졸업 준비서류 접수 마감, 졸업식 초대장 주문 마감, 졸업가운과 모자 치수 마감, 학급반지 주문 마감, 졸업앨범 촬영 마감, 대학 입학지원서 마감.

게다가 죄다 빌어먹을 **크리스마스 전**까지다.

미치겠다. 하지만 난 고3이다. 이 미친 짓들을 성공을 위한 주문(呪文)으로 만들어야 한다.

크리스마스 전까지 점수가 모두 계산된다는 건 신경 쓰지 말자.

생물과 수학 점수가 그리 좋지 않다는 사실도 신경 쓰지 말자.

영어 IV하고 연극 I은 자면서도 할 수 있다. 저널리즘도 마찬가지다. 팻걸한테는 식은 죽 먹기다.

올해 나는 다시 신문 배달을 할 거다. 왜냐하면 편집장을 맡지 않았으니까. 물론, 안 맡았다. 얼굴 반반한 사내 녀석이 편집장 자리를 따냈다. 히스 몬텔. 걔네 식구들은 집안 대대로 부자로 유명하다. 히스의 엄마는 교육위원회에 있고, 그 애는 우리 같은 보통 학생들이 지켜야 하는 규범에서 늘 면제된다. 참, 게다가 히스는 안 뚱뚱하다. 내 생각에, 닥스 선생님은 히스가 제도판에 허리를 구부리고 앉아 있는 모습을 지켜보는 것만으로도 그냥 좋은가 보다.

그래도, 사람들이 그러는데 히스는 그리 나쁜 애가 아니란다. 돈 많고 잘생긴 아이치고는 그렇다는 뜻이다. 히스는 그냥 뭐랄까, 좀 희한하다. 주로 혼자 지낸다. 나는 아주 오랫동안 히스랑 같이 학교 신문을 만들어왔는데, 꼭 나 혼자 일하는 것 같다.

내 첫 팻걸 기사를 보고 히스가 뭐라고 했는지 아는가?

"좋아, 제이미. 하지만 처음부터 너무 세게 나가지 않는 게 좋을 것 같아. 그러면 정상에 오르기 힘들 거야."

정말이라니까! 히스는 정말 그렇게 말했다.

히스한테 담배, 모직 바지, 멜빵이 있으면 딱일 거다. 그 애는 꼭 슈퍼맨 만화에 나오는 신문사 편집국장의 1950년대 버전 같다.

그렇다, 히스는 희한한 것 그 이상이다. 엄청 희한한 아이다.

편집장이란 자리가 히스의 귀여운 머리에 바람을 넣고 있는 건지도 모른다. 하지만 난 히스를 걱정한다든가, '팻걸 선언'의 대성공 이후 쌓이기 시작한 팬 메일, 안티 메일, 질문 메일에 신경 쓸 겨를이 하나도 없다. 고작 내 절친 프레디랑 노노랑 몇 마디 주고받고, 숨쉬고, 쉬는 시간에 오줌 누고, 버크랑 내가 꼼꼼히 짜놓은 고3 필수 스케줄을 챙길 시간밖에 없다.

★

"버크!"

점심시간, 나는 제2건물의 북적거리는 홀로 들어가며 소리쳤다.

버크가 사물함 앞에 서 있었다.

버크가 움찔했다.

"버크!"

나는 좀 더 가까이 다가갔다. 버크가 왜 저러지? 지구과학 시험을 또 망쳤나? 만일 시험을 망친 거라면, 버크의 평균 점수는 끝장이고, 다음 금요일 경기에 뛰지 못하고, 그러면…….

2천 명의 가우드 고등학교 학생 중 절반이 제2건물 홀로 한꺼번에 꾸역꾸역 들어서고 있었다. 수다와 고함, 헤어젤과 땀 냄새가 홀 안에 가득했다. 어디선가 풍선껌 맛 립글로스 냄새가 짙게 풍겨왔다. 농담 하나 할까? 만약 내가 이 세상을 지배하게 된다면, 풍선껌 맛 립글로스를 법으로 금지할 거다.

버크가 나를 향해 돌아섰다. 하지만 고작 2초쯤 나를 바라보고는 고개를 떨어뜨렸다. 보통 문제가 아닌 것 같았다. 버크의 짙은 눈동자는 대개 불꽃을 튀기며 이글거린다. 그런데 오늘은 웬일인지 맛이 간 컴퓨터 모니터처럼 시커멨다.

나는 버크의 팔에 손을 얹고 꽉 쥐었다.

"왜 그래?"

버크는 아무 말도 하지 않았다.

"버크?"

나는 가까이 다가가며 버크를 올려다봤다. 그러자 버크가 이를 드러내며 씩 웃었다. 하지만 미소는 이내 사라졌다.

"무슨 일이야?"

나는 배로 버크를 툭 밀치며 주위에 선생님들이 있나 둘러보았다. 그러고는 버크의 몸에 기댔다. 버크가 내 어깨를 감쌌다. 난 이런 묵직하고 푸근한 느낌이 정말 좋다.

"나, 외출금지 먹었어."

버크가 대답했다.

순간 내 몸의 근육들이 하나하나 옥죄어들었다. 그럴 리 없어. 말도 안 돼. 하지만 내가 뭐라 미처 말하기도 전에, 버크가 자기 사물함에 머리를 쾅 박았다.

나는 버크를 빤히 바라다보았다. 폭풍이 몰아치는 지옥 같은 느낌이 들었다.

"설마, 그럴 리가."

"미안, 제이미."

버크가 사물함에 다시 머리를 쾅 박았다.

"일요일 밤에 너무 늦게 집에 들어가서, 부모님이 무지 화나셨어. 최소 일주일은 갇혀 있어야 할 거야."

나는 발끝으로 서서 완벽하게 짜놓은 우리의 고3 필수 스케줄을 버크의 얼굴에 대고 흔들었다.

"졸업앨범 촬영 때 입을 옷도 사야 하고, 중간고사 과제로 제출할 연구 보고서도 끝마쳐야 하고, 대학 지원서도 작성해야 한단 말이야. 최소 일주일이라고? 이젠 다 끝장이야!"

버크가 라커에 기대며 또다시 미소를 지었다. 보통 때 같으면 내가 왜 버크를 달달 볶고 있는지 까맣게 잊고 미소로 화답하게 만드는 그런 미소 말이다.

"에블린처럼 굴지 마. 미안해, 제이미. 하지만 넌 나 없이도 잘하잖아. 노노랑 같이 가. 둘이서 재미있는 시간 보내. 그리고 혹시 알아? 학교신문에 써먹을 거리도 찾을 수 있을지?"

"지금 제정신이야? 난 노노랑은 쇼핑 안 해. 채식주의자에 동물성 제품 강박증에 사로잡힌 애니까. 게다가 노노는 다음 시위를 준비하느라고 정신없어. 그리고 결정적으로, 그 애는 삐쩍 말랐단 말이야."

나는 '나를 구해줄 사람은 너밖에 없어'라는 눈빛으로 버크를 노려보았다.

"우리 모두에게 맞는 사이즈의 옷을 파는 가게는 없다구."

"그래, 맞아. 완전 대박이잖아!"

버크가 사물함을 닫았다.

잠시 후 종이 울리자 버크가 말했다.

"프레디도 데려가. 카메라랑 녹음기도 가져가고. 끝내줄 거야."

버크가 씩 웃었다.

내 차가운 눈동자가 녹아내리는 느낌이 들었다.

"언론상도 타게 될 거야, 제이미. 넌 최고가 될 거야."

그래.

좋아.

나는 숨을 내쉬었다. 에블린 가면은 벗어버렸다. 에블린은 이번 가을 〈오즈의 마법사〉 발표회 때 내가 맡은 사악한 마녀다. 작년에 연습을 시작해서 학기가 시작되기 한 달 전부터 리허설을 했다. 에블린과 나는 종종 공통점이 있을 때가 있다.

'내꺼 중에 최고'인 버크가 핵심을 짚었다.

노노와 함께 쇼핑을 하러 가는 것만으로도 팻걸 기사에 엄청난 영향을 미칠 수 있다. 노노에게 시간이 있다면, 그리고 몰래카메라와 녹음기를 갖고 가는 데 노노가 흔쾌히 허락한다면, 그러면 우리는 판매원의 반응을 기록할 수 있겠지. 하지만 확실하지는 않다. 노노는 비밀과 의문으로 가득 찬 첩보영화 같은 것에 풍덩 빠져 있다. 사실 수많은 것들에 빠져 있지. 그중에서도 특히 동물성 제품에. 하지만 노노는 12월까지 아이비리그에 속한 학교 두 곳 중 한 곳을 선택해야 한다. 그러니 딴 짓을 할 시간이 있을 리 없다.

버크가 내 손을 움켜쥐더니, 수업 시작 종에 맞추어 교실에 들어가려는 아이들 틈을 뚫고 나아갔다. 버크는 사방에서 달려오는 바보들의 온갖 비명을 들으면서도 주저 없이 아이들을 밀쳐냈다. 대부분의 저학년 멍청이들은 재빨리 눈치 채고 우리에게 공간을 내주었다.

버크는 나를 이끌고 제2건물 복도를 곧장 내려가 학보사 사무실 앞에 이르렀다.

안으로 들어가려는데, 버크가 나를 옆으로 끌어당기더니 키스를 날렸다. 정확히 입술에. 학교 규칙에 딱 반하는 거다.

나는 풍선껌 맛 립글로스를 바르지 않는다. 내 립글로스는 바닐라 맛이다. 덩치의 맛이지, 덩치 소녀와 덩치 남자친구를 위한······.

"맛 좋은데!"

아이들의 야유와 복도를 쩌렁쩌렁 울리는 휘파람 소리에 아랑곳없이 버크가 내 귀에 속삭였다.

버크에게서는 남자애들이 만들어내는 모든 것의 냄새가 났다. 그리고 2초 동안, 버크는 이 세상 사람들을 완전히 보내버렸다. 내가 좀 더 작았으면 하고 바랄 때가 있다. 버크가 나를 더 바짝 안을 수 있게. 버크가 나한테 손을 댈 때면 보호받는 느낌이 든다. 마음이 놓이고 진짜 편안하다.

버크가 나를 놓아주자, 나는 손가락으로 버크의 귀를 쓰다듬었다. 그렇게 해주면 버크가 좋아하니까.

버크는 흑기사인 양 나한테 인사를 건네고 프레디와 노노랑 잘해보라고 말했다. 그러고는 종이 울리기 직전 자기 교실로 갔다.

버크가 복도 저편으로 사라질 때까지 나는 헤벌쭉 웃으며 넋 놓고 그 애를 바라보았다.

좋아, 이러니 내가 버크한테 화를 낼 수가 없지. 버크가 지옥행 쇼핑 여행에 나를 남겨두었다는 걸 알지만 어쩔 수 없다. 물론 노노 말고 식구들이랑 같이 갈 수도 있다. 하지만, 그러느니 차라리 제2건물 옥상에서 뛰어내리는 게 훨씬 나을 거다.

그래, 노노와 함께 가자. 프레디한테 부탁하면 프레디도 갈 거다. 프레디의 속셈이 학교 방송국 기삿거리를 건지고, 또 노노가 고급 매장에 흥분해 열 내는 모습을 보는 것이라 할지라도 말이다.

★

구내식당은 여느 때보다 더 붐비고 더 후텁지근했다. 노노가 나를 도와주지 않을지도 모른다는 걱정 때문에 더 그렇게 느껴지는 건지도 모른다.

우리는 문 뒤쪽, 고3들이 진을 치고 있는, 그래서 누구도 선뜻 가까이 다가오지 못하는 자리에 앉아 있었다. 내 생각에 아이들은 프레디, 노노와 내가 흥분해 있으면, 우리가 토론 중임을 알아차리고 슬금슬금 자리를 피하는 것 같다.

"핫칙스에서 동물성 제품 팔아?"

그린피스(국제 환경보호 단체：옮긴이) 티셔츠를 입은 노노가 자기 집에서 만든 견과류 간식과 말캉말캉해 보이는 자주색 스낵을 집중 공격하며 말했다. 그 말캉말캉한 자주색 스낵이 뭔지 난 통 모르겠다. 사실 알고 싶지도 않다.

"거기서 동물성 제품을 판다면, 난 거기 문턱도 넘고 싶지 않아. 내 일생에 이 구내식당 하나만 해도 엄청 봐준 거라구!"

내 옷장에 있는 옷 전부보다 값비싼, 디자이너가 한 땀 한 땀 바느질한 초록색 원피스를 입은 프레디가 식당이 떠내려갈 듯 큰 소리로 말했다.

"핫칙스엔 모피 제품이 그득할걸. 하지만 그게 바로 네가 거기 가야 하는 이유야. 학교신문이나 방송에 써먹을 거리를 얻을 수 있을 테니까."

그러고는 구내식당에서 파는 마카로니 앤 치즈를 솜씨 있게, 원 피스에 조금도 묻히지 않고 한 입 떠먹었다. 진짜 기술이다, 나는 도저히 따라갈 수 없는.

나는 아무것도 먹지 않았다. 초등학교 5학년 때부터 난 사람들 앞에서 먹지 않았다. 사람들이 바라보는 게 진저리가 났다. 선생님 들이 바라보는 것도 싫었다. 그래서 다른 사람들이 주위에서 보고 있으면 배가 고프지 않게 되었다.

"제발, 노노!"

나는 절친에게만 보내는 시선을 보냈다.

"우리가 제대로 해내려면 너같이 날씬한 몸매 사이즈가 필요해. 그리고 동물성 제품에 관한 네 생각을 증명해 보일 수도 있을 거 야."

포크로 자주색 스낵 몇 개를 쫓아다니던 노노가 커다란 눈으로 나를 흘끗 올려다보았다. 노노의 뺨이 갈색 주근깨 아래서 분홍빛 으로 물들었다. 노노의 빨강 머리는 짧게 잘려 있었다. 자기 머리카 락을 또 기증했기 때문이다. 이번에는 소아 암환자의 가발을 위해?

노노가 어깨를 움츠렸다.

"좋아. 갈게. 하지만 동물성 제품이 내 피부에 닿는 건 질색이 야."

나는 방긋 웃어 보였다.

프레디는 더 크게 방긋 웃었다. 벌써 프레디의 기자 두뇌가 빙글 빙글 돌아가는 게 보였다. 어떻게 할까, 어떻게 하면 더 멋지게 해낼까. 프레디에겐 뭔가 대단한 아이디어가 있을 거다.

나는 몰래카메라를 생각했다.

사회적 불안감.

사회정치적 해석.

동물성 제품과 부산물.

그래, 모두 카메라에 담아내는 거야.

그런데 노노는 아직도 신경쇠약 치료약을 먹고 있을까?

폭로 기사를 위한 쇼핑 여행을 마칠 즈음, 노노는 아마 몇 가지 약이 더 필요할 거다. 그 정도는 나도 확실히 안다.

연극 연습을 하고, 신문 배달을 마치고, 프레디가 나를 집까지 데려다주었을 때는 거의 자정 무렵이었다. 식구들은 벌써 잠들어 있었다. 엄마는 열심히 하는 건 좋지만 건강도 챙기라는, 사랑이 가득 담긴 작은 쪽지를 남겨두었다. 나를 위한 접시 하나도.

나는 은박지를 벗겼다. 야채와 콩, 옥수수빵, 그리고 학교에서 나오는 그 어떤 것보다 월등한 맛의 마카로니 앤 치즈였다.

'걸인의 성찬'이라고 아빠가 부르는, 아빠가 좋아하는 음식이다.

하루 종일 아무것도 못 먹어 진짜 배가 고팠다. 음식을 보는 것만으로도 배가 뒤틀리고 꼬르륵거려서 나는 후다닥, 게 눈 감추듯 먹어치웠다. 접시 위에 있는 건 몽땅 다…… 냉장고 안 플라스틱 용기에 들어 있는 것까지도. 양이 그리 많지는 않았다. 아빠가 이미 많이 해치웠으니까. 정말이다!

나는 쿠키 대여섯 개로 마무리했다. 봉지에 든 것을 전부 먹고 싶었지만 꾹 참았다.

난 노력 중이다.

무지무지 노력 중이다. 내가 왜 그러는지는 잘 모르겠지만.

아무래도 상관없다.

팻걸 포르노그래피

제이미 D. 카카테라

제목에 혹하지 않는가? 안 그런가?

변태적인 생각은 그만하시길.

난 이 학교에서 금지된 성적인 행위를 말하는 게 아니다. 『아메리칸 헤리티지 영어사전』 제4판에 나오는, 포르노그래피(pornography)에 관한 세 번째 정의에 대해 말하려고 한다.

야하고 선정적인 것.

맞다, 바로 그거다. 신체 부위와 헉헉거리는 소리에 빠져드는 것, 특히 여러분처럼 변태적인 생각에 몰두하는 것. 이제 저질스러운 생각에서 벗어나셨는지? 좋다.

내 생각에 우리는 정도의 차이는 있을지 몰라도, 모두 그런 불결한 것에 공감한다. 야하고 선정적인 것들 말이다. 그 다음 단계로는 피비린내가 진동하는 슬래시 영화 혹은 '현실'의 참혹한 사고 장면이 있다. 에로 영화는 쓰레기 취급을 받는데 스너프 영화(폭력, 강간, 살인 등이 일어나는 실제 상황을 그대로 찍은 영화:옮긴이)는 극장에서 떼돈을 벌어들이는 이 사회는 분명 잘못되어도 한참 잘못되었다.

그런데 이보다 더 음흉하고 교활한 게 있다. 좀 어려운 책은 읽을 능력이 못 되는 여러분에겐 불길하고, 미묘하고, 위협적인 것이다. 핏자국이 선명한 길거리와 죽은 갱단원들, 발작적으로 비명을 지르며 손을 흔들어대는 그 친척들이 등장하는 TV 속 장면처럼. 그게 바로 야하고 선정적인 거다. 보통, 뉴스 진행자들은 인종차별적인 폭력이나 가난, 하느님 같은 말씀만 얘기한다. 하지만 그 이면에는 피와 고통이 텔레비전 스크린에 얼룩져 있다.

내 친구 노노와 나는 홀로코스트 희생자들의 사진도 포르노그래피가 될 수 있다고 생각한다. 부정적이고, 착취적인. 그건 사진을 어떻게 쓰느냐에 달렸다(죽은 사람을 기념하고 기리는 것은 그 한 방법이다). 하지만 그런 '죽음의 얼굴'을 보면 난 속이 불편하다. 이런 사진들이 너무도 자주, 이걸 보고 정신적 충격을 받게 될지도 모를 그 친척이나 친구나 사람들에 대한 고려와 존중 없이 무분별하게 사용되고 있다. 이것이 바로 포르노그래피다.

이 정도로 말했으니, 나는 포르노그래피를 구성하는 것이 무엇인지 여러분이 공감하리라 믿는다. 앞에서 말한 세 번째 정의 방식대로 말이다. 이제, 나는 어쩌면 여러분을 한 방 먹일지도 모르겠다.

비만에 대해 지칠 줄 모르고 떠들어대는 텔레비전 뉴스에 대해 말해보자. 카메라는 거리를 지나치는 출렁거리는 뱃살과 씰룩쌜룩한 엉덩이들을 비춘다. 이들이 얼굴이라든가 눈동자, 입, 의견, 생각을 드러내는 일은 없다. 절대로. 노출되는 것은 그저 배와 엉덩이뿐이다. 그 내용이 무엇이 됐든, 그날의 뉴스와 더불어 그저 화면에 비춰질 뿐이다.

더욱 가관인 것은, 최악 중의 최악이라 할 수 있는데, 건강 관련 프로그램에서 뚱뚱한 사람들이 먹는 모습을 보여주길 즐긴다는 것이다. 고열량 음식을 게걸스럽게 해치우는 모습. 아니면 침대 위에서 육중한 몸뚱이를 굴리는 장면, 아니면 환자의 몸을 밧줄로 묶은 뒤 고래를 들어 올릴 때나 사용되는 리프트로 병원으로 운반하는 장면 등등.

이것도 포르노그래피가 아닌가?

이는 덜 뚱뚱한 사람들이 느끼는 공포와 혐오를 극대화시키기 위해 고안된 것이다. 여러분이 이렇게 말하게 하려고 고안된 것이다.

"오, 하느님. 어떻게 저 사람들은 저 지경까지 가게 됐나요?"

하지만 내가 진실을 말해주겠다. 그건 구경거리다. 야하고 선정적인 것이다.

그건 포르노그래피다.

저녁뉴스에서 출렁거리는 뱃살 장면을 원한다면, 내가 자원 출연
해서 내 목소리를 낼 거다. 내 실룩거리는 엉덩이에는 이런 문신이
새겨져 있을 거다.

제대로 좀 알고 보세요.

그리고 내 배에는 이런 문신이 보일 거다.

나도 사람입니다.

그럼 다들 놀라겠지. 하지만 이해하겠는가? 시청자들 대부분이
그걸 문제 삼을까? 여러분에게 문제가 되는가?

착취를 멈춰라.

포르노그래피를 몽땅 집어치워라.

2장
핫칙스에 쳐들어가다

수요일 오후. 프레디, 노노와 나는 '핫칙스'(Hotchix)의 으리으리한 쇼윈도를 물끄러미 바라보고 있었다. 정확히 오후 4시 30분이었다. 금요일자 학교신문에 기사가 나가게 하려면 시간이 얼마 남지 않았다. 하지만 다행히도 연극 연습은 수요일에 없고, 숙제도 그럭저럭 해놓았다. 또 우리는 어른들과도 벌써 이야기를 마쳤다. 그래서 걱정하지 않는다. 우리에겐 에드먼드 교장선생님(절대 포기하지 마라!), 닥스 선생님(대단한 여기자들 나셨네!), 우리 부모님(붙잡히면 안 돼!), 그리고 편집장 히스 몬텔(멋진데!)의 축복이 있다.

핫칙스는 옷가게다. 최고급 패션 디자이너의 100평짜리 매장, 그리고 10대 스타일의 옷들. 최고로 잘나가는 여자애들이 핫칙스에서 최신 유행의 옷을 접수한다. 핫칙스 모델 중에서 뚱뚱한 사람은 한 번도 본 적이 없다.

우리는 우르릉 콰광 천둥소리가 미친 듯이 밀려오는 가운데 가우드 쇼핑몰 남쪽 끝, 그 멋진 쇼윈도를 뚫어져라 바라보았다.

노노는 뭔가 생각에 빠져 있는 것처럼 보였다. 노노는 종종 그렇게 보인다. 프레디로 말하자면, 글쎄, 프레디 머리는 아마 달아날 구멍을 생각하느라 분주할 거다. 노노가 동물성 제품을 보고는 꽥꽥 고함을 지르며 물건들을 집어던질 때에 대비해서 말이다. 프레디는 어릴 적부터 노노, 버크와 절친으로 지내왔다. 6년 전, 우리 식구가 가우드로 이사 왔을 때 나는 이 친구들을 처음 만났다.

노노가 딴 생각에 빠져 있는 동안, 프레디는 반짝반짝 빛나는 선글라스 너머로 계속 흘끔거리며 보석 박힌 귀고리를 만지작거렸다. 프레디는 멋진 선글라스 안에 음성 녹음이 가능한 MP3 플레이어와 연결된 마이크 선을 감췄고, 초소형 무선 카메라는 보라색 레이스가 달린 브이넥 모슬린 원피스 속에 숨겼다. 공주처럼 위로 묶어 올린 윤기 자르르 흐르는 검은 머리칼 덕분에, 프레디는 공모자라기보다는 패션쇼 무대에서 방금 내려온 모델처럼 보였다.(모델들에게 넉넉한 체지방을 요구하는 나라에서 그렇다는 말이다. 왜냐면, 여러분, 프레디도 한 엉덩이 하거든요.) 하지만 프레디는 내가 아는 최고의 활동가다. 물론 나보다 더 대단하다. 노노보다도 더 대단하다.(그런데 노노의 '대의명분'은 주류와는 약간 다르다. 좀 극단적이라고나 할까.)

나는 평소대로 88사이즈의 헐렁한 셔츠에 파란색 치마를 입었다. 그래야 몸에 두르고 있는 카메라와 마이크를 숨기기에 편하니까. 히스는 내 구불구불한 금발머리가 마이크 선을 숨기기에 최적의 장소라고 생각했다. "넌 머리숱이 정말 풍성해." 히스는 그 커다란 손으로 내 귀 뒤로 전선을 넘겨주며 그렇게 말했었다.

노노도 여느 때의 옷차림이었다. 옅은 색 청바지에 천연염색을 한 빨간색 티셔츠. 우리는 노노의 몸에서 전자제품을 숨길 수 있는 곳을 찾아내느라 끔찍한 시간을 보냈다. 결국 노노는 삼베로 엮은 큼지막한 목걸이를 걸치고 가방을 들기로 합의했다. 물론, 그것이 가죽 제품도 아니고, 동물 부산물로 만든 것도 아니고, 어린이 노동을 착취하는 나라에서 만든 제품도 아니란 걸 증명한 후에 말이다.

우리는 다시 누가 먼저 들어가느냐를 놓고 잠깐 동안 실랑이를 벌였다. 결국 프레디가 먼저 들어가기로 결정했다. 핫칙스에서 파는 옷들을 입기엔 엉덩이가 너무 크지만, 나처럼 영 따로국밥은 아니니까.

프레디는 학교 방송국에서 뉴스를 진행할 때 주로 짓는 심각하고 지적인 표정을 싹 지워내고는 핫칙스 매장 안으로 걸어 들어갔다.

노노와 나는 패션 지옥이 프레디를 통째로 삼키는 장면을 바라보았다. 가슴이 턱 막혔다. 판매원들이 갑자기 난폭해져 프레디를 집어삼킬 것처럼 보였다.

나는 내 녹음기 버튼을 확인했다. 그러고는 프레디가 선반을 이리저리 살피며 옷 몇 벌을 들어 올리는 걸 지켜보았다. 점원들이 서로 흘끗 바라보았다. 비웃는 듯한 표정이 보였다. 점원 하나가 동료에게 뭐라고 소곤거렸다. 그 여자는 천천히 프레디를 훑어보았다.

이제 노노 차례다. 노노의 아주 짧은 빨강 머리는 창백한 이마에

착 달라붙었다. 나는 엄지손가락을 들어 올려 들어가라는 신호를 보냈다.

노노가 눈을 깜빡였다. 힘겹게 숨을 쉬며 말했다.

"저 가게엔 동물성 제품이 정말 많아, 제이미."

쇼핑몰의 둔탁한 소음 너머로 누구든 노노의 목소리를 들을 수 있을 것 같았다.

"너 잡아먹는 건 없어. 맹세해."

나는 노노를 앞으로 밀며 재촉했다.

"우린 지금 폭로하러 온 거야. 안 그래? 네 칼럼에 이 동물성 제품들을 어떻게 써먹을 건지 그것만 생각해."

노노는 《녹색혁명》에 글을 쓴다. 《녹색혁명》은 우리 동네 언더그라운드 잡지로 20부 발행한다. 아니, 25부 정도.

노노는 내 말에 힘을 얻은 듯 몸을 곧추 세웠다. 그러고는 마침내 핫칙스 매장을 향해 나아갔다.

노노가 상품 진열대에 이르지도 않았는데 여자 점원 세 명이 우르르 노노를 맞으러 다가갔다. 그들은 우리 나이 또래로 보였지만, 실제로는 20대 중반쯤 될 거다. 핫칙스는 직원을 뽑을 때 나이, 외모, 몸매를 최우선으로 따지는가 보다.

고객 쟁탈전에서 승리를 거머쥔 점원이 옷걸이에서 옷을 꺼내 노노의 깡마른 팔에 안겼다. 다른 점원들은 카운터로 돌아갔다.

이제 내 차례다.

준비하시라, 핫칙스! 팻걸이 나가신다.

가장 먼저 향기가 나를 강타했다. 나무 향이 섞인 가죽과 면 냄새. 핫칙스 매장에 들어서니 신선한 냄새가 났다. 젊은 냄새. 인정하고 싶지는 않지만, 냄새가 좋았다. 맘에 들었다.

내가 다니는 '다이애나'에서는 아줌마 향수 같은 냄새가 난다. 거기서는 나이 든, 펑퍼짐한 아줌마들한테 어울리는 연두색, 연보라색 옷을 많이 판다. 최근 몸이 더 불기 전에는 내가 한 번도 상상해 본 적 없는 옷들이다. 나이 든, 뚱뚱한 여자들은 포도송이처럼 보이는 걸 좋아하나?

그때 노노의 날카로운 목소리가 매장 안에 울려 퍼졌다. 노노는 점원이 입어보라고 추천해준 재킷이 진짜 가죽으로 만든 게 아닌지 의심하고 있었다.

프레디는 두리번거리며 빠져나갈 구멍을 찾았다. 프레디는 아주 잠깐 나와 눈을 맞추고는 자기를 상대해주는 지루한 표정의 점원과 함께 옷 한두 벌을 들어올렸다.

점원이 인조가죽이라고 재차 확인시켜주자, 노노는 그제야 다시 옷들을 구경했다.

손님을 상대하지 않고 가만히 놀고 있는 핫칙스 점원 두 명 중 누구도 나한테 선뜻 다가오지 않았다. 그래도 나를 쳐다보긴 했다. 나는 두 사람의 표정을 각각 카메라에 담았다. 그들은 머리부터 발끝까지 내 몸을 훑어보더니 노골적으로 혐오스럽다는 기색을 드러냈다. 그러고는 자기들끼리 뭐라 뭐라 속닥거리기 시작했다.

나는 두 사람이 뭐라고 떠드는지 띄엄띄엄 낚아챘다.

……왜 여기 왔는지 모르겠어.

살 수도 없잖아…….

남자친구가 사주길 기다릴 수 없었나 보지.

선물을 사려나 봐. 네가 가봐.

말도 안 돼. 네가 가.

이런 말은 익숙하다. 한 번 이상 들었던 말이다. 사실은, 엄청 많이. 그래서 다이애나에 가서 쇼핑을 하는 거다. 나를 포도송이처럼 보이게 하는 옷들이 있는 곳 말이다.

카운터에 있는 점원들은 몇 번 더 기분 나쁜 표정을 흘리더니, 이제는 아예 나를 못 본 체했다. 몸집이 크면 클수록 더 안 보이는가 보다. 여기서 20킬로그램쯤 몸이 더 불면, 난 완전 유령이 되겠지.

프레디와 노노는 유령이 아니어서, 점원들과 함께 나란히 탈의실로 향했다. 두 사람이 가버린 사이, 나는 진열대 세 개를 돌았다. 정상가 진열대, 그리고 셔츠가 놓인 두 개의 진열대.

아무도 나한테 말 한 마디 건네지 않았다.

옷들은 신상품이었다. 장식 술과 발목 장식과 자유분방한 디자인의 옷. 도발적이다. 물론, 내 취향은 아니다. 하지만 이런 요란한 최신식 옷을 만지기만 할 뿐 입을 수 없다니 괴롭다. 의상 디자이너들은 팻걸을 위한 대량생산 물건을 만들지 않는다. 10명 중 3명은 뚱뚱하다. 하지만 핫칙스 같은 매장은 우리 30퍼센트를 무시한다. 우리가 프레디와 노노만큼 돈을 쓰지 않는다고 생각하나 보다.

점원들은 여전히 아무 반응이 없었다. 내가 작은 사이즈의 옷을 만질 때 킬킬거리는 소리를 내는 것만 빼고.

10분쯤 지났을 때, 우리가 계획했던 대로, 나는 카운터에 붙박여 있는 점원들에게 손을 흔들었다.

"여기요! 좀 도와주시겠어요?"

나의 희생자 두 명은 서로를 흘끔거렸다. 장담하건대 내가 지켜보지 않았다면, 저들은 제비뽑기를 하거나 가위바위보를 했을 거다. 카운터 뒤, 가까이 있던 점원이 움직였다. 하지만 몸이 휘청하는 걸 보아하니, 아마 억지로 떠밀린 듯했다. 그래도 내 곁으로 다가왔을 때, 커다란 푸른 눈으로 미소 지으면서, 내 육중한 몸을 아래위로 샅샅이 훑어보고 싶은 욕망을 이겨내려고 무진 애를 썼다. 쭈뼛쭈뼛 선 금발 머리에 뺨과 입술이 불룩 튀어나온 모습을 보니, 복어가 생각났다. 이름표에는 페퍼라고 쓰여 있었다.

"흰색 바탕에 파란색 무늬가 있는 옷을 찾고 있는데요."

나는 내 가슴께를 가리키면서 복어처럼 생긴 페퍼에게 말했다. 가슴은 내 몸에서 가장 큰 부분이다. 엉덩이를 제외한다면 말이다.

"이 치마하고 어울릴 만한 걸로요."

내 미소는 미를 뽐내는 경쟁자의 미소에 필적할 만했다. 복어처럼 생긴 페퍼가 얼굴을 붉혔으니 말이다.

"우리는, 그러니까, 우리 매장에서는, 가장 큰 사이즈가 13인데요. 주니어 13호 말예요."

"그럼, 여기서 가장 큰 셔츠를 보여주시겠어요? 한번 입어볼게요."

나는 최대한 경쾌하게 말했다.

페퍼는 이제 완전히 복어가 되었다. 그녀는 머뭇거렸다.

"손님에게 맞는 옷은 없어요. 저쪽 매장으로 가보시는 게……."

"다이애나요? 됐어요. 다이애나는 아줌마들 옷 파는 데잖아요."

나는 밝은 미소를 유지한 채 내 얼굴을 가리켰다.

"저는 사이즈가 크긴 하지만 그렇게 나이를 먹진 않았거든요. 여기서 잘 찾아볼래요."

"손님이 입을 수 있는 옷이 없어요."

복어는 고집을 피웠다. 이번에는 아주 느릿느릿, 그리고 약간 큰 소리로. 마치 내가 머리가 이상한 여자라도 되는 것처럼.

카운터에 있는 여자는 이제 아예 나를 째려보았다.

"입어보고 제가 알아서 할게요. 이 치마랑 어울릴 만한 셔츠나 찾아주세요."

내가 거듭 부탁하자, 복어는 뺨을 불룩하게 만들어 보였다. 그녀의 뾰족한 머리카락이 더 바짝 곤두선 것처럼 보였다. 복어가 등을 돌리고 선반으로 향하자, 다른 점원이 드러내놓고 히죽거렸다.

복어는 13호 사이즈의 흰색 셔츠를 들고 쏜살같이 돌아왔다. 멋진 파란색 물결무늬가 어깨부터 허리까지 있는 옷이었다. 그 옷을 내밀며 복어는 이마를 찌푸렸다.

"여기 있어요. 이 매장에서 가장 큰 옷이에요. 이 옷이 안 맞으면, 다른 옷은 없어요."

나는 그 옷을 받아들고 탈의실로 향하며 연신 미소를 머금었다.

뒤에서 복어가 소리쳤다.

"찢어지거나 흠집이 생기면 사셔야 합니다."

다른 점원이 다시 히죽거렸다.

나는 숨고 싶었다. 더 이상 창피를 당하고 싶지 않았다.

복어는 나를 따라오지 않았다.

노노가 옆 탈의실 안에서 말했다.

"양가죽은 정말 야만적이야. 그런 걸 입고 맘이 편할 리 없지."

노노를 따라온 점원 둘은 노노가 옷을 입어볼 때마다 멋지다며 아양을 떨었다. 전부 다 노노한테 정말 멋지게 딱 들어맞는다고 떠들어댔다. 그리고 앙상블(여성 정장:옮긴이) 몇 벌을 더 입어보라고 꼬드겼다. 신발은 어때요? 이 목걸이는 여기에 딱 어울릴 것 같은데요?

프레디가 탈의실 밖으로 미끄러져 넘어졌다. 엉덩이가 너무 커서 바지를 추어올리는 데 애를 먹는 모양이다. 프레디는 나한테 어깨를 으쓱해 보이더니 다시 자기 탈의실로 들어가 입고 온 옷으로 갈아입었다. 프레디가 지금 입고 있는 옷이 핫칙스에서 파는 옷보다 훨씬 비싸다는 걸 판매원들이 알아차렸을지, 난 궁금했다.

나로 말할 것 같으면, 나는 지금 보이지 않는 존재다. 나는 탈의실로 들어가 문을 닫고, 아름다운 셔츠를 옷걸이에 걸어두고 빤히 쳐다보았다. 삼면거울이 다양한 각도에서 내 몸을 비추고 있었다. 내 몸집이 크다는 걸 잘 알지만, 눈에 거슬렸다. 탈의실은 너무 좁았다. 몸을 돌릴 때마다 벽에 부딪혔다. 카메라에 내 몸이 찍히지 않도록 카메라를 돌려놓고 나는 옷을 벗었다.

나는 탈의실에서 옷을 벗는 게 정말 싫다. 보이지 않는 감시의 눈이 있을지도 모르니까. 만약 거울 너머에 누군가가 있다면, 그들은 나를 조롱할 것이다. 내가 얼마나 착각에 빠져 있는지, 내가 정말로 얼마나 거대한지, 내가 이 몸통과 관련해 뭔가 조치를 취해야 한다는 걸 어쩌면 저리도 모르고 있느냐는 투로 말이다.

아침에 무얼 먹었는지 생각해보았다. 삶은 달걀, 자몽, 버터를 살짝 바른 토스트. 배가 요동쳤다. 집에 돌아갈 때까지 아무것도 먹지 못할 테니까. 나는 아침에 더 많이 먹고 싶었다. 하지만 참았다. 그렇게 참은 게 문제가 아니다. 그 덕분에 아마 몸무게가 1킬로그램 정도 줄었을 거다. 하지만 그러면 뭐하나. 아주 빨리 그만큼, 아니 더 많이 찌는걸. 1킬로그램은 진짜 새 발의 피다.

젠장, 배고파 죽겠네.

나는 이제 브라와 치마를 벗고, 그 예쁜 셔츠를 응시했다. 내 몸 냄새가 탈의실을 가득 메웠다. 샴푸와 컨디셔너, 그리고 은은한 바닐라 향 바디스프레이. 하지만 그리 좋은 냄새는 아니다. 밀가루 반죽 냄새와 비슷하다. 나는 땀을 많이 흘리는 편은 아니지만 오후가 되면, 겨드랑이 가까이 코를 대면 알아차릴 수 있을 만큼 땀을 흘린다. 학교에서 연극 의상을 입고 연습할 때가 진짜 문제다. 내 분장실 자리는 습기와 냄새를 없애려고 뿌린 스프레이와 크림 천지다.

하지만 별 소용이 없다.

"삐쩍 마른 사람들도 땀을 흘려."

연극 연출가인 던스타인 선생님은 그렇게 말했다. 하지만 난 바보가 아니다. 난 진실을 외면하지 않는다. 덩치가 커서 더 악취가 난다. 그리고 탈의실 거울에서, 냄새는 거의 눈에 보이는 형상을 취한다. 내 비곗덩어리와 살을 뒤덮고 있다. 버크는 그걸 '굴곡미'라고 부른다. 부모님과 친구들도 그렇게 부른다.

하지만 이 거울 속에 비친 모습은…….

내가 얘기했듯, 나는 진실을 외면하지 않는다.

난 여기에 기사를 취재하러 왔어. 기삿거리를 잊지 말라구.

이 예쁜 셔츠를 망가뜨릴까 봐 정말 걱정스러웠지만 셔츠를 옷걸이에서 벗겨내 머리 위로 집어넣었다. 팔이 가까스로 셔츠에 들어갔다. 천이 왕창 늘어나긴 했지만 말이다. 하지만 셔츠를 가슴께로 내릴 수가 없었다. 배는 말할 것도 없고.

셔츠 색깔은 치마와 정말 잘 어울렸다. 그래봤자 놀라울 정도로 조화를 이루는 이 푸른 무늬 옷을 입은 내 모습을 난 절대로 볼 수 없을 거다.

잠시 동안, 나는 그저 숨을 들이쉬고 땀을 흘리며 뜨겁게 달아오른 뺨이 식기를 기다렸다. 너무 당황했나 보다. 나는 가방에서 자그마한 무선 렌즈를 꺼냈다. 그리고 셔츠를 완전히 끌어내렸다. 목이 조였다. 그래도 셔츠는 내 상체까지 내려오지 않았다.

"이걸로 할게요."

나는 프레디가 자기 뉴스 프로그램에 사용할 때에 대비해서 마이크에 대고 속삭였다.

"다이애나 매장, 그리고 거대한 인간 포도송이, 아니면 이렇게 꽉 끼는 옷. 내가 내 나이에 맞는 옷을 구입할 수 있어야 하는 매장에서, 이게 제 삶입니다. 목이 꽉 막히는군요."

나는 카메라를 내려놓고, 셔츠를 벗어 옷걸이에 걸고, 최대한 본래의 모습이 되도록 손으로 빗질을 했다. 내 옷을 다시 입고, 전선과 마이크와 카메라를 제자리에 넣기까지 몇 분이 걸렸다.

문득 내가 울고 있다는 사실을 깨달았다. 젠장. 난 옷을 입어보는 게 정말 싫다. 핫칙스에서도, 내 이럴 줄 알았어.

침착해.

패션계에서 디자인 모델로 플라스틱 인형을 쓰는 게 네 잘못은 아니잖아.

정신 똑바로 차려.

나는 코를 킁킁거렸다. 이것이 프레디를 채근했다. 프레디는 내 소리를 들을 정도로 가까이에서 숨어 기다리고 있었다. 평소에 나는 절대 킁킁거리지 않는다. 그래서 프레디는 그게 무슨 뜻인지 알아차렸다.

프레디가 문 가까이 다가와 주위를 염탐했다. 그러고는 셔츠를 낚아챘다. 옷걸이가 문에 부딪히며 덜커덕 소리가 났다.

"실례합니다."

프레디가 내 눈에 보이지 않는 누군가에게 말했다. 나는 아직 탈의실에 있었다. 이윽고 좀 더 큰 목소리로 프레디가 말했다.

"여기요, 여기 좀 봐줘요. 저 말라깽이 애한테 그만 신경 끄면 안 되겠어요? 그래요, 당신. 이 옷보다 더 큰 사이즈 없나요?"

이건 계획에 없던 거다. 대본에도 없었다. 우린 할 일을 다 했고, 이제 매장에서 나가면 그만이다. 하지만 프레디는 더 큰 소리로 말했다.

"없다고요? 왜 없는데요? 이 도시에 사는 여자애 중 30퍼센트가 이 잘나빠진 옷을 입을 수 없다는 걸 모르세요?"

나는 내 물건들을 재빨리 챙겨 탈의실에서 튀어나오며 프레디의 어깨를 잡으려 했다. 하지만 너무 늦었다. 프레디의 얼굴이 시뻘게졌다.

"뭐라고요?"

프레디가 탈의실 밖 복도에 떡 버티고 있는 점원들을 향해 소리쳤다. 복어를 닮은 점원이 맨 앞, 한가운데에 서 있었다.

"제이미 같은 애들은 아줌마들이 가는 곳에서 쇼핑을 해야 한다는 거죠? 맞나요? 삐쩍 마른 고객들을 위한 가게에서 귀찮게 굴지 말라는 거죠? 네, 알았어요. 진짜 웃기지도 않네."

그러고는 하늘의 분노와 천벌을 핫칙스로 끌어들이려는 듯 노노에게 소리쳤다.

"네가 입은 옷, 그거 동물성이야. 노노, 넌 지금 몸에 양가죽을 걸쳤다구."

순간 노노의 엄청난 비명에 점원들은 귀를 틀어막아야 했다.

"안 돼! 안 돼……!"

노노는 연신 비명을 질러대며 탈의실 벽 너머로 옷을 내던지기 시작했다. 마치 몸 전체와 옷과 탈의실에 거미들이 기어 다니기라도 하는 것처럼.

"안 돼, 안 된다구!"

곧 노노가 브라와 팬티만 입은 채 뛰쳐나왔다. 주근깨 박힌 얼굴이 이글거리고, 툭 튀어나온 무릎이 서로 부딪혔다. 노노는 중얼거리기 시작했다. 뭘 하는지 잘 모르겠지만, 기도를 하는 것 같기도 했다.

문가에 서 있던 점원들이 노노가 거의 발가벗은 몸으로 가게를 뛰쳐나가려는 걸 막았다.

"이 거짓말쟁이들!"

노노가 째지는 목소리로 고함을 지르자, 점원들이 뒤로 물러섰다. 노노는 '인조' 가죽 재킷을 집어던졌다. 복어 닮은 점원의 머리에 재킷이 정통으로 부딪혔다.

"더러워! 동물을 죽이는 거짓말쟁이들!"

몇 분이 흘렀다. 우리는 노노에게 옷을 입힌 뒤, 핫칙스 밖으로 끌고 나왔다. 노노를 프레디의 낡은 도요타 자동차 앞좌석에 태우고 안전벨트를 채웠을 때까지도, 노노는 여전히 흥분 상태였다. 우리는 노노가 신경안정제를 가져오지 않았다는 걸 알아차렸다. 그래서 노노 엄마에게 말해, 정신적 공황 상태에 빠졌을 때 가곤 하는 정신과의사에게 노노를 당장 데려가기로 결정했다.

"저 여자들은 너한테 아주 기분 나쁘게 대했어, 제이미."

프레디가 차 뒷문을 열어주며 말했다. 나는 가만히 뒷좌석에 앉아 안전벨트를 채웠다.

"있잖아, 저 여자들은 나한테도 엉망이었어. 말, 표정, 행동 모두 다, 내 그럴 줄 알았다니까. 그 여자들 전부 죽여버리고 싶어!"

프레디는 선글라스를 벗어들고 마이크 선을 확인한 뒤 옷에서 소형 카메라를 벗겨냈다.

"제대로 찍혔길 바라자. 저 여자들한테 이걸로 한 방 크게 먹일 거야."

내가 미처 대답하기 전에, 프레디가 룸미러로 나를 바라보았다.

"너, 괜찮지?"

"그래."

나는 되도록 씩씩하게 큰 목소리로 대답했다. 몇 가지 이유 때문에 여전히 울고 싶었지만 말이다. 그 귀엽고 앙증맞은 셔츠를 입은 내 모습이 찍힌 카메라를 정말 부숴버리고 싶었다. 그런 옷은 두 번 다시 입어볼 수 없으리라.

하지만 세상 사람들은 볼 필요가 있어. 난 사람들을 설득해야 해. 그놈의 장학금도 반드시 타내야 하고.

노노가 마침내 진정하고 디카페인 프라푸치노(에스프레소에 우유, 바닐라 아이스크림을 넣고 얼음과 함께 블렌딩한 커피 : 옮긴이)를 한 모금 빨아 마셨다. 우리는 노노가 진짜 카페인을 마시게 내버려두지 않는다. 절대, 절대, 절대로.

프레디가 자동차에 시동을 걸며 말했다.

"버크네 집에 가고 싶니?"

나는 몸을 뒤로 기대며 답했다.

"안 돼. 버크는 지금 밤늦게 귀가한 벌로 근신 중이야. 버크가 말 안 했어?"

머리를 매만지던 프레디의 손이 순간 멈추었다. 프레디는 몇 번 짧은 숨을 쉬고 자동차의 시동을 껐다. 그러고는 몸을 휙 돌렸다. 서로 눈이 마주치자, 프레디의 표정에 내 몸이 싸늘해졌다.

"이번주에 같이 못 어울리는 게 그것 때문이래? 그래서 지금 근신 중이라고?"

프레디는 다시 몸을 돌리더니 손으로 핸들을 쾅쾅 두드렸다.

"겁쟁이 같으니라구. 내가 그 녀석을 가만두나 봐라."

내 입이 쩍 벌어졌다. 이내 냉기는 불편한 마비로 바뀌었다. 그것은 내 다리에서 시작되어 등과 목으로 퍼지더니, 곧장 내 손과 손가락까지 퍼졌다.

버크가 나한테 대단한 거짓말을 했다는 걸 깨닫기 위해 내가 굳이 셜록 홈스가 될 필요는 없었다. 프레디의 올리브빛 얼굴 윤곽에서 그것을 읽을 수 있었다. 노노가 프라푸치노를 미친 듯이 빨아대는 소리에서 그것을 들을 수 있었다.

둘 다 내가 모르는 무언가를 알고 있다. 뭔가 중요한 것. 그리고 어쩌면 뭔가 대단히 안 좋은 것. 간혹 이런 일이 벌어진다. 세 명의 오리지널 삼총사는 함께 붙어 다니며, 네 번째 멤버를 소외시킨다. 바로 나 말이다. 나와 버크 사이가 진지해진 뒤로는 그런 적이 없었지만.

우리가 진지한 사이가 된 뒤로 버크는 나한테 거짓말을 한 적이 없었다. 내가 아는 한 그렇다.

버크에게 뭔가 중요한 문제가 생긴 걸까? 비밀 여행이라도 가는 걸까? 다른 여자애가 생긴 걸까? 버크가 백인 여자애랑 사귄다 해서 자기 누나들한테 핀잔을 듣고 있다는 건 누구나 안다. 아니, 사실 버크의 누나들은 그냥 내가 버크와 사귀는 걸 좋아하지 않는다.

"버크가…… 근신 중이 아니라는 거지?"

나는 가라앉은 목소리로, 그리고 약간은 어색하게 물었다.

나는 버크 없는 세상을 잠시 동안 생각해보았다. 내가 이 세상에서 떨어져나가는 듯한 느낌이 들었다. 그런 세상은 무의미하다. 그건 절대 삶이라고 할 수 없다. 춤도, 데이트도, 키스도, 포옹도 없을 테니까.

그럴 수 없다. 그런 종류의 거짓말일 리가 없다.

그렇겠지?

핫칙스 혁명 1

제이미 D. 카카테라

이 사진들을 잘 보시길!

〔이곳에 판매원들의 사진을 넣을 것. 복어를 닮은 판매원을 가장 눈에 띄게 배치할 것.〕

이 여자들은 나한테 셔츠를 팔지 않으려고 했다.

왜냐고?

내가 뚱뚱하기 때문이다.

핫칙스는 분명 뚱뚱한 사람들이 자기네 매장 옷을 입는 걸 원하지 않는다.

〔탈의실에 있는 내 사진을 넣을 것.〕

그 여자들은 내 옆에서 나를 시중들고 싶어 하지 않았다. 수다만 떨어댔다. 사실이다. 〔건방진 표정의 판매원 사진을 넣을 것.〕 마치 팻걸은 귀가 없다는 듯, 팻걸은 마음의 상처를 입지 않는다는 듯.

당신이 알고 있는 팻걸에게, 또는 팻보이에게 물어보시길. 이런 매장 안으로 걸어 들어갈 때, 직원들이 마치 누군가의 뾰족구두 바닥에 붙은 씹다 버린 껌이라도 되는 것처럼 당신을 노려볼 때 어떤 기분이 드는지 말이다.

하지만 핫칙스 밖에서 피켓을 들고 시위를 하러 가기 전에, 두 가지 아주 중요한 사실을 알아야 한다. 첫째, 내 친구 프레디 아코스타가 이미 이 여자들을 야단쳤다. 즉 당신이 달리 할 말이 별로 없을 거란 뜻이다.

둘째, 핫칙스가 절대 유별난 게 아니다. 분명 그곳만 그런 게 아니다. 몇 년 전 유명한 패션 디자이너가, 그 디자이너도 뚱뚱했는데, 어쨌든, 자기가 디자인한 작품 중 일부가 '라지 사이즈'(14사이즈 정도?)로 만들어졌을 때 다소 신경질적인 반응을 보였다.

"내가 만든 건 호리호리하고 날씬한 사람들을 위한 패션이었습니다."

그 디자이너는 이렇게 말했다.

진짜다. 내 말을 못 믿겠으면, 확인해보시길.

이처럼 수많은(어쩌면 대부분의) 메이저 디자이너들은 '라지 사이즈'를 만들지 않는다. 만약 라지 사이즈가 제공된다면, 그건 온라인에서만 그렇다. 실제 오프라인 매장은 안 그렇다는 뜻이다. 친구들과 나는 모두 사이즈가 제각각이어서, 함께 옷을 사러 갈 수가 없다. 졸업앨범 사진 찍을 때 입을 옷을 사러 가는 것조차.

더 큰 문제는 라지 사이즈가 훨씬 비싸다는 사실. 그래서 나처럼 가진 돈이 별로 없는 사람들은 다이애나 말고는 갈 데가 없다. 그런데 미안한 말이지만, 다이애나에 가기엔 나는 너무 쿨하다. 또 그 매장은 냄새도 별로 안 좋다.

나는 내가 실제로 입고 여유를 부릴 수 있는 옷을 원한다. 내 치마와 잘 어울리는 멋진 무늬의 파란색 셔츠를 사고 싶다.

그게 불가능한가?

핫칙스와 패션 디자이너들을 보면, 아마 불가능할 것 같다.

3장
버크에게 대체 무슨 일이?

"난 괜찮아."

나는 휴대전화에 대고 외치며, 내 칼럼 원고를 접어 스커트 주머니에 쑤셔 넣었다.

"방금 팻걸 기사 다 썼어. 누군가 한 방 먹겠지!"

히스 몬텔은 전화기 너머에서 잠시 아무 말 없이 잠자코 있었다. 히스의 숨소리가 들렸다. 학보사 사무실의 커다란 갈색 책상에 앉아 낡은 검정색 전화기를 든 채, 눈앞으로 내려온 금발 머리카락을 손으로 쓰다듬는 히스의 모습이 그려졌다.

"어쨌든 괜찮은 거지?"

아니, 난 괜찮지 않아. 모든 게 엉망이야. 내 남자친구가 치사한 거짓말을 했거든. 분명 나를 속이고 있어. 그리고 프레디와 노노는 흥분해 있어. 그리고 난 그 예쁜 셔츠를 절대로 못 입을 거야. 그런데 하필 이런 때 네가 전화를 한 거야.

차분하고 침착한 목소리를 내려 애쓰면서, 나는 큰 소리로 "난 괜찮아"라고 말했다.

"그래, 알았어."

히스가 한숨을 내쉬었다.

"네 걱정 많이 했어. 핫칙스, 정말 기분 나빴을 거야. 잘은 모르지만 말이야."

"노노는 정말 불쾌하게 생각했어."

나는 노노를 흘끗 바라보며, 노노가 잘 숨 쉬고 있는지 확인했다. 괜찮아 보였다. 마음이 놓였다.

"노노는 동물 가죽 때문에 엄청 흥분했어. 노노한테 큰 빚을 진 셈이지. 최고의 채식주의 식사를 대접해줘야겠어. 다 재활용해서 쓰는 근사한 녹색 레스토랑에서 말이야."

프레디가 고개를 끄덕였다.

노노가 한숨을 쉬고는 재생 빨대를 만지작거렸다.

휴대전화를 든 손목이 느슨해졌다. 손에서 땀이 났다.

"프레디도 괜찮았어. 매장 점원들이 프레디를 열 받게 한 것만 빼고."

프레디가 또 고개를 끄덕였다. 노노가 킬킬거렸다. 전화기 너머에서 히스도 킬킬거렸다.

"프레디는 자기 뉴스쇼에서 이 내용을 다룰 거야. 정말 기대돼."

또다시 침묵. 히스는 전화를 끊고 싶어 하지 않는 것 같았지만,

끊어야 했다.

"오늘 밤에 만날까, 제이미? 내 말은, 레이아웃 때문에 말이야."

나는 시계를 재빨리 쳐다봤다. 심장박동이 빨라졌다. 학교에 돌아가기까지는 약 40분 정도밖에 남지 않았으니까.

"〈오즈의 마법사〉 연습이 7시부터 8시 30분까지 있어. 연습 끝나는 대로 바로 갈게."

"좋아, 알았어. 그렇게 하자."

묘한 녀석.

하긴 히스는 늘 그렇다. 별로 놀랄 일도 아니다.

언덕 위의 버크네 집 앞에 이르자 프레디가 차를 세웠다. 우리는 밖으로 나와 인도로 올라섰다. 성난 군인들처럼 단호하게.

현관문을 열어주자마자, 버크는 자기가 궁지에 몰렸다는 걸 알아차렸다. 나는 팔짱을 끼고 있었고, 프레디는 허리께에 손을 얹고 있었고, 노노는 프라푸치노 빨대를 잘근잘근 씹고 있었다. 그러니 버크가 그 사실을 눈치 채지 못할 리 없었다.

버크는 이야기를 꺼낼 시도조차 하지 않았다. 그저 우리를 안으로 들이며 이 말만 했을 뿐이다.

"소리 좀 낮출 수 있을까? 엄마가 주무시거든."

버크 엄마는 가우드 종합병원에서 야간 교대를 감독하는데, 우리 모두 버크 엄마를 좋아한다. 그래서 우리는 고개를 끄덕였다.

집 안으로 살금살금 들어가며 나는 버크의 누나들이 있나 재빨리 살펴보았다.

버크의 누나인 모나와 마를린(줄여서 M&M이라 부른다)은 모두 대학에 다니는데 근처에 살고 있어서 이 집을 수시로 드나든다. 둘 다 좀 성격이 까칠하다. '막내 동생' 버크와 관련된 것에 특히 그렇다. 둘 다 집에 없어서 다행스러웠다. 버크가 거짓말을 한 것 때문에 내가 버크를 죽인다면, 내가 시체 숨기는 걸 도와주지 않을 목격자는 필요 없다.

버크는 넓은 거실을 지나 고급 스테인리스로 마감된 부엌으로 우리를 안내했다. 커다란 원형 테이블을 앞에 두고 나와 프레디 사이에 버크가 앉았다. 노노는 가장자리에 앉았다. 그 자리가 노노에게 제격인 듯 보였다. 노노는 단풍나무로 만든 테이블을 만지작거리면서, 그곳에 그대로 앉아 있느니 그냥 죽어버리는 게 낫겠다는 표정을 하고 있었다.

버크가 커다란 접시에 담긴 나초와 콜라를 내왔다. 나초의 풍부하고 향기로운 냄새가 내 뱃속의 분노와 불안의 두툼한 매듭을 쫓아내버렸다. 배가 살살 아픈 느낌이 들었다. 몇 초 동안, 나는 천장을, 캐비닛을, 나초를, 창밖을 보았다. 그렇게 사방을 보았지만, 버크만큼은 똑바로 보지 못했다. 내 평생의 사랑이라고 생각해온 남자를 말이다.

이제 해가 뉘엿뉘엿 지고 있었다. 테이블 위의 램프가 노란 빛을 은은하게 내뿜었다. 부엌 와이드 스크린에는 미식축구연맹(NFL) 채널이 켜져 있었다. 버크는 리모컨 버튼을 눌러 소리를 죽였다. 그때 프레디가 나초를 가리키며 물었다.

"이게 다야?"

약간 귀에 거슬리는 목소리였다. 제아무리 프레디라 할지라도 말이다.

나는 버크의 잘생긴 얼굴을, 버크의 슬픈 눈동자와 커다란 이마를 응시했다. 버크에게 무슨 잘못된 일이 생긴 걸까?

노노가 말했다.

"프레디, 좀 심하다. 이건 제이미와 버크 사이의 문제라구."

프레디는 노노의 말을 자르며 쌀쌀맞게 바라보았다.

"이건 우리 모두의 문제야. 모르겠어? 우리 모두 말이야. 누구도 우리 사이를 가를 순 없어. 내가 장담해."

"프레디!"

버크가 입을 열었다. 하지만 나는 버크의 말을 끊었다. 버크의 손에 내 손을 올려놓고, 그 애 얼굴을 똑바로 쳐다보았다. 버크가 고개를 숙이자, 나는 버크의 손가락을 꽉 잡았다.

"무슨 일이야?"

목소리에 힘을 주려 했지만, 생쥐가 속삭이는 듯한 소리가 새어 나왔다.

버크는 안절부절못했다. 하지만 손을 빼지는 않았다.

"너한테 말하고 싶었어. 정말이야. 하지만…… 할 수 없었어."

버크는 다시 고개를 숙였다. 나는 버크의 손가락을 꽉 잡고 내 얼굴을 바라보게 했다.

나와 눈이 마주치자, 버크는 슬픈 표정을 지었다. 나는 버크에게 키스를 하고 싶었다. 슬픔 뒤에는 이처럼 희한한 종류의 흥분이 있었다. 마치 열병과도 같은 그런 흥분 말이다.

내 평생 이렇게 두려웠던 적이 있는지 잘 모르겠다. 난 두려운 게 싫다.

"너한테 어떻게 말해야 할지 몰랐어, 제이미."

버크가 중얼거렸다.

"아, 젠장! 버크, 말로 표현하라구. 말을 하면 되는 거라구."

프레디가 날카로운 소리를 냈다.

"잠깐."

노노가 프레디를 제지했다. 이번에는 좀 더 큰 목소리였다. 놀랍게도, 프레디가 말을 멈추었다. 프레디는 노노를 힐끗 노려보더니 의자에 털썩 앉아 흘러내린 머리를 만지작거리기 시작했다.

이제 나는 기다리고 있었다. 최악의 말을 듣기 위해.

버크가 나를 속였다.

버크가 다른 여자애와 사랑에 빠졌다.

버크가 어떤 여자애를 임신시켰다.

버크가 큰 병에 걸렸다.

아, 제발. 버크가 나한테 큰 병을 옮긴 건 아닐까?

시간이 흘러감에 따라, 나는 버크에게 더욱더 키스를 하고 싶었다. 아니, 버크를 더 빨리 죽여버리고 싶었다. 어떻게 할지 종잡을 수가 없었다.

버크는 눈을 감았다가 곧 뜨고는 입을 열었다.

"나, 수술 받기로 결심했어. 상담은 벌써 끝마쳤어. 오늘 오후에 정밀검사를 받으러 갔다 왔어. 수술 날짜는 한 달 뒤야."

잠시 동안, 나는 꼼짝도 하지 않았다. 아무 말도 하지 않았다. 아무것도 할 수 없었다.

머릿속으로 온갖 것을 상상했지만, 이건 정말 뜻밖이었다.

내 뱃속과 머릿속에서, 폭동 비슷한 무언가가 터져 나왔다. 심장이 요란하게 뛰고, 비명과 고함 소리가 들려왔다. 프레디의 심장, 노노의 심장, 그리고 위층 어딘가에 있을 버크 엄마의 심장 소리도 들리는 것 같았다. 귀에 몰린 피가 솟구치는 것 같았다. 목이 너무 말라서 호수를 통째로 들이켜도 부족할 것 같았다.

"말도 안 돼."

나는 가까스로 손을 버크의 손에서 슬쩍 빼냈다.

수술이라고! 나는 머릿속으로 되뇌었다. 버크가 무슨 말을 하는지 알고 있었다. 단지 믿기지 않을 뿐이었다.

버크는 체중 감량 수술을 받으려는 거다. 생명의 위험을 무릅쓰고 의사들이 자기 몸을 칼로 절개하게 하려는 거다. 그래서 미식축구도 못 하게 하려는 거다. 대체 무얼 위해서?

핫칙스의 남자 버전 매장에서 옷 사 입으려고?

"난 이론적으로 더 이상 미식축구를 할 수 없어."

버크가 무릎 위쪽을 가리키며 말했다.

"그리고 더 중요한 건 이거야."

버크가 고개를 들어 나를 보았을 때, 그의 얼굴은 흥분으로 벌겋게 달아올라 있었다. 나라는 존재는 안중에도 없었다.

"제이미, 난 더 이상 뚱뚱하게 살고 싶지 않아. 사회에 나가서 무대 위를 어슬렁거리는 시커먼 코끼리가 되고 싶지 않아. 난 내 멋진 몸을 보고 싶다구."

"넌 지금도 멋져."

내가 지금 누구랑 얘기하는지 알 수 없었다. 내 남친의 몸을 점령하고 있는 이 외계인은 대체 누구지? 도저히 상상하거나 이해할 수 없는 방식으로 남친의 몸을 바꾸려고 음모를 꾸미는 놈 말이다.

"너한테는 멋져 보일지 몰라도 난 그렇지 않아."

"나한테는 그래. 그거면 되지 않아?"

나는 의자를 돌려 버크를 똑바로 바라보았다.

"버크, 내 생각은 중요하지 않다는 거야?"

"좋아, 그래. 우린 여기 있으면 안 되겠어."

프레디가 노노에게 말했다. 둘 다 바로 자리에서 일어났다.

"우리는, 음, 차에 가 있을게, 제이미. 이야기 끝날 때까지."

나는 프레디와 노노가 나가는 것도 알아차리지 못했다. 현관문 앞에서 버크가 잘 가라고 인사하는 소리가 들려왔지만, 나는 전혀 알아들을 수 없었다. 조각조각 쪼개져 들릴 뿐이었다.

"……너랑은 전혀 상관없어. 우리 둘 사이의 문제가 아니야. 맹세할게. 너한테 어떻게 말해야 할지 몰랐을 뿐이야. 이게 최선이라는 걸 어떻게 너한테 확신시켜야 할지 몰랐단 말이야."

버크가 양손을 내 뺨에 대고 손가락으로 뺨과 턱을 어루만졌다. 그러는 내내 나는 꼼짝할 수 없었다. 울면서 버크에게 그만두라고 말하고 싶었다. 아니면 한 대 찰싹 때리고 싶었다. 아니면, 다른 무엇이라도, 어떤 것이든 말이다.

"넌 내 여신이야. 너도 알잖아, 그렇지?"

버크가 몸을 기울여 나한테 입을 맞추려 했다. 하지만 내 입술은 꼼짝하지 않았다. 그러자 버크가 뒤로 물러섰다.

버크가 고개를 절레절레 흔들며 한숨을 쉬었다.

"네가 이럴 줄 알았어. 모두 미친 짓이야."

"미친 짓이라고?"

그렇게 말하는 내 목소리가 먼 화성에서 들려오는 소리 같았다.

"내가 지금 열 받은 건 네가 거짓말을 했기 때문이야."

화성에서 들려오는 목소리. 하지만 점점 가까워지고 있었다.

"어떻게 나한테 한 마디 상의도 없이 그런 걸 결정할 수 있지? 그래, 나 미쳤다. 하지만 버크, 난, 난 두려워. 그게 지금 내 기분이란 말이야."

"두려워할 필요 없어, 제이미. 난 버크 웨스틴이라구."

버크가 두 팔을 벌리며 덧붙였다.

"아무 일 없을 거야."

"넌 흑인이잖아."

내 말에 버크가 놀란 표정을 지으며 팔을 뚝 떨어트렸다. 그러고는 자기 몸을 내려다보았다.

"알고 있구나, 제이미. 하지만⋯⋯."

나는 마침내 버크를 철썩 때렸다. 우람한 팔로, 세게. 퍽 하는 소리가 나를 다시 지구로 돌아오게 해주었다.

"흑인은 그 수술 받으면 죽어, 버크."

"백인도 죽어."

버크가 맞은 팔을 문지르면서 미소를 보냈다. 그런 버크의 미소는 언제나 나를 녹여버린다. 하지만 오늘 밤은 아니다.

"백인도 죽는다는 거 나도 알아!"

나는 버크의 팔을 다시 내리쳤다.

"그 수술을 받으면 200명 중에 한 명꼴로 죽어. 그런데 그건 환자들만 계산한 거야. 수술대 위에서 죽은 사람, 또는 수술 받고 곧장 죽은 사람들만. 너도 알다시피, 그런 수술 하는 병원에선 통계를 조작해. 더 많은 사람들이 체중 조절 수술 이후 1년 안에 죽는단 말이야. 20명 중에 한 명꼴이래. 어쩌면 더 많을지도 몰라!"

버크가 뭔가 말하려 했지만, 나는 가만있지 않았다.

"넌 흑인이야. 수술 때문에 죽을 확률이 백인보다 세 배는 더 높아. 게다가 의사들도 왜 그런지 이유를 모른다잖아."

이번에는 버크를 치지 않았다. 나는 버크의 팔을 꽉 움켜잡고 비틀었다. 차갑고 떨리는 손가락에 버크의 따뜻한 살갗이 느껴졌다.

"수술하지 마. 제발."

버크가 팔에서 내 손가락을 떼어내더니 손을 마주잡았다. 버크의 크고 우람한 손에 내 손이 파묻혔다.

"나도 전부 다 생각해봤어. 정말이야. 그와 관련된 책들도 다 읽어봤고."

"네가? 《스포츠 일러스트레이티드》나 《ESPN 매거진》 말고 다른 책을 읽었다고? 말 같은 소리를 해라."

나는 웃었다. 울지 않으려고 꾹 참고 있었다.

"왜 그래, 내 문학 성적은 A야."

버크는 내 말에 상처를 입은 체했다.

"난 젊어. 비만에다 당뇨병 증세가 있지만, 그것 말고는 아주 튼튼하고 건강해. 난 담배도 안 피우고 어떻게 운동해야 하는지도 알아. 우리 엄마는 간호사고, 우리 아빠는 자기관리회사의 사장이야. 날 위해 해주실 수 있는 게 무척 많아, 제이미. 내가 죽지 않을 거라고 말해주는 것들이 많단 말이야. 흑인이든 아니든 상관없이."

버크가 이를 드러내고 환하게 웃었다. 그러고는 나한테 몸을 기댔다.

내 몸에 닿는 버크의 느낌이 정말 좋았다. 버크의 몸집, 버크의 힘은 내가 자그맣고, 가냘프고, 보호받고 있다고 느끼게 해준다.

못된 버크.

버크가 뒤로 물러났을 때, 내 눈을 바라보는 버크의 짙은 눈동자가 촉촉했다.

"난 네가 필요해, 제이미. 너도 그 자리에 있어줄 거라고 말해줘.

내가 수술을 받아도, 넌 여전히 날 사랑할 거라고 말해줘."

못된 버크.

"네가 미워."

나는 큰 소리로 외쳤다. 그러고는 곧 울음을 터뜨렸다.

버크가 다가와 나를 꼭 안아주었다. 버크는 내가 자기 어깨 여기 저기에 눈물, 콧물을 흘리도록 내버려두었다. 내가 욕을 퍼부어도 내버려두었다.

결국 나는 약속했다. 버크가 이 멍청하기 짝이 없는 수술을 해도 여전히 사랑할 거라고. 나도 병원에 가겠다고.

버크가 말했다.

"네가 이 내용을 팻걸 기사에 쓸 거라는 거 알아. 그래줬으면 좋겠어. 다른 사람들한테 도움이 될 테니까. 그리고 어쩌면 네가 장학금을 타내는 데도 도움이 될지 모르니까."

콧물이 또 흘렀다. 눈물도 흘렀다.

"나를 버리지 않겠다고 약속해줘, 제이미."

버크의 목소리가 묵직하게 가라앉아 있었다. 희망과 두려움과 그 희한하고 무시무시한 흥분이 담겨 있었다.

"난 널 버리지 않을 거야. 약속할게."

나는 속삭였다.

핫칙스 혁명 2

제이미 D. 카카테라

내가 열 받는 이유는 여러 가지가 있다. 그 목록을 하나하나 나열하면, 여러분도 열 받을 거다. 하지만 우선, 나는 프레디를 축하해줘야 한다. 핫칙스 잠입 취재기를 소개한 프레디의 학교 방송국 뉴스가 성공을 거뒀기 때문이다. 노노에게도 축하할 일이 있다. 동물 가죽을 만지고도 살아남았으며, 자기 생활을 엉망진창으로 만든 경험에 대한 이야기를 실은 《녹색혁명》 발행부수가 두 배로 늘어났기 때문이다.

핫칙스는, 글쎄, 그곳 사무실에서는 아직까지 아무런 반응을 보이지 않고 있다. 정말 놀라운 사실이다.

덕분에 사이코 같은 의류산업 전반을 재고하게 됐다.

저기요, 패션광 여러분! 제가 질문 하나 할 테니 대답 좀 해주실래요? 도대체 제 사이즈가 얼마인 거죠? 말해주세요. 가르쳐달라고요! 말 못 하는 거죠, 그렇죠? 이 나라엔 규격화된 옷 사이즈가 없으니까.

말라깽이인 노노도 어떤 옷은 2사이즈를 입고, 어떤 옷은 4사이즈를 입는다. 심지어 어떤 브랜드의 경우에는 6사이즈까지 입는다. 그 이유 중 하나는 스타일과 옷감의 흔한 변형 때문이다. 하지만 또 다른 하나는 더욱 사악하다. 그건 바로 음모 때문이다. 사실이다.

전국적인 마케팅 음모는 '사이즈의 허영'이라 불린다. 대다수 미국 사람들의 몸이 점점 비대해지고 있지만, 사이즈는 점점 더 줄어들고 있다. 싸구려 소매상인들은 여자들이 기분 좋을 때 구매력이 왕성하다는 걸 알아차렸다. 그 단순 해법으로 라벨에 붙은 사이즈를 줄였다. 옷이 실제로 더 작지 않은데도 말이다. 정말 대단들 하십니다! 그래서 여자들은 자기 몸이 줄지 않았는데도 만족감을 느낀다. 그래서 옷을 더 많이 구매한다.

일부 소매상인들은 '더블 제로'와 '서브제로'(subzero) 사이즈를 내놓기도 한다. 도대체 어떻게 사람이 마이너스 사이즈가 될 수 있단 말인가? 이처럼 우리는 말랐다고 필사적으로 믿으려 안달이란 말인가? 참 대단하다! 나는 내 사이즈를 정확히 모르겠다. 다만, 내 울룩불룩한 몸을 핫칙스에서 파는 옷에 밀어 넣지도 못한다는 사실은 잘 알고 있다. 내가 아무리 '핫'(hot)한 '칙'(chick, 젊은 여성을 뜻

하는 속어 : 옮긴이)이라 하더라도 말이다.

여기, 내가 아는 진실을 기록한다.

● 미국의 상당수 성인 여성, 그리고 상당수 10대 후반 소녀는 12사
이즈 혹은 그 이상의 옷을 입는다. 재보고 싶은가?

● 이 나라 여성들을 위한 그 사랑스러운 표준 사이즈 옷 규격은
1940년대에 발달했다. 그렇다. 60년 이상 되었다.

● 디자이너들은 표준 사이즈 사용을 중단했다. 왜냐하면 우리가
안쓰럽게도 더 말랐다고 느끼고 싶어 하기 때문이다. 옷은 S 사
이즈, M 사이즈, L 사이즈, 그리고 XL 사이즈로 나온다. 여성용,
주니어용 등의 범주는 신경 쓰지 말길. 차이는? 누구도 모른다.
팻걸은 모른다. 대부분의 삐쩍 마른 여자애들도 모르기는 마찬
가지다.

● 이런 식이다. S 사이즈는 몸무게와 키에서 '정상적'이라고 간주
되는 모델들을 활용해 디자인되었다. 하지만 의류업계는 그런
모델들을 '정상적'이라고 칭해서는 안 된다. 이 나라 여성 중 최
소 40퍼센트 이상이 모델보다 큰 사이즈를 입기 때문이다.

● L 사이즈는 몸에 잘 맞지 않는 경향이 있다. 가슴과 엉덩이 부분
이 특히 그렇다.

자, 어디서부터가 '라지'인지 논쟁 자체가 불가능하다. '내 옷은

말라깽이들을 위한 옷이라고 주장하는' 디자이너들의 기준에 따를 것 같으면, 아마 6사이즈 이상의 옷이 라지에 해당할 것이다. 기타 대다수 디자이너들의 기준에 따를 것 같으면, 12사이즈다. 대다수 건전한 인간들의 상식에 따를 것 같으면, 16에서 18 또는 그 이상의 옷일 것이다.

이 모든 것은 결국 매우 중요한 진실을 말해준다.

남성들이여, 포기하시길. 당신들은 여자친구 옷을 살 수 없다. 옷에 표시된 사이즈는 전혀 도움이 되지 않을 테니. 틀림없이 엉뚱한 사이즈의 옷을 사서 여친을 성나게 할 테니. 남 얘기 같지 않지요?

여성들이여, 현실을 직시하시길! 여러분은 지금 어떤 사이즈의 옷을 입고 있는지 정확히 알고 있는가? 더욱 중요한 사실. 서브제로 사이즈 옷이 왜 만들어지는지, 그 이유를 당신은 정말로 알고 있는가?

패션계 종사자들이여, 미친 짓을 멈춰라!

그리고 팻걸······.

글쎄, 팻걸은 뚱뚱하기 때문에 오히려 '정상' 사이즈 옷을 입는 사람들에 비해 신체 이미지(실제 자신이 아닌, 자신이 생각하는 신체 이미지 : 옮긴이)와 관련된 문제가 좀 덜할 것이다.

4장
히스의 손수건

우리 아지트인 학보사 사무실의 창문 없는 갈색 콘크리트 '동굴' 안, 히스 몬텔이 내 옆의 제도판 너머로 몸을 숙였다. 내가 핫칙스에 관한 다음 연재기사를 오려내 제자리에 배치하는 내내, 히스는 아무 말도 하지 않았다.

나는 히스를 힐긋 바라보았다. 히스의 파란 눈동자는 날카롭고, 빈틈없고, 또렷했다. 그는 스포츠면 머리기사를 이리저리 조금씩 옮겨보고, 건강면에 실을 구내식당의 음식 관련 기사를 편집하느라 분주했다.

책상 램프 세 개가 레이아웃 위를 비추고 있었다. 머리 위 높다란 천장에 붙어 있는 낡은 형광등은 절반이 나간 터라 아무 쓸모가 없었다. 게다가 날이 너무 더웠다. 날이 하도 더워서, 벽에 붙여둔 오래전 기사 일부가 축축 늘어졌다.

버크의 충격적인 통보 이후, 모든 것이 나를 미치게 만들고 있었다. 히스가 틀어놓은 라디오 음악조차 비명을 지르고 싶게 만들었다. 복고풍의 록음악. 보통 때는 내가 좋아하는 음악이다. 하지만 오늘 밤, 그것은 그저 쿵쾅거리는 소리에 지나지 않았다. 내 상처 입은 머리를 더욱 악화시켰다. 나는 라디오를 확 꺼버리고 하던 일을 때려치우고 싶었다. 하지만 그러기엔 마감시간이 얼마 남지 않았다. 편집을 마쳐 내일 아침까지 프린터로 뽑지 못하면, 신문이 금요일에 못 나온다.

그리 되면 지도교사인 닥스 선생님이 정말 좋아할 거다. 내 점수를 팍팍 깎겠지. 장담한다.

"까짓 거, 그러든지 말든지."

나는 중얼거렸다. 하지만 히스는 별 반응을 보이지 않았다.

히스의 금발이 이마 위로 흘러내렸다. 햇볕에 탄 피부가 책상 불빛을 받아 반들거렸다. 히스는 버크처럼 가우드 미식축구부 소속이 아니다. 하지만 스포츠를 좋아하는 것 같다. 학교 밖에서 운동을 하는가 보다.

한 번도 물어본 적이 없다.

젠장, 난 원래 그런 여자다.

히스와 이야기를 나눌 때면, 언제나 신문, 신문, 신문에 관한 것뿐이다. 젠장, 히스는 우리가 마감시간에 쫓길 때에도 엄청 침착해 보인다. 난 이렇게 침착한 히스가 정말 싫다. 햇볕에 탄 히스의 피부가 싫다. 전부 다 싫다.

"우리도 학교 보조금을 타내야 해."

히스가 또 다른 머리기사의 레이아웃을 만지작거리며 말했다. 그러고는 조판할 때 필요한 무언가를 메모했다.

"다른 사람들처럼 맥킨토시 컴퓨터와 쿼크익스프레스(전자출판 편집용으로 많이 사용되는 소프트웨어:옮긴이)를 써야 할 거야. 그럼 교장선생님이 올해로 학교신문을 폐간시키는 일은 안 생기겠지."

나는 머뭇거렸다. 우리는 이 문제에 대해 수십 번도 넘게 이야기해왔다. 그리고 언제나 슝 날려버렸다. 왜냐하면 우리 둘 다 음악이든 신문이든 복고풍을 좋아하기 때문이다. 우리는 손으로 직접 레이아웃을 다루는 걸 좋아한다. 낡은 식자기를 사용하고, 실물 크기의 레이아웃을 보고, 퍼즐 조각처럼 기사를 이리저리 옮기는 걸 좋아한다. 기사 초안도 펜이나 연필로 쓴다. 그러고 나서 타이핑을 한다. 난 노트북이 없다. 히스도 마찬가지다.

좋다. 그 점에서 우리는 희한한 애들이다.

학보사의 다른 아이들도 그렇게 생각한다. 그 애들은 이 방에 거의 들어오지 않는다.

나는 동네 꽃집 광고 옆에 '팻걸의 답장 1' 기사를 붙였다.

"교장선생님은 지금 지원을 해줄 생각이 눈곱만큼도 없어. 교장선생님이 신경 쓰는 건 운동부뿐이니까."

히스가 투덜거렸다.

내 예상대로다. 우리는 통했다.

우리는 마감시간에 쫓기고 있다.

하지만 히스는 어떤 면에서는 나보다 더 희한하다. 적어도 난 휴대전화를 갖고 있으니까. 히스는 휴대전화도 없다. 휴대전화로 연결되어 있는 게 싫단다. 어쩌면 돈 때문일지도 모른다. 히스네 집이 부자라고 알고 있지만, 솔직히 이해할 수 있다. 우리 가족이 돈 문제 때문에 전전긍긍하는 걸 보면 말이다. 우리 엄마는 그걸 '초과지출'이라고 부른다. 나는 사람들이 히스네 가족을 보고 그렇게 말하는 걸 들은 적이 있다. 히스네가 초과지출을 했다는……. 내 생각에, 부자로 사는 것도 그리 쉬운 일이 아닌 것 같다.

나는 이마를 훔쳤다. 너무 더웠다. 게다가 연극 연습 때문에 피곤한 상태였다.

내 몸에서 냄새가 날까?

나는 악몽과도 같은 핫칙스 탈의실 사건 이후 냄새에 대해 훨씬 많이 신경을 썼다. 방 안에 냄새를 풍겨 히스를 숨 막히게 하고 싶지 않았다. 물론 히스라고 냄새가 안 나는 건 아니다. 만약 히스가 팔을 들어 올린다면 겨드랑이의 땀 냄새 때문에 기절할 수도 있다. 하지만 팻걸은 결코 기절하지 않는다. 기절은 날씬한 말라깽이 여자애들의 전유물이다.

온몸에 힘이 없다. 버크가 중대 발표를 한 이후 2주 동안 잠을 제대로 못 잤다. 풀과 현상액 냄새 때문에 눈에서 눈물이 났다. 눈가에는 연극 리허설 때 한 화장이 덜 지워져 아직도 초록색 반짝이가 붙어 있었다.

"다 됐어."

히스가 말했다.

그 말과 함께 우리는 마치 한 쌍의 무용수처럼 매끄럽게 자리를 바꾸었다. 각자 새로운 시각으로 상대방이 편집해놓은 걸 확인하기 위해.

오랫동안 같은 작업을 함께 해왔다면 누구나 이렇게 될 거다. 마감시간에, 이것은 언제나 히스와 내 몫이다. 그리고 그때마다 우리는 오랫동안 호흡을 맞춰온 무용수들처럼 매끄럽게 움직인다.

히스와 함께 춤을 춘다고 생각하니, 버크가 떠올랐다. 버크를 떠올리니 울적해졌다. 하지만 나는 절대로 울지 않는다. 난 서쪽의 마녀 에블린이니까.

잠시 뒤, 히스가 나를 빤히 바라보았다. 히스의 손이 팻걸 기획기사에 머물러 있었다.

"왜 그래?"

나는 하마터면 손에 들고 있던 커터칼을 떨어트릴 뻔했다.

히스가 기사를 내려다봤다가 다시 나를 보았다.

"이거 정말 멋진 기사야, 제이미. 정말 멋져."

나는 커터칼을 꽉 쥐었다. 마치 무언가를, 아니 누군가를 찌르기라도 할 것처럼.

"그래? 고마워. 구내식당 시금치 먹고 설사했다는 네 기사도 예술인걸 뭐."

히스가 얼굴을 찡그렸다. 히스가 얼굴을 찡그릴 때면, 얼굴 전체가 일그러진다.

"진심이야. 진짜 배짱이 두둑한걸. 이 기사를 저기에 배치하다니. 가장 잘 보이는 곳에 말이야."

"난 장학금이 필요해."

겨우 커터칼을 내려놓았지만, 손이 떨렸다.

히스가 약간 화난 표정을 지어 보였다. 그게 요점이 아니라는 듯. 하지만 이내 표정을 풀더니 고개를 끄덕였다. 그러고는 내가 해놓은 레이아웃을 다시 살펴보았다.

나도 히스의 레이아웃을 다시 살펴보았다. 하지만 집중할 수 없었다. 라디오 소리가 왕 짜증나서, 라디오를 콘크리트 벽에 냅다 집어던지고 싶어 죽을 지경이었다.

"그래서 그 녀석 정말 한대? 버크 말이야. 몇 주 전에 나랑 전화 통화할 때, 너 엄청 화나 있었잖아. 버크가 체중 조절 수술을 한다는 소문이 있던데……."

히스의 목소리가 비틀스의 노랫소리에 파묻혀 흘러나왔다.

"그래."

나는 눈을 가늘게 감았다가 다시 떴다. 라디오가 사라져버렸으면 좋겠다. 체중 조절이라는 단어를 두 번 다시 안 들었으면 좋겠다. 히스가 입을 다물었으면 좋겠다.

"너한테 무슨 말이라도 해줘야 할 것 같아서."

히스가 입을 열었다. 내 모든 바람을 일시에 무너뜨리면서…….

나는 이를 앙 다문 채 으르렁거렸다.

"어떤 말?"

히스가 작업용 커터칼과 형광펜을 제도판에 딱 소리 나게 내려놓았다. 그러고는 팔짱을 낀 채 저쪽을 쳐다보았다.

"언제나 그렇게 못되게 굴 필요는 없어, 제이미."

"됐어."

나도 커터칼을 얌전히 내려놓았다.

"나한테 뭔가 말해줘야겠다고 생각한 이유가 뭔데?"

몇 초가 지났다.

아주 오랜 동안의 불행한 시간처럼 느껴졌다. 나는 못되게 구는 사람이 아니다. 그래서 입을 다물고 있었다.

"나도 몰라."

히스가 나를 향해 몸을 돌렸다.

"내 말 뜻은, 그러니까, 미안해. 네가 버크를 걱정하고 있는 거, 나도 잘 알아. 그걸 잊어보려고 네가 학보사 일에만 몰두하는 것처럼 보여서……."

아랫입술이 파르르 떨렸다.

히스가 정말로 미웠다. 왜냐하면 히스는 프레디(네가 원치 않으면 그 얘기 안 할게), 노노(그건 버크가 내린 결정이야), 그리고 우리 가족(내가 들어본 것 중 가장 어리석은 짓이구나)보다 더 말이 많았기 때문이다.

히스의 말에 나는 눈물이 났다.

갑작스레, 나는 울음을 터트렸다. 신입생 시절 벌침이 내 코를 쏘았을 때처럼 말이다. 정말 기절이라도 하고 싶었다. 어떻게든 그냥 이 자리에서 벗어나고 싶었다.

대신, 나는 리놀륨 타일 바닥에 앉아 벽에 등을 기댔다.

히스도 책상 아래 내 곁에 앉았다. 아주 가까워서 히스의 다리가 내 다리에 닿았다. 몇 초 뒤, 히스가 손수건을 건넸다. 진짜 손수건. 하얀 손수건. 그 빌어먹을 손수건의 한 귀퉁이에는 HM이라는 글자가 꼬불꼬불 수놓아져 있었다.

나는 깜짝 놀라 울음을 멈췄다.

"이건 우리 아빠 손수건이야. 콧물을 닦아도 돼."

그러면서 히스가 웃었다.

"너, 진짜 부자니?"

내가 불쑥 묻자, 히스가 몸을 뒤로 젖히더니 벽에 머리를 편히 기댔다. 히스의 어깨가 내 어깨를 눌렀다. 나는 이니셜이 새겨진 그 거지같은 손수건으로 눈과 코를 닦았다.

"아니, 이젠 아니야. 하지만 부모님은 아직 그 사실을 받아들이지 않아. 아빠 회사가 구조조정 중이라, 아빠가 일자리를 잃을지도 몰라. 저축해둔 돈도 얼마 없고. 그래서 집을 팔려고 내놨어. 남들 모르게 말이야."

"안됐구나."

잠시 후, 이번에는 히스가 물었다.

"버크의 체중 감량 수술 얘기를 팻걸 기사에서 다룰 생각이니? 거지같은 녀석들이 그걸 써달라고 아우성치기 전에 말이야."

좋은 지적이다.

아주 좋은 지적이다.

나는 손수건으로 다시 얼굴을 닦았다.

"아마도…… 그래, 그럴 거야."

"그럼 넌 장학금을 따낼 수 있을 거야, 제이미. 난 확신해."

"고마워."

"네가 올해 편집장이 됐어야 했는데. 너도 잘 알겠지만 말이야."

히스의 말투는 덤덤하고 다소 누그러져 있었다. 마치 이 말을 하고 싶어 몇 주를 기다리기라도 한 것 같았다.

"글쎄. 그런 일은 절대 없을 거야."

"닥스 선생님은 네가 뚱뚱하다거나 뭐 그래서 그런 결정을 한 건 아니야. 여자 선생님이라 남자애를 더 좋아하는 것뿐이지."

"뭐라고?!"

히스가 웃었다.

나도 따라 웃었다. 그러고는 좀 더 울었다. 웃다 울다 했다.

우리는 계속 이야기를 나눴다. 대학교에 대해, 장학금에 대해, 그리고 언론상에 대해. 째깍째깍 시간이 흘렀다. 그러고는 이런저런 잡담을 나눴다.

히스는 지역 리그에서 미식축구를 한다고 했다. 나는 한 번도 축구공을 만져본 적이 없다. 하지만 늘 만져보고 싶었다.

히스는 내가 〈오즈의 마법사〉에서 도로시를 연기하는 여자애보다 노래를 더 잘 부른다고 말했다. 그 애는 지난봄에도 〈마이 페어 레이디〉에서 주인공을 맡았는데, 그때도 히스는 그 애를 탐탁해하지 않았다.

나는 도로시 역할을 하고 싶었지만 그건 불가능했다. 당연한 말이지만, 도로시는 팻걸이 아니기 때문이다. 팻걸은 언제나 연극에서 악역만 한다. 적어도 내가 참여했던 연극들에서는 그랬다. 악당 혹은 엄마 혹은 할머니 역할. 한번은 '자연의 어머니'를 연기한 적도 있었다. 의상이 진짜 근사해서 그나마 다행이었다.

"내가 너를 위한 연극을 써보면 어떨까? 너도 도로시가 될 수 있어. 노래도 잘 부르잖아. 어때?"

나는 히스 쪽으로 고개를 살짝 돌려, 그 푸른 눈동자와 햇볕에 그을린 얼굴을 보았다. 지금껏 본 적 없는 앙증맞은 미소를 지으며.

멋졌어, 제이미.

"네가 써준다면야."

"맹세코."

나는 히스의 푸른 눈동자에서 눈을 떼지 못했다.

"좋아. 언젠간 꼭 그렇게 될 거야."

라디오에서 데이비드 보위의 노래가 흘러나왔고, 히스는 나보다 먼저 평상시로 돌아갔다.

"난 이제 프린트 좀 할게. 괜찮지? 넌 잠 좀 자둬."

여느 때의 목소리였다. 약간 단호하고 무미건조하고 거리감이 느껴지고, 관심 없다는 듯한 말투.

"정말?"

"그래."

히스가 손을 뻗어 자기 손수건을 달라고 했다. 나는 손수건을 돌돌 말아 줘었다.

"아니, 빨아서 줄게. 괜찮지?"

그 앙증맞은 미소가 다시 튀어나왔다.

"그래, 좋은 생각이야."

히스가 일어섰다.

나도 히스를 따라 일어섰다. 다리가 후들거리는 느낌이 들었다. 하지만 꼿꼿이 일어섰다.

사무실을 나서기 전, 나는 뒤돌아보지 않은 채 히스에게 물었다.

"나한테서 무슨 냄새 안 나니?"

도대체 뭐라고 지껄인 거야?

미쳤어?

물론 넌 미쳤어. 빌어먹을 헛소리나 해대고.

이제 히스가 수많은 질문을 퍼부을 거야.

하지만 히스는 그러지 않았다. 히스는 그냥 이렇게만 말했다.

"아니. 너한테서는 바닐라 향이 나."

그럴 줄 알았다.

나는 사무실 동굴을 나섰다. 더 이상 헛소리를 지껄이기 전에 말이다.

팻걸의 답장 1

제이미 D. 카카테라

친애하는 팻걸에게: 왜 당신이 이 칼럼을 쓰는지 난 이해가 안 돼요. 누워서 침 뱉겠다는 건가요?

이 연재기사를 쓰는 건 당신 같은 사람들 때문에, 당신 같은 사람들을 위해서다. 그리고 신문에 뚝뚝 피를 흘려 언론상을 타고 싶기 때문이다. 이 기사들은 모두 내 결정적인 포트폴리오가 될 거다. 물론 난 누워서 챔 뱉고 싶지 않다. 난 하나도 창피하지 않다. 그럴 거라면, 차라리 거울을 보면 된다.

친애하는 팻걸에게: 당신은 뚱뚱한 게 영광인가요?

당신은 그러신지? 설마! 나도 마찬가지다. 난 뚱뚱하다. 그건 내 삶의 현실이다. 그리고 '비만'과 관련된 그 모든 소동이 뉴스에 나오기 전까지는 내가 매일 매분 그것에 대해 생각해볼 필요가 없었다는 것 또한 사실이다.

친애하는 팻걸에게: 비만은 잘못된 식습관 때문인가요?

그럴 수도 있다. 하지만 내가 아는 한, 강박적인 과식은 어떤 진단 매뉴얼 혹은 보험 설계에서도 비만의 원인으로 공식 인정되지 않고 있다.

친애하는 팻걸에게: 당신은 TV에 나오는 다이어트 프로그램을 하나라도 시도해본 적이 있나요?

거의 모든 것을 해봤다. 돈이 엄청 많이 드는 게 아니라면. 나는 요란한 다이어트 프로그램에 쓸 돈이 없다. 고작 2킬로그램 정도 빼길 원하는 사람들은 말도 꺼내지 마시길. 내 왼쪽 가슴이 당신 몸보다 무게가 더 많이 나간다.

친애하는 팻걸에게: 위장접합술에 대해 어떻게 생각하나요?

그 이야기는 지금 하지 않겠다. 많은 사람들이 그걸로 죽는다(위장접합술은 비만 치료법 중 체중 감량의 효과가 가장 뛰어나지만, 그만큼 합병증의 위험도 크다 : 옮긴이). 죽음은 팻걸의 고려사항 목록에 올라 있지 않다. 위장접합술에 대해서는 그냥 입 다물고 계시길. 내가 따로 말하기 전까지는 말이다.

친애하는 팻걸에게: 우리나라에서 비만은 심각한 건강 문제입니다. 그 점을 부인하려는 건가요?

　비만은 심각한 건강 문제일 수 있다. 하지만, 거기에는 수많은 음모론이 존재한다. 최근 뉴스들에는 다이어트산업이 유도한 광란과 흥분이 자리 잡고 있다. 다이어트산업은 수십억 명의 사람들을 무기력하게 만들 뿐만 아니라 상황을 더욱 악화시키기도 한다. 분명, 다이어트산업은 비만에 대한 경각심을 불러일으키는 수많은 연구들에 자금을 대고 있다.

　반대로 다이어트산업에서도 음모론을 제기한다. 요식업계가 '비만이 그리 나쁘지 않다'고 주장하는 연구들에 수십억 달러의 자금을 지원하고 있다는 거다.

　어쩌면 둘 다 어느 정도 진실일 거다.

　블로거들의 글을 읽어보시길. 과학 논문을 읽어보시길. 당신이 결정할 문제다.

5장

계속해, 팻걸!

"다시!"

연출가인 던스타인 선생님이 1막에 나오는 출연진 모두를 노려 보며 소리쳤다. 모두들 뒤에서 던스타인 선생님을 흉봤다. 선생님 은 생긴 게 꼭 짜증 잘 내는 작은 강아지 같다. 위로 빗어 올린 갈색 머리카락과 커다란 눈, 목이 터져라 짖어대며 강당을 실룩샐룩 뛰 어다니는 모습이 그렇다.

메이크업을 마친 나는 마녀 에블린으로 분장하기 위해 커다란 후 프 스커트를 입었다. 던스타인 선생님은 그 옷을 리허설 때마다 입 으라고 했다. 오프닝 때 아주 자연스럽게 악녀처럼 보이려면 실제 의상에 익숙해져야 한다면서.

나는 내 왕좌에 다가가 앉았다. 왕좌는 이제 무대 앞을 향해 커튼 바로 뒤에 놓여 있었다. 나는 왕좌에 앉아 있는 게 너무 맘에 든다.

특히 내가 입장할 차례가 아닐 때 말이다.

나는 무대의 움직임에 귀 기울였다. 누군가 내 의자를 잡아당길 때까지 10분 정도 남았다. 나는 휴대전화를 살며시 꺼내 프레디에게 전화를 걸었다. 3일 전, 사귀던 친구가 프레디를 차버렸다. 그래서 프레디는 기분이 가라앉아 있었다.

프레디가 전화를 받았다.

"패셔니스타 서비스입니다. 모슬린(블라우스나 드레스 등에 주로 쓰이는 고급 직물:옮긴이)의 스펠링을 댈 수 없다면, 당신은 구닥다리입니다."

"엠-유-에스-엘-아이-엔."

던스타인 선생님이 알아차리지 못하게 나는 목소리를 낮추어 중얼거렸다.

"오늘 기분은 좀 괜찮아졌어?"

"그저 그래."

프레디가 손사래 치는 모습이 떠올랐다.

"나, 아이스크림 먹었어. 그리고 5킬로미터를 달렸지. 아이스크림 먹은 거 빼려고. 게다가 노노를 데리고 맥도널드에도 갔어. 밀크셰이크 먹고 기운 좀 차리려고 말이야."

프레디가 한숨을 내쉬었다.

"이제 또 달려야 해. 그래야겠지? 젠장."

쾌활한 프레디의 목소리가 곧이곧대로 들리지 않았다. 배가 꽉 조여왔다.

"너, 벌써 누구 만났지? 그렇지?"

침묵.

웃음.

"글쎄. 음, 날 오랫동안 가만히 놔두질 않네."

"확실해? 이번에 만난 애는 따로 사귀는 친구 없어?"

"그 애는 깨끗해. 정말이야. 이제 겨우 스무 살이거든. 지난주에 스낵바에서……."

프레디는 그 애에 대한 모든 것을 단숨에 이야기해주었다. 프레디의 말을 듣고 있으니, 그 애가 정말 최고처럼 들렸다. 상관없다. 프레디가 다시 행복해졌으니까. 그게 중요한 거다. 노노로 말하자면, 노노는 지금쯤 분명 집에서 샤워를 하고 있을 거다. 패스트푸드점에서 받은 부정적인 에너지를 몽땅 씻어내려고 말이다. 친구들 생각을 하니, 배가 좀 풀렸다. 세상 모든 게 다시 좋아졌다.

"마녀 입장!"

던스타인 선생님이 큰 소리로 외쳤다. 나는 프레디에게 급히 작별을 고하고 전화를 끊었다.

내 왕좌가 흔들거렸다. 휴대전화를 후프 스커트 안에 입은 치마 주머니에 쑤셔 넣었을 때, 왕좌가 다시 흔들리며 약간 움직였다. 나는 중심을 잡았다. 후프 스커트를 입고 앉아 있는 게 쉬운 일은 아니다.

왕좌를 든 남학생들이 나를 중앙 무대로 끌고 가느라 왕좌가 다시 움직였을 때, 나는 얼굴 가득 마녀의 웃음을 단단히 짓고 있었다. 왼손은 얼굴 옆 위로 들어 올리고, 오른손에는 채찍을 들었다.

의자를 든 남학생들이 앞으로 계속 움직였다. 모든 것이 매끄럽게 유지되었다.

사악함을 생각하자. 사악함을 생각하자. 사악함을 생각하자.

심호흡. 하나, 둘, 셋. 심호흡. 하나, 둘, 셋.

침착해야 해. 차분해야 해.

왕좌는 미끄러지듯 부드럽게 나아갔다. 밑에 바퀴가 달려 있기 때문이지만, 관객들에게는 왕좌가 미끄러지는 것처럼 보일 거다.

내 주제가가 뒤쪽에서 부드럽고 낮게 시작되었다.

나쁜 소식은 안 돼. 사악함을 생각하자.

나는 더 깊게 숨을 쉬었다. 그렇게 노래할 준비를 했다.

남학생들이 관객들을 향하도록 왕좌의 방향을 돌렸다. 그런데 서야 할 곳에 서지 못했다.

강당에 있는 의자들이 빙그르르 돌았다. 왕좌에 앉은 내 머리도 핑 돌았다.

나는 채찍을 놓쳤다. 채찍이 바닥에 떨어지며 탁 소리를 냈다.

"맹세코 그 여자를 죽이리라."

나는 소리쳤다. 하지만 왕좌가 삐걱거리며 요란한 소리를 냈다. 옆에 있던 남학생과 부딪혀, 던스타인 선생님을 쓰러트릴 뻔했다. 엉망진창이 되기 일보 직전이었다.

"나쁜 소식은 안 돼!"

음악 소리가 크게 울려 퍼졌다.

"내 채찍 어디 있어?"

거치적거리는 후프 스커트 때문에 애를 먹고 있는데, 그 순간 던스타인 선생님과 얼굴이 딱 마주쳤다.

던스타인 선생님의 얼굴은 자줏빛이었다. 선생님의 턱이 마구 움직였다.

"채찍은?"

나는 던스타인 선생님의 시선은 신경 쓰지 않은 채, 남학생들에게 다시 물었다.

선생님은 늘 이렇게 우리를 바라본다. 연습이 엉망이 될 때마다.

연습은 언제나 엉망이었다. 막이 올라가기 1주일 전까지는 늘 그럴 거다.

누군가 채찍 손잡이를 내 손에 불쑥 건넸다.

"다시!"

던스타인 선생님이 큰 소리로 짖어댔다.

나는 채찍을 무릎 사이에 찔러 넣고, 남학생들이 다시 등장하기 위해 비틀거리는 왕좌를 무대 뒤로 잡아당기는 동안, 채찍을 단단히 쥐었다.

저녁 8시쯤 연극 연습을 마쳤을 때, 프레디와 노노가 나를 데리러 왔다. 프레디의 차를 타고 집에 가는 내내, 나는 눈가에 붙은 반짝이를 북북 문질러 떼어냈다.

집에 도착하자 신선한 옥수수빵과 맛있는 고기 스튜 냄새가 났다. 배에서 꼬르륵 꼬르륵 천둥소리가 났다. 생각 같아서는 옥수수빵과 스튜를 내 몸무게만큼이나 먹어치울 수 있을 것 같았다. 우리 집이니까. 하지만 아무리 절친이라 해도 프레디와 노노가 옆에 있으니 아주 많이는 안 먹을 거다. 한 사발 정도?

엄마가 부엌에서 우리를 맞았다. 엄마는 큰 목소리로 인사를 건네며 한 명 한 명 안아주었다. 엄마가 나를 꼭 껴안았을 때, 엄마에게서 향긋한 비누와 파우더 냄새가 났다.

"스토브 위에 저녁식사 있다."

엄마가 나를 놓아주고는 노노를 흘끗 바라보았다.

"안타깝지만, 고기를 넣어 음식을 만들었구나. 네가 먹을 콩을 가져다줄게. 냉장고 안에는 양상추랑 건포도도 좀 있을 거다."

그러자 노노가 엄마에게 활짝 웃어 보였다. 노노는 언제나 우리 엄마 앞에서 미소 짓는다. 다른 사람들한테는 거의 웃는 법이 없는데 말이다.

엄마와 노노가 먹을 것을 챙기러 간 사이, 프레디가 나한테만 들리는 목소리로 속삭였다.

"너희 엄마는 천사야!"

하지만 나는 엄마를 향해 눈을 흘겼다. 엄마가 아빠처럼 얼룩이 덕지덕지 묻고 구멍이 숭숭 나 있는 푸른색 스웨터를 입고 있었기 때문이다. 집에서 늘 입는 옷. 엄마 아빠가 내 친구들 앞에서만큼은 낡은 스웨터를 입고 있지 않았으면 좋겠다. 하지만 가능성 없는 희망이다.

나는 부모님만큼 덩치가 크다. 그래도 나는 최선을 다해 깔끔해 보이려고 노력한다. 그건 뚱뚱한 사람의 일종의 의무다. 아니, 어쩌면 팻걸의 임무일지도 모른다. 절대 단정치 못한 모습을 보이지 말 것! 뚱뚱한 사람은 게으름뱅이라고 모두 지레짐작하니까. 나는 판에 박힌 사람이 되는 게 싫다.

하지만 우리 부모님은……

"여긴 우리 집이야, 제이미. 우리 집에서만큼은 편하게 지내자."

내가 부탁했을 때 부모님은 이렇게 말했었다.

엄마는 자동차 공장에서 비서로 일한다. 거기서는 유니폼을 입어야 하는데, 엄마 몸에 넉넉히 맞는 사이즈가 없다. 아빠는 운송회사에서 짐을 나른다. 아빠는 유니폼이 그럭저럭 몸에 간신히 맞는다. 두 분이 집에 돌아올 때면 파김치가 되어 온몸이 아프단다. 그래서 집에서만큼은 편한 옷을 입고 편히 있고 싶어 하는 거다.

프레디와 나는 식탁에 차린 고기 스튜와 옥수수빵을 먹어치우기 시작했다. 그러는 동안 노노는 전자레인지에 넣어 익힌 콩과 건포도가 섞인 양상추 샐러드를 드레싱 없이 먹었다.

그걸 보고 프레디가 말했다.

"건포도가 들어간 밍밍한 양상추 샐러드를 먹는 사람은 노노 너밖에 없을 거야. 너, 혹시 식물에게도 감정이 있다는 말 들어봤어? 네가 썰든가 찢든가 할 때, 식물도 온갖 엔도르핀 물질을 방출해!"

"그건 과학적인 사실이 아니야. 아직 연구 중이니까."

"식물도 고통을 느낀다는 게 증명되면, 넌 굶어 죽을 거니?"

"물론 아니지. 나무에서 떨어진 열매를 주워 먹을 거야."

노노가 프레디를 바라보았다. 한심한 소리 하고 있다는 듯한 표정으로.

"아, 이런."

프레디가 도와달라는 몸짓을 했다. 하지만 나는 프레디가 눈을 흘겨도 모른 체했다.

나는 프레디에게 반쯤 쓰다 만 밴더빌트 대학교와 오하이오 대학교 지원서를 건넸다. 지난번에 프레디가 우리 집에 왔을 때 깜빡 잊고 놔두고 간 것이었다.

"프레디, 넌 채식주의자를 굶어 죽게 만들 '식물의 고통' 연구가 좋은 에세이 주제가 될 거라고 생각하니?"

프레디와 노노는 아무 말 없이 눈을 깜박였다. 노노는 양상추와 건포도를 아삭아삭 씹어 먹었다. 프레디는 한 입 가득 스튜를 꿀꺽 삼켰다.

나는 옥수수빵을 허겁지겁 먹었다. 그러고는 종이 몇 장과 펜을 움켜잡았다.

"난 지금 진지하게 말하는 거야. 난 노스웨스턴 대학에 어떤 에세이를 써 내야 할지 모르겠어."

"팻걸 기사에서 일부 가져오면 되잖아?"

프레디가 어깨를 으쓱하며 말을 이었다.

"포르노그래피에 대한 그 칼럼은 어때? 그거 정말 멋졌는데."

따끈하고 맛 좋은 스튜를 한 술 뜨고 나서 나는 대답했다.

"그건 전국 언론상에 출품할 거야. 팻걸 기사 전부. 난 뭔가 새로운 걸 써야 해. 뭔가 신선한 거."

입 안에서 스튜 국물이 빙글 맴돌다가 곧장 배로 내려갔다. 나는 다시 한 숟가락 수북이 스튜를 떠먹었다. 고기 맛이 정말 환상적이었다. 노노가 동물성 제품을 먹지 않고 어떻게 사는지 궁금해질 정도로 말이다.

"아직 신문에 안 내보낸 글도 있잖아."

"나도 잘 모르겠어."

나는 스튜를 입에 밀어 넣었다.

그러자 노노가 진지한 표정으로 나를 바라보며 말했다.

"하지만 그건 뚜렷한 명분이 있어서, 점수 따기 좋을 거야."

노노는 이미 점수를 따놓았다. ACT에서 33점(ACT 만점은 36점이다:옮긴이)을 받았고, 내신 성적도 올A를 받았다. 노노는 분명 자기가 염두에 두고 있는 대학들에서 전부 입학 허가를 받을 거다. 내가 왜 그런 노노와 왈가왈부한단 말인가?

내 스튜는 1분 만에 사라졌다. 프레디의 것도 마찬가지였다. 하지만 노노는 밤새도록 저녁식사를 할 기세였다. 노노는 식사하는 데 시간이 좀 걸린다.

"버크의 수술에 대해 글을 쓰면 어떨까?"

그러면서 프레디는 고개를 들지 않았다. 프레디는 잔뜩 긴장하고 있는 것처럼 보였다. 내가 광고방송의 중고차 판매원들처럼 고래고래 소리를 지를 경우에 대비해서 말이다. 나는 이미 프레디와 그 주제에 대해 실컷 이야기를 나누었다.

버크와 이야기할 때는 마치 종교 광신자들과 이야기를 나누는 것 같았다. 힘들었다. 버크가 '정상적인' 사람이 되는 것에 대해 이야기할 때, 그 애 눈에서 뿜어져 나오던 그 사나운 흥분의 불꽃. 하지만 내가 버크에게 무슨 말을 할 수 있을까? 마법처럼 정상적인 몸이 된다면 정말 멋질 거다. 나도 그 점은 부인할 수 없다.

"그건 지극히 개인적인 일일 뿐이야."

나는 투덜거렸다. 나는 사람들이 편지로 물어오기 전에 내가 먼저 그 얘기를 학교신문에 실어야 한다는 히스의 말을 머릿속에서 지워버리려고 노력했다.

"비밀은 오래 못 가는 법이야."

프레디가 되받아쳤다. 프레디의 올리브색 뺨이 빨갛게 물들었다.

"몇 주 만에 학교에 나타나면 버크 몸이 엄청나게 오그라들어 있을 테니까."

나는 턱을 앙 다물었다. 이가 뿌드득 갈리는 걸 억지로 참았다. 그 얘기가 나올 때마다, 나는 그저 울고 싶었다.

"어쨌든 지금은 비밀이야. 알았어?"

그러자 프레디가 심각한 표정을 지으며 말했다.

"2주 뒤면 버크는 수술대에 누울 거야, 제이미. 아무 일 없는 것처럼 네가 모른 척할 순 없어."

"버크가 수술실로 갈 때까지 모른 척하면 돼. 그사이에 버크가 마음을 바꿀지도 모르고."

우리는 모두 아무 말도 하지 않았다.

버크가 과연 마음을 바꿀지에 대해 프레디, 노노와 나는 모두 얼굴에 똑같은 표정을 지었다. 그 표정은 이렇게 말하고 있었다.

그래, 잘도 그러겠다!

우리가 무엇을 원하든, 우리가 어떻게 느끼든, 신이 개입하지 않는 한 버크는 수술을 받을 거다.

나는 아래를 흘끗 내려다보았다. 내 펑퍼짐한 배와 노노의 몸통보다도 굵어 보이는 허벅지를. 그리고 낡아빠진 갈색 카펫과 아무것도 쓰여 있지 않은 에세이 원고지를. 그 모든 것은 신이 내 기도에 전혀 귀 기울이지 않았다는 걸 증명하고 있었다.

노노가 눈을 감았다가 떴다. 그러고는 나를 바라보았다.

"〈오즈의 마법사〉 오프닝이 언제야?"

"10월 6일."

생각해보니, 버크가 수술하고 3주 뒤였다.

버크는 9월 18일에 죽지 않을 거다. 버크는 수술실에서 멀쩡하게 나올 거다. 단지 위가 확 줄어들었을 뿐.

나는 텅 빈 에세이 원고지를 째려보며 목구멍으로 되넘어오려는 스튜를 다시 꿀꺽 삼켰다. 숨 쉴 때마다 가슴이 옥죄어왔다.

하지만 버크가 살아 돌아온다 해도, 우리의 관계는 아주 많이 변할 거다. 우리는 더 이상 피자를 먹으러 가지 못할 거다. 밀크셰이크도, 튀김도 함께 먹지 못할 거다. 우리가 좋아하는 어떤 음식도 함께 즐기지 못할 거다. 버크는 위가 너무 작아서 두 숟가락만 먹어도 배가 부를 테니까.

그런 생각이 드니 가슴이 더 답답해졌다. 이 백지에 뭘 채워 넣지? 하지만 뭐든 써 넣어야만 한다.

우린 팝콘 없이도 언제든 영화관에 갈 수 있어. 그리고 먹는 것 대신 다른 걸 즐기면 돼. 정신 차려. 버크는 너한테 '내 여신'이라고 그랬잖아. 자기를 떠나지 말아달라고 했단 말이야.

하지만 나는 두려웠다.

버크도 두려워하고 있다. 내가 자기를 떠날까 봐.

내가 버크 곁을 떠난다고?

무슨 소리야. 그딴 생각 하지 말자. 지원서만 생각하자. 적어도 오늘 밤엔…….

아무것도 적혀 있지 않은 종이 위에 나는 두 숟가락이라고 적었다. 그러고는 내 커다란 배를 내려다보았다.

안방 TV에서 게임쇼 중간에 나오는 다이어트 광고 소리가 새어 나와 복도를 떠돌아다녔다. 기적처럼 일주일에 20킬로그램 감량시켜준다는 알약 광고였다. 그걸 흘려듣고 있는데, 갑자기 머릿속에 어떤 아이디어가 떠올랐다.

화면 아래 번쩍이며 지나가는 글자. 너무 빨라서 눈 깜박할 사이에 놓쳐버리기 쉽다. 만약 화면을 정지시킨 뒤 돋보기를 쓰고 보면, 다음과 같은 글을 발견하게 될 것이다.

이 주장은 미국 식품의약국(FDA)의 공인을 받지 않았습니다. 이 제품은 치료제가 아닙니다. 이 알약을 복용한다고 해서 몸무게가 준다는 보장은 없습니다.

하지만 우리는 어쨌든 당신이 지갑을 열 거라는 사실을 잘 압니다. 당신은 절실하니까요. 체중 감량은 개인차가 있습니다. 당신이 다이어트와 운동을 얼마나 많이 하느냐에 따라 다릅니다. 제아무리 바보라고 해도 알약이 몸무게를 줄여주지는 않는다는 걸 알고 있죠. 우리는 연기자들에게 돈을 지불했습니다. 하지만 우리는 그런 사람들을 보수를 받는 자원자라고 부릅니다. 당신을 갈팡질팡하게 만들기 위해서 말이죠. 물론 증명서는 순 엉터리입니다. 누군가 설탕과 허브를 섞어 압축시킨 이 알약을 먹고 효과를 본다 할지라도, 그건 전형적인 사례가 아닙니다. 당신과 상담하는 하얀 가운을 입은 사내들은 의사가 아닙니다. 세상에! 얼마나 많은 멍청이들이 이 우스꽝스러운 쓰레기를 정말로 구매하겠습니까?

나는 씩 웃으며 고개를 들었다.

나를 뚫어져라 응시하고 있던 프레디와 노노가 안도의 표정을 지었다. 내가 백지 위에 작성하고 있는 내용을 보고는 프레디가 고개를 끄덕였다. 풍자적인 다이어트 광고. 그런데 서글픈 사실은 자세히 귀 기울여 들으면 실제 광고가 더더욱 나쁘다는 거다.

나는 그 위에 커다랗게 제목을 쓰고, 그걸 검토하기 위해 위로 치켜들었다.

나는 꼬임에 속아 하룻밤 만에 200킬로그램을 감량했다!

　프레디의 미소가 더욱 커졌다.

　"계속해, 팻걸."

　나는 펜을 들어 계속 써내려갔다.

팻걸, 열 받다! - 팻보이 연대기 I

제이미 D. 카카테라

내 성질머리가 부글부글 끓어오르기 시작한다.

나는 태어날 때부터 뚱뚱했다. 내가 지금까지 겪은 가장 심각한 건강상의 위기는 바로 고등학교 입학 첫날에 찾아왔다. 그때 나는 벌침에 쏘였다. 시뻘겋게 부풀어 오른 코를 하고, 엉엉 울부짖으며 학교 안을 돌아다니는 팻걸을 아무도 좋아하지 않았다. 나는 불명예를 씻기까지 시간이 걸렸다. 하지만 나는 해냈다. 왜냐하면 나는 그저 그렇고 그런 뚱뚱한 여자애가 아니니까. 나는 팻걸이다. 기억하는가?

내가 자기를 팻보이이라고 부르는 걸 허락해준 내 남친 버크도 불명예를 씻을 것이 많다고 느끼는가 보다. 버크는 팻보이인 자신에 대한 사람들의 가정과 고정관념, 미심쩍은 말과 태도에 지쳤다.

버크는 팻보이로 살아가는 데 지쳤다.

그래, 그게 맞는 말이다. 팻보이는 할 만큼 했다. 그리고 이제 너무 힘들어서 자기 겉모습을 바꾸는 데 목숨을 걸려고 한다.

여러분은 이 점에 대해 어떻게 생각하는가?

팻보이는 미식축구를 포기하려 한다. 졸업반 생활의 상당 부분을 포기하려 한다. 대학에 들어가는 데 필요한 학점의 상당수를 포기하려 한다.

팻보이는 수술을 받으려 한다. 팻걸이 할 수 있는 일이라곤 그 모습을 지켜보며 기도하고, 여러분 모두를 안심시키는 것밖에 없다. 이 학교에 다니는 여러분 모두, 명심하라. 수술은 절대 비만에서 벗어나는 손쉬운 방법이 아니다.

수술은 생각도 마시길. 상상도 마시길.

여러분은 팻보이가 더 '정상적'으로 보이기 위해, 더 '정상적'으로 생각하기 위해 무엇을 하려 하는지 모를 거다. 절대 두려워 마시길. 내가 다 말해줄 테니. 팻보이는 해병대 입대자들보다 더 열심히 노력해왔고, 끔찍한 자동차 사고를 당한 사람들보다 더 큰 상처를 받아왔으며, 이제 엄청나게 심각한 위험을 감수하려 하고 있다.

버크가 비만 수술을 받기로 선택한 것은 죽음의 위험을 무릅쓴 것이다.

하지만 버크는 할 만큼 했다. 그리고 뚱뚱하게 사느니 차라리 죽는 걸 선택할 거다.

나는 버크를 응원할 거다. 왜냐하면 버크는 내 남친이니까. 버크가 나보고 병원에 있어달라고 했으니까.

만약 버크가 수술 후유증을 극복하고 아주 건강한 모습으로 졸업식에 참석한다면, 여러분 모두 자리에서 일어서서 미쳐 날뛰는 원숭이들처럼 환호하는 게 좋을 거다. 안 그러면 여러분이 어디에 살고 있는지 팻걸이 끝까지 찾아내서 응징을 해줄 테니까.

지금 팻걸은 팻보이를 걱정하고 있다. 나는 여러분이 나와 함께 걱정해주기를 바란다. 그리고 좋은 생각을 해주기를.

6장
치명적인 인터뷰

　지도교사 두 명, 2학년 도우미 열두 명, 그리고 모습을 보이지 않은 몇몇 겁쟁이를 빼고 3학년 전체 학생들이 미식축구 관람석에서 어슬렁거렸다. 그것도 밝은 대낮에.

　드디어 졸업앨범 촬영이다. 유후!

　버크, 프레디, 노노와 나는 눈에서 눈곱을 떼어내며 7개의 '판타지' 최종 버전을 흘끔거렸다. 세트 디자인팀이 만들어놓은 것이었다. 우리는 선택 양식지를 내려다보며 무얼 고를까 고민했다. 7개의 판타지 세트 중 세 개를 고를 수 있었다. 내가 제일 먼저 커다란 텐트와 붉은 벨벳 쿠션이 있는 '술탄과 왕비' 세트를 선택했다. 그다음엔 버크가 미식축구선수와 치어리더가 있는 '라-라' 세트를, 마지막으로 프레디와 노노는 '황야의 결투' 세트를 선택했다.

　우리는 진짜 희한한 사진을 찍고 싶었다. 졸업앨범 커버에 배치

되는 행운을 얻을 수 있게 말이다. 하지만 우리 사진이 뽑히지 않는다 해도 상관없다. 멋진 추억의 사진을 갖게 될 테니까.

2학년 도우미들이 앞에서 쟁반에 도넛과 오렌지 주스를 담아 나누어주었다. 졸업앨범 촬영 날의 공식 아침식사였다. 하지만 노노는 미리 준비해온 채식주의자 전용 스낵바를 꺼내 먹었다.

식사 쟁반이 도착하자, 버크가 음식을 집어 들고는 나한테 쟁반을 건넸다. 나는 아래쪽 줄로 쟁반을 내려 보냈다. 그걸 받아든 녀석은 괴짜 공붓벌레 중 하나인데, 나를 잠시 바라보더니 씩 웃으며 말했다.

"고마워, 팻걸."

신문 기사가 나간 이후로 사람들은 나를 그렇게 불렀다. 몇몇 아이들은 멋지답시고 그렇게 부르는 것 같았다. 마치 공붓벌레라는 말처럼. 그래서 나는 그 녀석을 관람석에 내동댕이치지 않았다. 그저 그 녀석에게 활활 타는 팻걸의 눈길을 보냈다. 그러자 녀석은 더 크게 미소를 지어 보였다.

내가 음식을 다 먹어치우자 버크가 자기 몫을 고스란히 나한테 주었다.

"넌 안 먹어?"

하지만 더 이상 따지지 않고 버크의 음식을 받아들었다.

버크가 가방에서 물병을 꺼내며 말했다.

"준비해야 하거든. 너도 알잖아! 음식 조절을 잘해야 수술 후유증이 적을 거야."

버크의 도넛을 한 입 베어 물자 목이 막혔다. 벌써부터 버크의 위가 작아진 걸까? 위를 절제하는 그 지독한 수술을 겪기도 전에 말이다.

에잇! 버크가 6일 뒤에 죽을지도 모르는데 그깟 게 뭐 대수겠어?
버크한테 미소를 보여주자, 젠장.

그래서 나는 웃었다. 그러고는 도넛 조각을 억지로 꿀꺽 넘기고, 주스를 한 모금 마시면서, 뭐라고 말해줘야 할지 고민했다. 버크는 분명 내가 뭐든 한 마디 하길 원할 테니까.

"잘했어. 신체적 충격에 대비하려면 그래야겠지."

노노가 침묵을 깼다. 나는 노노에게 뽀뽀라도 해주고 싶었다.

"실은 나도 궁금했어. 네가 음식 조절을 하고 있는지 말이야."

프레디도 거들었다.

"몸무게를 줄이지 않으면 합병증의 위험이 커질 거야."

버크가 고개를 절레절레 저었다. 그러자 버크의 머리가 내 어깨에 살짝 닿았다. 나는 버크의 어깨를 감싸고, 두드리고, 거기에 내 머리를 기대는 걸 좋아한다. 내가 피곤하거나 슬플 때, 또는 아주 행복할 때에도.

이제 모두 나를 바라보았다. 내가 말할 차례였다. 잠시 동안 어색한 침묵이 이어진 뒤, 나는 겨우 한 마디 내뱉었다.

"네가 몸 관리를 잘했으면 좋겠어."

그러고는 천천히 숨을 쉰 뒤 덧붙였다.

"내가 뭐든 도와줄 일이 있을까?"

제발 아니라고 말해.

내 마음을 읽기라도 한 듯, 버크가 고개를 저었다.

"나 혼자 힘으로 해낼 거야."

버크가 내 손을 꼭 잡았다. 그러고는 다시 저 먼 하늘가를 바라보았다.

★

'황야의 결투' 세트 촬영을 하고 있는데, 방송국 차량 두 대가 미식축구 연습장으로 이어지는 도로로 들어섰다. 보통은 3대 지역방송국 중 두 곳에서 우리 학교의 졸업앨범 촬영을 다룬다. 오늘의 이모저모 기사로 내보내기 위해서다. 그런데 학급 단체사진을 진지한 표정으로 찍는 동안, 세 번째 방송국 차량이 도로에 모습을 드러냈다. 이런 자질구레한 일만 도맡아 하는 가엾은 햇병아리 기자 대신, 거물 기자라도 행차하신 모양이었다.

"와우, 우리가 유명인사라도 된 것 같은데!"

단체사진과 독사진을 찍으러 흩어지면서 프레디가 중얼거렸다.

해가 높이 솟아오르면서 날이 점점 더워졌지만 불어오는 산들바람에서는 가을 냄새가 물씬 풍겨났다. 그런데 이상하게도, 방송국 사람들은 단체사진과 독사진 촬영을 마친 아이들에게 다가가지 않았다. 그저 멀찍이서 어슬렁거릴 뿐이었다.

연극반 단체사진 촬영은 빨리 진행되었다. 모두가 어떻게 포즈를 취해야 하는지 빠삭하게 알고 있는 연기자들이니까. 하지만 학보사 단체사진 촬영은 순탄치 않았다. 히스와 내가 유일한 3학년생인데, 히스는 마치 플라스틱 인형처럼 엉거주춤한 포즈를 취했다.

"긴장 좀 풀어. 로봇이야, 뭐야?"

내가 히스를 흘끔 쳐다보며 말하자, 히스가 얼굴을 붉히며 대꾸했다.

"난 사진을 편집하는 사람이지, 모델이 아니라구."

나는 한숨을 크게 쉬며 팔을 히스의 어깨에 걸치고는 힘주어 잡아당겼다. 그러자 히스가 펄쩍 뛰며 소리 질렀다.

"장난하지 마, 제이미!"

찰칵, 찰칵, 찰칵.

사진기사가 카메라에서 눈을 떼며 말했다.

"이 사진이 훨씬 생동감이 있어 좋은데!"

하지만 히스는 사진사를 붙잡고는 마지막 세 장을 삭제해달라고 우겼다.

얼마 후, 방송국 직원 한 명이 사진을 다 찍고 수다를 떨고 있는 애들 사이를 지나 천천히 나한테 다가왔다. 그 뒤에 카메라 기자도 따라왔다. '채널3'이란 글자가 카메라 앞에 크게 박혀 있었다.

대나무처럼 삐쩍 마른 여기자는 어깨 바로 위로 단정히 자른 머리에 어깨에 뽕이 들어간 빨간색 원피스 차림이었다. 바로 로이스 레인 기자였다.

"실례지만, 학생이 제이미 카카테라인가요? 팻걸 맞나요?"

로이스 레인이 물었다.

머리가 작동하기도 전에 입이 먼저 움직였다.

"글쎄요, 제가 스키니걸이 아닌 것만은 분명해요. 안 그런가요?"

그러자 로이스가 잠시 말을 멈추었다. 방송용 환한 미소가 조각 같은 얼굴에서 싸늘하게 얼어붙었다. 안젤리나 졸리 같은 그 빵빵한 입술은 진짜일 리 없었다. 분명 엉덩이 지방을 빼내 입술에 주입했을 거다.

내 눈이 모여 있는 아이들 쪽으로 재빠르게 움직였다. 버크, 프레디, 노노를 찾아 헤맸다. 노노는 녹색당 홍보의 장을 갖고 싶어 한다. 채널3보다 더 멋진 매체가 또 어디에 있나. 로이스 레인과 함께라면 더 완벽하지 않은가? 텔레비전 인터뷰는 정말 나랑 안 맞는다. 난 신문쟁이니까.

내 얼굴과 목은 땀범벅이 되었다. 화장을 덕지덕지 한 로이스 옆에서 내가 얼마나 번들거리며 초라해 보일까? 젠장!

로이스가 마이크를 앞으로 내밀었다.

"방금 했던 말, 다시 한 번 해줄래요?"

나는 목을 가다듬었다. 그리고는 무대 위의 배우처럼 또박또박 발음했다.

"네. 전 제이미 카카테라예요. 팻걸이라고 합니다."

"팻걸, 학교신문에 도발적인 칼럼을 쓰게 된 진짜 동기가 뭔지 말해줄 수 있나요?"

로이스의 느닷없는 질문과 햇빛에 하얗게 번쩍이는 이가 나를 방

심하게 만들었다. 그래서 뭐라고 말해야 할지 아무 생각이 안 났다.

"음…… 저는, 글쎄요……."

내 뒤에 있던 히스가 서둘러 다가왔다.

"저는 히스 몬텔입니다. 편집장이죠. 제이미는 현대 사회에서 과체중으로 산다는 것이 어떤 건지 사람들에게 알려주려는 겁니다."

로이스가 히스를 바라보았다. '좋아, 고마워. 그러니까 이제 꺼져'라는 표정으로. 나는 그걸 읽을 수 있었다. 그런 표정에 아주 많이 익숙하니까.

정중하게, 히스가 뒤로 물러났다.

"카카테라 양, 의학적인 정의에 따르면 자신이 과체중 혹은 비만이라고 생각하나요?"

로이스가 지체 없이 재차 물었다.

"병적으로 비만인가요?"

"저는…… 병원에서 쓰는 용어 및 구분을 별로 좋아하지 않습니다. 전 그저 살이 붙은 젓가락이죠. 감사합니다."

나는 1등급 무대 미소를 공들여 만들어 보였다. 카메라에 멋지게 보이기를 희망하면서.

오, 하느님. 제발 버크, 프레디, 노노를 보내주세요!

로이스가 좀 더 바짝 다가왔다.

"학생은 첫 번째 칼럼에서 언급한 비만수용협회 회원인가요?"

사람들이 점점 더 모여들고 있었지만, 프레디나 노노는 아직 보이지 않았다.

"아뇨. 하지만 그곳 웹사이트엔 좋은 논문과 자료가 상당히 많이 있죠."

"학생은 왜 아이들이 과체중 여성들을 놀릴 때 사용하는 용어를 칼럼 제목으로 했나요?"

로이스의 목소리가 더욱 귀에 거슬렸다.

"숨은 의도가 있나요?"

"아뇨."

나는 솔직하게 대답했다.

"'팻'이라는 단어는 좀 그래요. 하지만 '걸'이란 단어는 안 그래요. 팻걸도 마찬가지죠. 그게 저예요. 전 팻걸이에요. 그걸 신문에 그대로 쓰고 싶었어요."

로이스가 눈을 깜박였다. 내 말이 무슨 뜻인지 모르겠다는 듯.

프레디가 대신 인터뷰를 해야 하는데……

샤샤삭! 로이스의 목소리가 갑자기 대결의 말투에서 달콤한 동정의 말투로 바뀌었다.

"몸집으로 인한 놀림과 괴롭힘 때문에 학생은 끔찍한 고통을 당해왔군요. 그래서 화가 난 건가요?"

내가 화났다고?

뺨에 닿는 햇빛이 더욱 뜨겁게 느껴졌다. 다이애나 매장에서 산 스커트와 블라우스 안에서 나는 조바심이 났다. 내 옷 중에 가장 좋은 갈색 실크 옷. 배와 팔, 허리께에 기하학적인 무늬가 그려진.

내가 지금 화났다고? 정말?

나는 어깨를 으쓱해 보였다.

"제가 지금 화났다면, 그건 기자님이 말도 안 되는 질문을 하기 때문이겠죠. 그리고 사실, 화나지 않았어요. 학교에서 그렇게 많이 놀림이나 괴롭힘을 당하진 않거든요. 저도 아이들을 놀리고 괴롭히는 걸요, 뭐."

"학생은 스스로 불량배라고 인정하는군요. 알았어요."

이제 다시 대결의 말투로 바뀌었다.

"학생은 마른 몸매, 날씬한 사람에 대해 편견을 갖고 있나요? 그런 편견 때문에 핫칙스를 느닷없이 공격한 건가요? 그곳에서는 정상적인 사이즈의 10대들을 위한 옷을 파니까요."

"느닷없는 공격이라고요?"

도대체 이 여자 정체가 뭐야? 패션업계 쪽에서 뇌물이라도 받은 거야, 뭐야?

히스가 다시 앞으로 나섰다. 나는 히스의 불그스레한 얼굴을 흘긋 보았다.

"이보세요, 지금 뭐 하시는 거죠?"

나는 히스의 팔을 잡고 말렸다. 그러고는 잠시 마음을 진정하고, 카메라에 내 얼굴이 어떻게 잡힐지 걱정하느라 몇 초를 허비한 뒤, 대꾸했다.

"정상적이라는 게 뭔지 정의해주시겠어요? 그러니까……."

"난 '사이즈의 허영'에 관한 학생 칼럼을 읽었어요, 팻걸."

로이스가 말을 잘랐다. 목소리가 더 커졌다. 더 위압적이고, 게다가 약간 비꼬는 말투였다.

"이제 진실을 말해봐요. 그건 그냥 학생이 음식을 덜 먹고 운동을 더 많이 안 하는 걸 회피하려는 핑계가 아닐까요?"

내 얼굴이 차갑게 식었다. 좋다. 저 여자는 팻걸을 원한다. 좋다! 팻걸이 뭔지 똑똑히 보여주자.

"말이 좀 심하신데요! 좋아요. 그럼 저도 하나 질문할게요. 당신 입술이 그렇게 **빵빵**한 건 혹시 엉덩이 지방을 주입해서 그런 건가요? 진실을 말해주실래요?"

로이스는 흥분한 듯 보였다. 그녀가 격앙된 입을 다시 열기 전에, 나는 덧붙였다.

"가우드 고등학교 방송국에서 하는 프레디의 보도를 보셨나요? 10대 아이가 단지 덩치 크다는 이유로 중년 여성들을 상대하는 값비싼 매장에서나 옷을 살 수 있는 게 공평한 일인가요?"

그러자 **빵빵**한 입술이 말했다.

"우리 지역 미식축구 스타이자 학생의 남자친구인 버크 웨스틴이 위장접합술을 받는다는 게 사실인가요?"

'지옥에서-온-로이스-레인'이 카메라를 똑바로 바라보았다.

"그건 10대들에게 매우 논란이 많은 수술입니다."

그 질문이 또다시 내 말문을 막아버렸다. 기자에 대한 증오심이 증폭되었다. 눈물이 핑 돌았다. 내 머릿속에는 수백 가지 대답이 날아다녔다. 하지만 가슴이 너무 답답해서 말이 제대로 안 나왔다.

"네."

승리의 눈빛을 반짝이며, 로이스가 마지막 한 방을 먹였다.

"어쩌면 비극으로 끝날지도 모르는 버크의 선택에 대해 학생의 기분은 어떤가요?"

내가 아무 대답도 못 하고 손을 부들부들 떨기 시작하자, 히스의 손이 내 어깨를 감쌌다.

"팻걸 칼럼을 읽고 확인해보세요. 다른 사람들처럼⋯⋯."

히스가 큰 소리로 말했다. 가까이 있던 지도교사가 귀 담아 들을 수 있을 만큼 큰 소리로.

"어이, 제이미!"

와글와글 소동이 일었다. 주변에 모여 있던 애들이 큰 소리로 떠들어댔다. 하지만 나는 꼼짝도 하지 않았다. 지도교사가 다가와 방송국 사람들을 뒤로 물러나게 할 때까지.

우리는 그 자리에서 빠져나와 경기장 부속 건물 쪽으로 걸어갔다. 눈물이 뺨을 타고 줄줄 흘러내렸다. 골대 근처에서 주저앉았다. 아까 마신 주스를 토할 것만 같았다.

히스가 내 옆에 무릎을 꿇고는 손으로 등을 어루만져줬다.

"괜찮아? 학보사 사무실로 데려다줄까?"

나는 고개를 가로저었다.

그때 경기장 부속 건물 쪽에서 프레디가 걸어오며 외쳤다.

"대체 무슨 일이야, 제이미?"

일어서서 보니, 히스는 사람들 속으로 사라지고 없었다. 미처 고맙다는 말을 하기도 전에 말이다. 나는 눈을 가늘게 뜨고 히스의 금발 머리를 찾아봤지만 어디에도 보이지 않았다.

프레디와 노노, 그리고 버크가 내 곁으로 다가왔다. 정장 차림에 넥타이를 맨 버크는 정말 잘생겨 보였다. 잠시 동안, 나는 붕 떠 있었다. 내가 좋아하는 버크의 냄새를 맡으며 숨을 쉬었다. 그러다가 바보처럼 엉엉 울음을 터뜨렸다.

"어떤 놈이야? 내가 두들겨 패줄까?"

버크가 아주 진지하게 물었다.

"누군지만 알려줘."

버크가 주먹을 쥐어 보였다. 그제야 나는 3학년 아이들 거의 전부가 우리 주위에 모여들어 지켜보고 있다는 걸 깨달았다.

예전에 나는 분명 유령 같은 존재였다. 학교신문의 필명이나 무대에서의 배역을 기억하는 아이들조차 진짜 나를 알아보고 나한테 관심을 보인 적은 거의 없었다. 하지만 아이들은 이제 팻걸을 분명히 주목하고 있다.

하지만 이건 정말 아니다. 이런 식으로 주목받는 건 싫다.

프레디가 모여든 아이들을 멀리 쫓아버리는 데 몇 분이 걸렸다. 노노는 지도교사에게 가서 기자가 다시 접근하지 못하게 해달라고 부탁했다. 노노는 상황에 대처하는 법을 잘 아는 뛰어난 저항가다. 그래서 가끔씩 깜짝깜짝 놀랄 때가 있다.

나는 버크의 손을 꼭 잡은 채 무슨 일이 있었는지 친구들에게 말해줬다. 이야기를 하다 보니 더 화가 났다.

노노가 그 기자를 상대로 명예훼손 소송을 해야 한다고 주장했다. 프레디도 맞장구를 쳤다.

이야기가 버크의 수술에 관한 부분에 이르자, 버크가 얼굴을 찡그렸다.

심장이 쿵쾅쿵쾅 뛰었다. 갈비뼈가 아플 정도였다. 나는 버크의 고통스러운 표정을 찬찬히 살펴보았다.

"왜 그래?"

"아무것도 아냐."

버크가 내 손을 놓았다.

"내가 수술 받는다는 걸 가우드의 모든 학생들이 안다 해도 상관없어. 학교신문에 실려봤자 뭐, 그리 큰 비밀도 아니니까. 하지만…… 텔레비전은 다르다고 생각해."

갑작스레 창피함이 몰려와 얼굴이 뜨거워졌다. 나는 다시 버크의 손을 움켜쥐었다.

"네 프라이버시는 미처 생각 못 했어. 미안해!"

"미안해할 필요는 없어. 나쁜 짓을 하는 것도 아닌데 사람들한테 고개를 똑바로 못 들 이유가 없잖아."

버크의 눈이 빛을 발했다. 나는 버크에게 다가가 머리를 버크의 어깨에 기댔다.

"네가 좋아."

내가 속삭이자, 버크도 내가 좋다고 속삭였다.

팻걸의 요청 - 팻보이 연대기 II

제이미 D. 카카테라

한 지역방송국에서 나온 취재기자에게 말할 게 있다. 당신은 이틀 전 나에 관한 모욕적인 내용을 보도했다. 내가 날씬한 사람을 증오하는 도끼 살인마인 것처럼 기사를 편집했다. 당신은 비윤리적이며 선정적인 황색언론인에 불과하다. 언젠가 내 친구 프레디 아코스타가 당신 자리를 낚아챌 거다.

이제 당신을 무시하겠다.

이 기사의 목적은 팻보이가 무엇을 하려는지 독자 여러분 모두에게 알리는 것이다.

다음의 몇 가지는 병원의 통상적인 관례다. 수술 당일, 자정 이후로는 음식과 물을 전혀 먹으면 안 되고, 새벽같이 병원에 도착해야 하고, 의사가 전신마취를 하러 올 때까지 민망한 환자복을 입고 한참을 기다려야 한다.

팻보이가 수술실로 옮겨지면, 외과의사가 팻보이의 배를 가른다. 튜브를 집어넣고 펌프질을 해서 가스를 채운다. 뱃속 공간을 넓혀 수술 상황을 제대로 보기 위해서다.

팻보이를 '팻가스보이'로 변신시킨 뒤, 의사는 조명이 달린 작은 카메라와 수술도구를 뱃속에 집어넣고 컴퓨터 모니터로 자기가 하는 일을 지켜본다.

벌써부터 메스꺼우신가?

계속 읽어나가시길!

의사는 팻보이의 위장을 식도 부근에서 작게 남기고 잘라서 나머지 위와 분리시킨다. 남은 위는 숟가락 두 큰술 정도의 음식과 음료만 들어갈 만큼 작은데, 나중에는 한 컵 정도의 음식을 담을 만큼 팽창한다. 생각해보라. 오늘 밤, 여러분은 보통 4컵에서 6컵의 음식을 뱃속으로 쑤셔 넣었을 거다.

그 다음, 의사는 팻보이의 소장을 잘라내 남은 위에 연결한다. 이제 모든 음식은 위장의 아래쪽과 음식 섭취에 중요한 역할을 하는 근위부 소장을 우회하게 될 거다(그래서 위장접합술을 위우회술이라고도 부른다).

팻보이가 아직 살아 있고 다른 심각한 문제가 없다면, 의사는 절제 부위를 꿰매고 팻보이를 회복실로 옮겨 고통스러운 약물치료를 받게 할 것이다. 이렇게 해서 팻보이는 '합법적으로 약에 취한' 상태가 된다. 악몽과도 같은 이 모든 경험에서 유일하게 보상받는 시간일지도 모른다. 병원에서 다리의 혈병(血餠)과 같은 위험을 예방하기 위해 팻보이를 침대에서 일으켜 세워 걷는 연습을 시킬 때까지 말이다.

수술 후 2~3일 동안에는 유동식을 먹어야 한다. 우유, 수프, 주스 등등. 얼마 뒤에는 젤라틴을 졸업하고, 퓌레로 만든 음식을 먹게 될 거다. 무려 한 달 동안. 맛있겠다, 그치? 그렇게 시간이 흘러갈 거다. 팻보이는 점차 자기가 무엇을 좋아하는지, 아니면 싫어하는지도 까먹게 될 거다. 피자, 밀크셰이크, 프렌치프라이는 물론 팻보이가 엄청 좋아하는 빅버거도 결국 포기하게 될 거다.

팻보이는 이 모든 즐거움을 포기하게 될 거다. 지금 한순간뿐 아니라 영원히.

그러니 팻보이에게 따뜻한 조언을 보내주시길. 지금 당장!

7장
운명의 순간

화들짝 놀라 눈을 떴다. 나는 후다닥 침대에 걸터앉았다.

내가 늦잠을 잤나? 버크의 수술 시간에 늦은 건 아니겠지?

하지만 초록색 시계 액정화면은 새벽 두 시를 가리키고 있었다. 겨우 몇 시간 잠들었을 뿐이다. 가쁜 숨이 서서히 가라앉았다. 나는 긴장한 가슴을 쓸어내렸다. 샤워해야 할 시간까지는 아직도 두 시간 남았다. 하지만 그냥 자리에서 일어났다. 더 자려고 애써봐야 아무 소용이 없었다.

샤워를 하고 나서, 아빠의 낡은 옷을 껴입고 부엌에 앉았다. 물을 끓여 뜨겁고 쓴 커피 한 모금을 마시며, 버크를 생각했다. 버크는 지금 잠자고 있을까, 아니면 두려움에 떨고 있을까?

어쩌면 버크는 나를 필요로 할지 모른다. 지금 전화를 할까? 아니다. 중대 수술을 앞두고 버크가 잠을 설치게 해서는 안 된다.

커피를 마시며 베이컨과 비스킷을 준비했다. 삶은 달걀 두 개도 준비했다. 엄마가 아침을 준비하러 비틀거리며 나왔을 때, 나는 이미 옷을 입은 뒤였다. 내가 이른 아침을 먹고 있는 걸 보자 엄마가 왜 이렇게 일찍 일어났냐고 물었다.

엄마는 커피를 조금 마시고는 방으로 들어가 옷을 챙겨 입고 나왔다. 오늘 아침에 프레디 대신 나를 병원까지 태워다주기로 했기 때문이다. 엄마가 자동차 키를 찾아 헤매는 내내, 나는 계속 시계를 쳐다보았다. 운명의 시간이 점점 다가오고 있었다.

드디어 차에 올라타자 엄마가 바로 시동을 걸었다. 우리는 해가 떠오르기 전의 회색빛 속에서 진입로를 빠져나갔다. 버크는 새벽 다섯 시까지 병원에 도착해야 한다. 그러니 나도 그래야 한다.

그건 버크의 결정이야.

그건 내가 판단하거나, 큰 소리 치거나, 흥분하거나, 요구할 문제가 아니다. 어디까지나 버크의 몸이지 내 몸이 아니니까.

그건 버크의 결정이야.

엄마가 밥 사먹을 돈이 있느냐고 물었다. 나는 듣는 둥 마는 둥 고개를 끄덕였다.

그건 버크의 결정이야.

하지만 분명 어려운 주제다. 우리는 서로 사랑하는 사이인데, 커플 반쪽이 다른 반쪽한테 참견하면 안 되나? 꼭 결혼을 해야만 참견할 수 있나?

그건 버크의 결정이야.

"……우리한테 화났니?"

엄마의 질문 끝자락이 차 안에 둥둥 떠다녔다. 항상 떠다니는 녹슬고 낡은 자동차 냄새처럼.

"무슨 소리야?"

나는 엄마가 좀 전에 무슨 이야기를 했는지 기억해내려 애썼다.

"내가 왜 엄마한테 화나?"

엄마가 한숨을 쉬었다.

"정신이 딴 데 가 있었구나. 스트레스가 많지?"

내가 할 수 있는 일이라곤 눈을 깜빡이는 것뿐이었다.

"엄마 아빠는 너한테 이런 수술을 해줄 생각은 한 번도 해보지 않았거든."

엄마는 병원 주차장을 지나 현관 쪽으로 차를 몰았다. 현관문 앞에 사람들이 어슬렁거리고 있었다. 오늘 수술 받을 환자들, 나처럼 죽음을 두려워하는 불쌍한 환자 가족들일 거다. 그리고 버크는 새벽 다섯 시 정각에 도착하기로 되어 있다.

나는 눈을 가늘게 뜨고 살펴보았다. 하지만 버크네 가족은 보이지 않았다.

"난 그런 수술 필요 없어."

나는 버크네 가족이 어디 있나 찾으면서 중얼거렸다. '우리 집은 그런 수술을 할 여유가 없잖아요'라는 생각은 말하지 않았다.

엄마는 핸들을 손가락으로 톡톡 두들겼다.

"아빠가 회사에서 가입한 보험 약관을 확인해보겠다고 하셨어.

그 수술이 보험 적용을 받는지 말이야."

나는 엄마를 향해 고개를 휙 돌렸다. 엄마는 핸들에 손가락을 튕기면서 유리창 밖을 응시하고 있었다. 검정 스웨터가 조금 커 보이는 걸 보니, 아빠가 집에서 입는 옷을 입은 듯했다.

엄마가 한 말, 보험 약관…… 나는 그 말의 뜻을 이해하려 애썼다. 뇌가 부풀어 오르기라도 하는 것처럼 머리가 지끈거렸다.

"그러니까…… 비만 치료 수술도 아빠의 보험 혜택을 받을 수 있을지 모른다는 거야?"

엄마가 침을 꿀꺽 삼켰다. 왠지 엄마의 얼굴이 초췌해 보였다.

"아마 80퍼센트쯤? 나머지 20퍼센트는 우리가 돈을 내야겠지."

"아!"

부풀어 오른 뇌가 터질 것만 같았다.

만약 내가 원한다면, 나도 수술을 받을 수 있다.

"제이미, 네가 수술을 받고 싶다면 방법을 찾아볼게."

나를 바라보는 엄마의 표정이 굳어 있었다. 그러다 절망적으로 바뀌었다. 엄마는 핸들에서 손을 떼어 주먹을 꽉 쥐었다.

"네가 인생을 비참하게 사는 건 싫어. 나나 아빠처럼 말이야. 우린 이런 수술이 있다는 것도 몰랐단다. 우리가 알았다면……."

"엄마!"

나는 양손을 들었다. 목구멍에 뭐가 걸리기라도 한 듯 숨이 막혀 죽을 지경이었다.

"난 잘 모르겠어. 보험 혜택을 받을 수 있다고 해도 말이야."

마음속에서, 팻걸이 날카로운 소리를 냈다.

내가 비참하다고?

머리가 띵하고, 지끈거렸다. 그래, 나도 마법처럼 홀쭉해졌으면 정말 좋겠다. 하지만 이런 식으로? 목숨을 잃을지도 모르는, 나중에 어떻게 될지 아무도 모르는 그런 수술로?

엄마는 억지웃음을 지어 보이고는 내 뺨에 뽀뽀를 했다.

"우리도 노력 중이라는 걸 네가 알아줬으면 좋겠다."

차에서 내리자 다리가 후들거렸다. 머리가 목에 비해 너무 크고 무겁게 느껴졌다. 하지만 다시 정신을 가다듬고 뚜벅뚜벅 현관으로 걸어갔다. 오늘은 버크를 위한 날이다. 버크에게 용기를 주어야 한다. 그리고 팻걸 기사를 위해 모든 과정을 제대로 기록해야 한다.

버크와 버크 가족의 모습이 저 앞에 보인 듯했다. 그래서 나는 발걸음을 재촉했다. 병원 안으로 들어서자, 버크가 가르쳐준 것을 기억하며 오렌지색 선을 따라 수술실로 향했다. 사방에서 소독약과 알코올 냄새가 났다.

반짝반짝 빛나는 복도 두 개를 지나자 드디어 수술준비실이 나타났다. 청바지와 미식축구 셔츠를 입은 버크가 가족과 함께 안내 데스크 옆에 서 있는 게 보였다. 버크는 팔짱을 끼고 있었다. 긴장했을 때 하는 버릇이다. 버크의 모습을 보니 배가 꼬였다. 커다란 방 안에서 버크가 원래의 모습보다 훨씬 작아 보였다. 덩치 큰 사내가 아닌 자그마한 소년 같았다.

버크를 안아주고 싶었다. 버크를 움켜쥐고 흔들어대며 여기서 나가자고 말하고 싶었다. 하지만 버크의 부모님이 서류에 서명하고 있었다. 그리고 버크의 누나들, M&M이 근처에 어슬렁거리고 있었다. 마치 벌처럼 웅얼웅얼 얘기를 나누면서.

M&M이 나를 발견했다. 그러자 웅얼거리는 소리가 더욱 커지더니 분위기가 싸늘해졌다.

버크가 활짝 웃으며 팔짱을 풀었다. 그러고는 팔을 뻗어 나를 반갑게 안아주었다. 내 얼굴이 버크의 어깨에 파묻혔다. 나는 숨을 깊이 들이마시며 버크의 냄새를 음미했다. 버크가 단단한 팔로 나를 꽉 안아주었다. 나도 버크를 힘껏, 더 힘껏 껴안았다. '이게 마지막이면 어쩌지?'라는 생각을 하지 않으려고 노력했다. 숨을 꾹 참으며 울지 않으려고 노력했다.

"다 잘될 거야."

버크가 내 귀에 속삭였다. 버크의 나지막하고 섹시한 목소리를 들으니 몸이 떨렸다.

"너도 알지, 그렇지?"

"물론이지."

나는 거짓말을 했다. 그리고 어떻게든 눈물을 참으려 했다. 심장이 두근두근, 쿵쾅쿵쾅 아팠다.

이건 버크의 결정이야. 이건 정말이지 버크의 결정이란 말이야.

"정오쯤 되면 수술이 끝날 거야."

버크가 커다란 손으로 내 팔을 부드럽게 쥐었다. 그 느낌이 너무 좋았다.

"이따가 병실에 와 있어줄 거지?"

그런 버크 앞에서 내가 할 수 있는 일이라곤 고개를 끄덕이는 것 뿐이었다.

M&M이 큰 소리로 떠들며 우리를 향해 다가왔다. 둘 다 갸름한 얼굴과 몸매에 정장을 입었다. 모나는 갈색, 마를린은 진녹색. 우리 식구와 비교하면 현대적이고 최신식으로 보였다. 하지만 또한 두 배나 심술궂어 보였다.

나는 몸이 굳은 채 무슨 말로 맞받아칠까 궁리했다. 이 두 명에게 내가 할 수 있는 최선의 말을.

그때 내 뒤에서 프레디의 목소리가 쩌렁쩌렁 울렸다.

"안녕, 제이미!"

M&M이 걸음을 멈추더니 문 쪽을 향해 미소 지었다. 뒤를 돌아 보니, 프레디와 노노가 막 문을 들어서고 있었다. 정말 불공평하다. M&M은 프레디와 노노를 좋아한다. 그 애들은 버크랑 사귀지 않기 때문이다. 아니면 다른 이유가 있는 걸까?

프레디와 노노도 오늘은 세련된 옷차림을 하고 있었다. 프레디는 몸매가 드러나는 라벤더 스커트와 블라우스를 입고, 노노는 몸에 꼭 맞는 티셔츠와 카키색 바지를 입었다. 오직 나만 현대적이 아니 었다. 나만 세련되지 않았다. 나는 푸른색 주름스커트와 흰색 블라 우스를 입고 있었다. 게다가 머리카락은 엄마처럼 헝클어지고 지저 분했다.

버크의 부모님이 다가왔다. 나만 빼고, 모두가 대화를 나누었다.

나는 왜 말을 할 수 없는 걸까? 왜 이런저런 이야기를 나누고 웃으며 행동할 수 없는 걸까?

★

데스크에 차트를 들고 서 있던 간호사가 버크의 이름을 불렀다. 드디어 운명의 순간이 온 거다.

버크가 담담한 표정으로 손을 흔들었다.

안 돼.

나는 버크에게 미소 짓고 입으로 키스를 날리며 뭔가를 말하고 싶었다. 사랑해, 또는 잘해, 또는 안심해, 또는 제발 이 수술 하지 마 따위의 말을. 하지만 난 할 수 없었다. 그저 꽥 고함을 지르고 싶을 뿐이었다.

아니, 안 돼!

내 눈앞에서 문이 닫히는 걸 보고 싶지 않았다. 하지만 나는 보았다. 이 수술이 얼마나 잘될지 떠들어대는 M&M의 이야기를, 간호사인 버크 엄마가 버크의 다리에 맞는 압축 호스가 없으면 어쩌나 걱정하는 소리를 듣지 않으려 애썼다. 그럴 경우 혈병(血餠)의 위험이 더욱 커질 수도 있단다. 하지만 나는 들었다. 그리고 뻣뻣하게 군은 얼굴로 이를 드러내며 웃는 버크의 마지막 모습을 가슴속에 간직한 채 결국 대기실로 향했다.

대기실은 수술준비실만큼이나 컸다. 간호사가 데스크에 앉아 뭔가를 읽고 있었고, 그 옆에는 수술 중인 의사와 간호사가 위급 상황 시에 가족에게 알려주는 전화기가 놓여 있었다. 나는 전화기를 외면했다.

버크에게 문제가 생겨 전화기가 울릴 일은 없을 거다. 전화기는 정오쯤에나 울릴 거다. 우리에게 수술이 잘되었다고 알려줄 거다.

램프 불빛은 은은했는데, 가족들의 마음을 진정시켜주기 위한 것인 듯했다. 차분하게 가라앉은 색조의 내부 인테리어, 끝 테이블에 있는 여러 종류의 잡지들도 같은 용도인 듯했다.

하지만 내 마음은 좀처럼 진정되지 않았다.

시계를 보니, 여섯 시를 가리키고 있었다. 수술이 시작되기까지는 아직 두 시간이 남았다.

나는 다른 사람들이 앉은 곳에서 의자 몇 개 떨어진 곳에 따로 앉았다. 다이어트 음료수를 따고, 가방에서 노트북을 꺼냈다. 텅 빈 화면이 나를 노려보는 듯했다. 아무리 두드려대도, 칼럼을 시작할 영감이 떠오르지 않았다. 내 눈은 시계로 향했다. 6시 15분…… 6시 20분…… 6시 31분.

버크 엄마와 아빠는 아무 말 않고 있었다. 나보다 더 자주 시계를 쳐다보았다.

프레디는 M&M과 대학 선택에 관해 얘기를 나누고 있었다. M&M은 프레디에게 로스쿨(법학대학원:옮긴이)에 가라고 부추겼다. 신문방송학 대신 법학을 제1전공으로 택하라고 했다. 사실, 프레디는 방송국 앵커가 되고 싶은 것만큼이나 로스쿨에도 가고 싶어 한다. 그래서 학교 방송국에서 일하지 않는 시간에는 가우드 대학교의 법대 도서관에서 빈둥거리는 걸 좋아한다.

"로스쿨에 가면, 신문방송학이든 지적재산권이든 다 공부할 수 있어."

"무엇보다 법학은 돈벌이가 되잖아. 다른 건 다 취미에 불과해."

M&M은 한참 동안 침을 튀겨가며 프레디를 설득하는 데 열을 올렸다.

그런 그들을 보며 경멸하는 것만큼이나 감탄하지 않을 수 없었다. 버크네 가족은 모두 대학물을 먹었고, 전문직에 종사한다. 우리 아빠처럼 소포 배달을 하는 게 아니라. 또 버크네 가족은 집에서 식사를 할 때 텔레비전을 보지 않고, 분명 콩이나 옥수수빵 같은 걸 자주 먹지 않을 거다.

아, 나도 대학에 가고 싶다. 대학을 졸업하고 글을 써서 먹고살고 싶다. 무엇보다, 그들처럼 똑똑하고 교육받은 사람처럼 보이고 싶다. 버크네 가족처럼 버크와 함께 단란한 가정을 꾸미고 싶다.

7시 정각.

7시 10분.

7시 30분.

……마침내 8시가 되었다. 이제 버크는 마취 가스를 흡입하고 정신을 잃을 거다. 버크가 다시 깨어날지 확실히 알려면 네 시간을 더 기다려야 한다.

"긴장되네."

노노가 중얼거리자, 프레디가 고개를 끄덕였다. 버크 엄마는 남편의 손을 잡았다. M&M은 방 안에 모여 있는 다른 사람들을 죽 둘러보았다.

8시 5분. 버크는 지금 잠들어 있을까? 의사가 수술을 시작했을까?

프레디가 눈치 없이 M&M에게 물었다.

"이 수술, 안전한 거 맞죠?"

잠시 침묵을 지키던 모나가 입을 열었다.

"과체중으로 살아가는 게 수술을 받는 것보다 훨씬 위험하대."

내가 수백 개의 웹사이트에서 읽었던 내용을 모나가 되풀이하자, 마를린도 대화에 끼어들었다.

"이 수술은 원래 고도 비만으로 생기는 고혈압이나 당뇨병을 치료하기 위한 거야. 너희도 알다시피, 흑인은 다른 인종보다 이 수술 때문에 사망에 이르는 경우가 훨씬 많아. 하지만 그건 극히 예외적인 일일 뿐이야. 버크는 수술을 안 했을 때보다 훨씬 만족스럽게 오래 살게 될 거야."

"하지만 그동안의 연구들은 수술 후 16개월에서 24개월까지의 기간만 다루고 있어요."

나도 모르게 불쑥 그 말이 튀어나왔다. 내 천성이 그렇다. 어쩌라고?

"그러니까, 장기적으로 어떻게 될지는 아직 확실히 밝혀지지 않았다는 거죠."

모두가 나를 똑바로 바라보았다.

마를린이 나를 째려보며 말했다.

"네가 이 수술에 부정적이란 건 이미 알고 있었어. 자꾸 재수 없는 소릴 할 거면 여긴 왜 온 거야?"

"마를린."

버크 엄마가 딸을 꾸짖었다.

"난 그냥 사실을 말했을 뿐이에요."

그렇게 말하는 내 얼굴이 점점 더 뜨거워졌다. 분명 잘 익은 사과처럼 시뻘겋게 되어 있을 거다.

"다들 그 정도면 충분한 것 같구나."

버크 아빠가 깊고 차분한 목소리로 이어 말했다.

"버크뿐만 아니라 우리도 충분히 조사해봤단다. 그러니 너무 걱정하지 않아도 돼, 제이미."

버크 엄마가 나한테 호의적인 표정을 지어 보이며 말했다.

"다 잘될 거야. 네가 와서 버크를 응원해주는 게 버크한테 큰 힘이 될 거야."

이제 진땀이 났다. 얼굴이 여전히 뜨거웠다. 지금 내 몸에서 땀냄새가 날까? 아마도 그럴 거다.

나는 텅 빈, 아무 글도 쓰여 있지 않은 노트북 화면을 손가락으로 어루만졌다. 그저 두려울 뿐이었다. 무서울 뿐이었다. 어서 빨리 열두 시가 되었으면…….

★

8시 31분.

9시 47분.

10시 2분.

정오가 다가오자 내 신경이 되살아났다. 마구 흔들어놓은 소다수 병 속의 기포들처럼.

우리는 모두 땀을 흘리면서 시계를 연달아 쳐다보았다.

얼마 후, 버크가 회복실로 이동했다고 간호사가 알려주었다. 나는 의자 아래로 살짝 몸을 내렸다. 김빠진 소다수가 된 느낌이었다. 다행히도 버크가 수술을 무사히 마쳤다. 하느님, 감사합니다!

하지만 이제 또 기다려야 한다. 버크가 안정을 되찾고 마취에서 깨어날 때까지. 그래서 우리가 버크를 볼 수 있을 때까지.

너무 오랫동안 잔뜩 긴장하고 있었던 탓인지, 갑자기 허기가 밀려들었다. 나는 자리에서 일어나 버크네 가족과 친구들을 뒤로하고 스낵 자판기를 찾아 나섰다. 땅콩버터 크래커로 조금이나마 배고픔을 달래기 위해서였다. 하지만 오고 가는 사람들로 복잡한 병원 안에서 방황하다 길을 잃고 말았다. 휴게실은커녕 대기실로 돌아가는 길도 찾을 수 없었다.

내가 없을 때 그 전화기가 울리면 어쩌지? 젠장!

나는 계속 복도를 누비고 나아갔다. 오렌지색 선을 따라 정신없이 수술준비실로 돌아가던 중, 어떤 남자와 부딪혀 넘어질 뻔했다.

고개를 들었을 때, 나는 깜짝 놀랐다. 앞에 히스 몬텔이 서 있었다. 헐렁한 청바지에 폴로셔츠 차림이었다.

"여기서 뭐 해? 지금 학교에 있어야 하는 거 아냐?"

히스가 어색하게 밝은 웃음을 지어 보였다.

"외출 허가증 받았어. 네가 이번주 팻걸 기사를 다 썼는지 확인하려고 말이야."

나는 히스를 멍하니 바라보았다.

"버크는 지금 회복실에 있어, 히스."

그러자 히스가 고개를 끄덕였다.

"그래, 그렇구나. 기사는 아직 못 끝마쳤겠지?"

히스의 뺨이 붉게 물들어갔다.

"그러니까, 실은 네가 괜찮은지 보러 왔어. 너한테 뭐 필요한 게 있나 해서."

진정제 한 알, 아니, 열 알. 땅콩버터 크래커 한 팩, 그리고 냄새 제거용 바디 스프레이 약간?

"고마워."

말 그대로 고마웠다. 또 당황스러웠다. 뭐라고 답해야 할지 알 수 없을 정도로.

"내 전화번호 알고 있지? 나중에 뭐든 필요하면 전화해. 수술 경과도 알려주고."

"그래, 전화할게."

내 입에서 그 말이 아주 천천히 나왔다.

나는 히스가 어서 빨리 갔으면 했다. 그래야 대기실로 돌아갈 수 있으니까. 하지만 동시에 히스가 머물러 있어주기를 바랐다. 나와 함께 이야기하고, 함께 앉아 있어주기를. 나를 위로해주기를. 왜 그런지 정말이지 알다가도 모르겠다.

눈 깜짝할 사이에, 히스가 잽싸게 나를 안아주었다. 그러고는 현관을 향해 걸어갔다.

멍하니 서 있다가 뭔가 이상해서 뒤를 돌아보자, 프레디가 1미터쯤 떨어진 곳에서 입을 벌린 채 서 있었다.

"히스는 우리가 괜찮은지 보러 왔대."

나는 중얼거렸다. 내가 왜 그렇게 서둘러 말했는지 모르겠다.

프레디가 한쪽 눈썹을 치켜 올리며 나를 바라보았다.

"어서 대기실로 가자, 제이미."

프레디가 손짓했다.

"외과의사가 회복실에서 전화했어. 문제가 생겼대!"

팻걸의 비명 - 팻보이 연대기 Ⅲ

제이미 D. 카카테라

버크가 숨을 멈추었다.

수술 중이 아니라 회복 중에.

버크가

숨을

멈추었다.

간호사 말로는 버크가 안색이 창백해지고, 숨을 헐떡이다가 가슴을 움켜쥐었다고 한다. 심장박동수가 올라가고, 혈압이 높아지고, 그러다 의식을 잃었다고 한다.

이 글을 쓰는 지금 버크는 다시 수술대로 올라갔다. 실제 상황이다. 정말 엄청난 일이다.

폐색전증. 외과의사의 설명에 따를 것 같으면, 폐색전증은 폐동

맥이나 그 가지 중 하나가 막힌 것이다. 몸속 다른 곳에서 만들어진 혈병이 제자리에서 벗어나 순환계를 따라 돌다가 그곳에 와서 막힌 것이다. 또한 지방이나 공기방울 등의 다른 원인에 의해 막힐 수도 있다.

외과의사는 말했다.

"걱정 마세요. 10대 환자들에게 흔한 합병증입니다. 10명 중 8명 꼴로 나타나죠. 문제 부위를 찾아 수술하면, 다시 좋아질 겁니다."

뭐라고요?

흔한 합병증이라고요?

위장접합술을 받는 10대 청소년 10명 중 8명은 수술 뒤에 호흡곤란을 겪는다고? 내가 읽지 않은 자료라도 있나?

호흡능력은 내가 읽었던 모든 훌륭한 결론들에서 전혀 언급하지 않았던 부분이다.

자, 이제 투표를 해볼까. 나한테 5분만 시간을 달라. 여기, 문제 나가신다.

1. 만약 내가 뚱뚱하다면, 난 차라리 _____ 것이다.

　① 계속 뚱뚱할

　② 죽을

　③ 풍만한 몸매가 사랑받았던 중세 시대로 돌아갈

2. 비만 치료 수술은 _____

　① 미친 짓이다.

　② 정신 나간 짓이다.

　③ 뭐라고? 내가 또 다른 답을 줄 거라 기대했나?

3. 버크는 _____

　① 살 것이다.

　② 죽을 것이다.

　③ 상관없다. 어찌 됐든 제이미는 버크네 가족과 의사를 가만두

　　지 않을 테니까.

4. 나는 이 수술을 _____

　① 할 것이다.

　② 절대로 안 할 것이다.

　③ 금지시킬 것이다.

여러분은 지금 팻보이를 위해 기도하고 있는가?

나는 기도하고 있다. 여러분도 그러는 게 좋을 거다.

8장
마법의 키스가 필요해

"버크가…… 버크가……."

프레디는 말을 잇지 못했다. 그저 내 굳은 손을 꼭 잡고 있을 뿐이었다.

가망이 없어. 잘못됐어. 움직이지 않아. 버크가 전혀 꼼짝 않고 있어.

내 마음속에 이런 말이 스쳤다.

내가 무엇을 예상하고 있었는지 모르겠다. 어쨌거나 이건 아니다. 절대 아니다.

버크는 죽은 것처럼 보였다. 인공호흡기로 펌프질하는 소리에 맞추어 위로, 아래로, 위로, 아래로 들썩이는 가슴을 제외하고.

버크를 보고 있는 것만으로도 죽을 듯이 고통스러웠다. 세상이 텅 빈 듯했다. 마치 누군가 세상의 모든 공기와 정의를 빨아 없애기라도 한 듯.

아, 하느님, 버크는 손쓸 가망이 없는 것처럼 보여요! 내가 사랑하는 버크의 모습이 아니라고요!

왜 이런 일이 생긴 거지?

왜 버크가 이따위 한심한 수술을 받아야만 했던 거지?

왜, 왜, 왜 수술이 잘못된 거지?

내가 할 수 있는 일이라곤 집중치료실 유리문을 통해 인공호흡기를 매달고 있는 버크를 지켜보는 것밖에 없었다. 버크의 몸 양쪽에서 정맥주사 액이 똑똑 떨어졌다. 외과의사가 인공호흡기에 대해 설명했는데, 임시로 버크의 폐가 수술로 인한 충격에서 회복되는 걸 도와준단다. 또 설명하기를, 10대 청소년들에게 발생하는 호흡기 합병증은 지극히 정상적인 거란다!

의사는 모든 것을 설명해주었다. 지금은 진정제를 투여하고 목에 끼운 거지같은 관을 통해 호흡하고 있지만 금방 혈색이 돌아올 거라며 우리를 안심시켰다. 또 다른 것도 말했다. 하지만 내 귀에 들어오는 건 거의 없었다.

나는 제정신이 아니었다. 이게 현실인지 꿈인지 알 수 없었다. 프레디와 나는 꼼짝도 하지 않은 채, 아무 말 없이 문 앞에 서 있었다.

하나-둘,

하나-둘,

하나-둘,

하나-둘…….

저렇게 숨 쉬면 아프지 않을까?

제발 아프지 않기를…….

버크는 두 번째 수술을 마치고, 거의 세 시간째 회복 중에 있었다. 한 번에 두 명까지만 병실에 들어갈 수 있었다. 시간당 한 번만. 그것도 15분 동안만.

버크의 부모님이 맨 처음 들어갔다. M&M이 두 번째. 그리고, 드디어 우리 차례가 돌아왔다.

"아, 숨 막혀 죽겠어."

프레디가 말했다. 나는 프레디를 한 대 때려주고 싶었다. 하지만 나 역시 숨 막혀 죽을 것 같긴 마찬가지였다.

우리는 두근거리는 가슴을 진정시키며 회복실 안으로 들어갔다.

사각형의 흰색 인공호흡기와 파란색 튜브, 정맥주사기가 눈에 들어왔다. 텔레비전은 없었다. 의자도 없었다. 그저 기계, 선과 튜브와 모니터뿐이었다. 사방이 명멸하는 것 천지였다. 나는 그 모든 것을 머릿속에 상세히 새겨 넣었다. 버크만 빼고. 왜냐하면 버크를 제대로 바라볼 수 없었기 때문이다.

나는 버크를 보고 싶지 않았다. 하지만 버크 곁을 떠나고 싶지도 않았다. 두 번 다시 버크 곁을 떠나고 싶지 않았다. 만약 내가 곁에 없을 때 버크가 죽기라도 한다면? 누구도 혼자서 쓸쓸히 죽어서는 안 된다.

버크는 죽지 않을 거야.

나는 심장박동기가 깜빡거리는 걸 바라보았다.

버크는 죽지 않을 거야.

버크 없는 세상을 떠올리자, 순식간에 온몸이 싸늘해졌다. 버크는 나한테 등불이고 오아시스다. 다른 모든 공간이 나를 내쫓았을 때, 내가 머물 수 있는 유일한 안식처다. 버크가 없다면, 나는 의지할 데 없는 사람이다. 지금보다 못한 내가 되어 있을 거다. 그딴 건 상상조차 하기 싫다.

"뭐든 해봐, 제이미."

프레디가 말했다.

"어쩜 우리 말을 들을 수 있을지도 몰라."

나는 버크의 손을 내려다보았다. 버크의 손 역시 몸처럼 뻣뻣해 보였다. 인공호흡기가 공기를 주입할 때 꿈틀거리는 것만 빼고.

내가 버크의 몸을 만질 수 있다는 게 대단한 기적처럼 느껴졌다. 최대한 밝은 미소를 지어 보이며, 나는 버크의 뜨겁고 메마른 손가락을 잡았다.

"있잖아!"

나는 버크에게 속삭였다. 인공호흡기가 딸깍거리며 쉭쉭 소리를 냈다. 나는 기계 소음보다 더 큰 소리로 다시 말했다.

"빨리 일어나야 해. 진짜야. 타월 같은 환자복을 입고 있으니까 정말 귀여워. 근데 넌 귀여워 보이는 거 싫어하잖아!"

버크는 아무런 움직임도 없었다.

뒤를 흘끗 돌아보자, 프레디가 계속 하라는 표정을 지어 보였다. 크게 뜬 눈에는 두려워하는 기색이 역력했다.

"프레디도 여기 있어. 프레디는 완전 얼었어. 하지만 노노만큼 최악은 아니야. 노노는 손에 닿는 건 죄다 피가 묻어 있을지 모른다고 걱정이 태산이거든."

"혈액 제품."

프레디가 정정해주었다.

"그게 그거지, 뭐!"

나는 이제 버크가 눈을 뜬 것처럼, 그리고 나를 바라보고 있는 것처럼, 미소 짓고 있는 것처럼 굴었다. 그 모습을 다시 볼 수 있을까? 버크가 다시 웃는 모습을?

"그래서 노노를 집에 돌려보냈어."

여전히 아무 반응이 없었다.

하지만 나는 뭔가 반응이 있다고 상상했다. 뭔가 반응이 있기를 바랐다. 아주, 아주 간절히.

"이번주 팻걸 기사를 제출했어. 하지만 다음주 기사도 준비해둬야 해. 〈오즈의 마법사〉 연습을 더 많이 해야 하거든. 시간이 부족할 것 같아 걱정이야."

나는 버크의 손가락을 꽉 잡았다. 버크도 내 손가락을 꽉 잡아줄 것을 기대하며. 하지만 역시 반응이 없었다.

"어서 일어나 말 좀 해봐. 그래야 내가 다음 칼럼을 해피엔딩으로 마무리할 수 있잖아."

"버크는 지금 의식불명 상태야, 제이미."

프레디가 침대 곁으로 가까이 다가오며 이어 말했다.

"버크는 진정제를 맞았어. 그러니까……."

"가만히 좀 있어, 제발! 나도 알고 있다구!"

동화에서처럼 나도 열정적인 말과 부드러운 키스로 버크를 깨울 수 있다면 얼마나 좋을까.

버크는 내 왕자님이다, 안 그래? 나는 공주가 되어야 한다. 강력한 마법의 키스를 하는 공주.

말도 안 되는 상상인 줄 알면서도, 나는 몸을 숙여 버크의 부드러운 뺨에 입술을 가볍게 댔다. 너무 뜨거웠다.

하지만 역시나 마찬가지였다. 아무 움직임도, 느낌도 없었다. 버크가 나를 느끼고 있다는, 또는 내가 와 있는 걸 알아차렸다는 표시는 전혀 없었다.

버크가 날씬해지고 나면, 그때도 이럴 거야.

내 머릿속 천박한 곳에서 그렇게 말했다.

버크는 네가 이 세상에 살고 있다는 것조차 모를걸.

내장이 꼬이고 목이 막히고 눈에 눈물이 가득 고였다. 숨 쉬기조차 힘들었다. 숨을 깊이 들이킬 때마다 흐느낌이 터져 나왔다. 현기증이 났다. 토하고 싶었다. 하지만 중환자실 안에서 그럴 수는 없다. 그러면 간호사들을 짜증나게 만들 거다. 어쩌면 간호사들이 다시는 버크를 보러 오지 못하게 할지도 모른다. 그러면 난 죽어버릴 거다.

나는 고개를 숙이고 눈을 꼭 감았다. 세게, 별이 보일 정도로.

버크의 호흡에 맞추어 숨을 쉬면서, 간절히 기도했다. 의사가 버크를 수술실로 다시 데리고 가 이 악몽을 원상태로 돌려놓기를, 과거의 모습 그대로 버크를 돌려놓기를, 걷고 말하고 나를 껴안고 미소 짓게 해주기를…….

팻걸의 궁금증 – 팻보이 연대기Ⅲ(부록)

제이미 D. 카카테라

팻보이는 두 번째 수술에서 살아남았다. 첫 번째 수술로 인해 폐에 생긴 혈병을 제거하기 위한 수술이었다. 담당 의사의 말을 인용하자면, "환자는 지금 인공호흡기의 도움을 받고 있습니다."

이를 번역해보면 이렇다. 팻보이가 호흡을 하고 있는 건 순전히 버크의 목에 쑤셔 넣은 튜브를 통해 기계가 공기를 불어넣어주기 때문이다.

버크는 냄새나는 유리방 안에 갇혀 있다. 냄새나는 간호사들과 함께. 버크의 양팔에는 바늘이 꽂혀 있다. 버크는 고개를 돌리지도, 눈을 뜨지도 못한다. 누군가 자기한테 키스를 해도 알아차리지 못한다.

만약 팻보이가 무언가 느낀다면, 그건 바로 고통이다. 만약 무언가 냄새를 맡는다면, 그건 싸구려 냄새다. 만약 무언가 본다면, 그건 무시무시한 거다. 만약 무언가 듣는다면, 그건 신음소리다. 당연히 어떤 것도 맛볼 수 없다. 왜냐하면 아무것도 먹지 않으니까.

버크는 의식을 잃었다. 깨어나지 않았다. 만약 전기가 나간다면, 버크의 불빛도 나갈 거다. 액면 그대로 말이다.

이것이 바로 팻보이가 날씬해지기 위한 대가다. 고통보다, 호흡보다, 사랑보다, 삶보다 더한 것.

여러분에게 날씬함이란 어떤 가치가 있는 것일까?

도대체 왜?

9장
히스와 버크 사이

나는 울음을 멈출 수 없었다. 눈이 퉁퉁 부어서, 따끔거리며 콕콕 쑤시는 구멍으로 내다보는 느낌이었다.

프레디와 내가 중환자실 병동을 나가는 자동문에 이르렀을 때, 남자 간호사가 우리를 멈춰 세웠다. 그는 슬프고 동정적인 표정을 짓고 있었다.

"시간이 좀 걸릴 거야. 하지만 참아내야 해. 희망을 잃지 마라."

"그럼요. 우린 희망을 잃지 않을 거예요."

프레디가 퉁명스럽게 대답했다. 왠지 화난 것처럼 들렸다.

대기실로 향하는 모퉁이를 돌자, 히스가 보였다. 히스는 버크 부모님과 누나들과 함께 자리에 앉아 이야기를 나누고 있었다. 내 머리가 쾅 부딪혀 모두 조각난 듯했다. 히스와 버크네 가족이 함께 어울려 있는 광경에 적응하려 했지만 사태 파악이 안 됐다.

히스가 여기서 뭐 하는 거지?

나는 다시 버크가 있는 곳으로 달려가고 싶었다. 하지만 동시에 히스에게도 달려가고 싶었다. 학보사 제도판 아래 웅크리고 앉아 히스에게 뭐든 신나는 얘기를 들려달라고 하고 싶었다. 내 마음이 어느 정도 편해질 때까지.

"히스는 여기서 뭐 하는 거야?"

프레디가 내 생각을 큰 소리로 말했다.

"학보사에 있을 시간 아닌가?"

"팻걸 연재기사를 받으러 왔나 봐."

나는 잠시 뒤 목소리를 가다듬고 중얼거렸다.

"히스한테 그랬거든. 나중에 기사 주겠다고 말이야."

히스는 여전히 우리를 보지 못한 채 서성이고 있었다. M&M 바로 앞에서, 아주 편안하게, 전혀 주눅 들지 않고.

히스는 연재기사 때문에 여기 있는 게 아니다. 그 정도는 안다. 히스는 내가 걱정이 되어 여기 있는 거다. 기분 나쁘지 않다. 사실, 너무 좋아서 몸 둘 바를 모르겠다.

프레디는 마치 베테랑 기자처럼 히스를 살펴보았다. 머리부터 발끝까지, 흥미진진한 모든 가능성을 탐색하고 있는 듯했다.

"넌 이번주 팻걸 기사 다 썼잖아, 안 그래? 버크가 두 번째 수술하고 있을 때 말이야."

"응, 내 가방 안에 있어."

나는 대기실 문 쪽으로 걸음을 옮겼다.

"잠깐만."

프레디가 내 팔을 움켜잡았다. 프레디의 얼굴에 뭔가 미심쩍어하는 표정이 가득했다.

"방금 전까지 넌 새하얗게 질려 부들부들 떨었어. 그런데 지금은 온통 핑크빛이야. 히스가 여기 와 있고, 팻걸 기사는 네 가방 안에 있고."

프레디가 히스에게서 나한테 시선을 옮기면서 실눈을 떴다.

"무슨 일이 벌어지고 있는 거야?"

"무슨 소리야?"

나는 프레디에게서 팔을 잡아 빼고는, 재빨리 최대한 깊이 숨을 몰아쉬었다. 진정하려고 애썼다. 정신 차리려고 노력했다.

"넌 지금도 슬퍼하고 있어야 하는 거 아냐?"

프레디가 더 큰 소리로 말했다.

나는 프레디를 째려보았다. 팻걸답게.

"네가 지금 무슨 말을 하는지 통 모르겠다. 난 지금 당장 내용을 보충해서 기사를 제출해야 해. 병원 복도에서 이러고 있을 시간이 없단 말이야."

다시 대기실 쪽으로 돌아서자, 버크의 부모와 누나들이 우리를 보고 있었다. 히스도 마찬가지였다.

히스가 나를 보고 반가운 표정을 지었다.

내 몸이 다시 부들부들 떨렸다.

"와, 장학금은 따놓은 당상인걸."

히스가 환호했다. 내가 15분 동안 새로 고친 팻걸 연재기사를 읽고 나서였다.

"채널3 방송국에서 전화가 왔어. 네가 정말 비만 치료 수술을 받은 남학생에 대해 글을 쓰는지 물어보더라. 우리 신문이 이것 때문에 방송을 탈 거 같아."

히스가 웃었다. 나도 어쩔 수 없이 따라 웃었다. 나는 깜짝 놀랐다. 왜냐하면 우리는 제도판 아래 있지 않았지만, 히스는 여전히 내 마음을 어지럽게, 내 기분을 들뜨게 하고 있었으니까.

우리는 낯선 사람들이 옹기종기 모여 있는 대기실 구석에 앉아 있었다. 데스크 전화기 옆에는 아까와 다른 간호사가 앉아서 클립보드에 무언가를 연신 끼적거리고 있었다.

배가 아프고 으르렁거렸다. 하지만 배가 고픈 것은 아니었다.

"내가 적을 만든 것 같아. 그 기자 말이야."

나는 의자에 등을 기대고 기지개를 펴며 말했다. 그러자 어른 같은 성숙한 표정을 지어 보이며 히스가 말했다.

"그 기자는 분명 수많은 적이 있을 거야. 어른 적들. 우린 경량급에 불과해."

배가 뒤틀렸다. 나는 대기실 문 쪽을 바라보았다. 버크 부모님은 버크를 보러 갔고, 프레디는 M&M과 수다를 떨고 있었다. 그들은 이따금씩 나를 힐끔거렸다. 내 얘기를 하고 있는 것 같지는 않았다.

다시 히스를 바라보았을 때, 히스의 눈은 밝은 푸른빛을 띠고 있었다. 아주 생동감 넘치고 건강해 보였다.

나는 히스가 연재기사를 챙겨 넣은 폴더를 가리켰다.

"편집 다 하면 나한테 갖다줄래?"

"그래, 물론이지. 하지만……."

히스는 초조해 보였다. 이내 미소가 사라졌다.

"수요일이나 목요일쯤 될 거야. 그때쯤이면 학교로 돌아올 거지, 그렇지?"

나는 몸을 움직였다. 가만히 있으려니 몸이 찌뿌드드했다.

"버크 상태에 달렸지. 혹시 문제가 생기면, 계속 여기 있어야 할지도 몰라."

히스가 잠깐 입을 멍하니 벌렸다가 말했다.

"암튼 학교에 무단으로 빠지면 안 돼. 알지?"

"나도 알아."

나도 모르게 퉁명스러운 대답이 튀어나왔다. 내 목소리가 꼭 마녀 에블린의 목소리처럼 들렸다. 초록색 반짝이 아이섀도만 있으면 완전 딱일 텐데.

"좋아."

히스가 한 손을 들어 올려 평화의 사인을 보냈다.

"그냥 네가 걱정돼서 해본 말이야. 사실 넌 수업에 연극에 ACT, 졸업반 준비까지 해야 할 일이 줄줄이 쌓여 있잖아."

그 말을 듣자 머리가 터져버릴 듯했다. 나는 양 주먹을 눈가에 붙이며 고개를 흔들었다.

"지금 그딴 얘긴 왜 하는데?"

"미안해. 그만하자."

히스의 당황한 얼굴이 눈앞에서 움직였다. 내가 주먹을 쥐어 보이자 히스가 귀여운 표정을 지었다. 그 모습에 나도 모르게 웃음이 나왔다.

"음, 이제 가봐야겠다. 배웅해줄래?"

히스가 말했다.

대기실에서 나가 히스와 함께 걷고 신선한 공기를 마시고 스낵을 먹는다고 생각하니 기분이 좋아졌다. 하지만 버크 부모님이 돌아오면 버크의 경과를 들어야 했다.

"안 되겠어. 미안해."

나는 프레디와 M&M을 손짓했다.

"뭔가 새로운 소식을 들을지도 모르거든."

히스가 어깨를 으쓱하더니 진지한 표정을 지어 보였다.

"내가 필요하면 언제든 전화해. 전화기 옆에 붙어 있을 테니까."

"고마워."

나는 히스를 안아주고 싶었다. 하지만 그건 좀 이상할 것 같아서 그만두었다. 그런데 히스가 나를 무심히 바라보았다. 그제야 나는 프레디와 버크 누나들이 보고 있다는 걸 눈치 챘다.

정신 차려, 정신 차려, 정신 똑바로 차려, 딴 데 바라봐……

하지만 나는 그럴 수 없었다. 대신 히스가 일어서자 나도 따라 일어섰다. 그리고 히스와 함께 대기실 문으로 걸어갔다.

프레디와 M&M 곁을 지나쳐 갈 때, 그들 중 누군가가 콧방귀를 뀌었다. 아주 크게.

도대체 뭐야?

나는 기사를 마감해야 한다. 마감시간은 누구도…… 수술도 기다려주지 않는다.

대기실 문에 이르자 히스가 나를 바라보았다. 셋, 아니면 넷 셀 동안. 내가 그만두라고 말하기 전, 히스가 말했다.

"이런 일이 생겨서 유감이야. 이따 전화해."

그러고는 재빨리 문을 나섰다.

나는 히스의 뒷모습을 지켜보며, 히스가 언제나 그렇듯이 나도 편안하고 차분할 수 있었으면 좋겠다고 생각했다. 세상이 별거 아니라는, 삶은 쉽고 재미있고 끝없는 장편영화라는 듯이 말이다.

그때 누군가 내 팔꿈치를 당겼다. 프레디였다.

프레디는 나를 계단 쪽으로 밀어 복도로 데리고 갔다.

"얘기 좀 해, 제이미."

"안 돼."

나는 꼼짝도 하지 않았다.

"버크 부모님이 곧 돌아올 거야. 무슨 얘기인지 몰라도 지금은 시간이 없어."

"지금 해야 돼."

프레디가 이를 꽉 다물고 말했다.

"싫어!"

나는 프레디가 잡고 있는 팔꿈치로 프레디를 밀었다.

프레디의 올리브색 양쪽 뺨이 붉게 변했다.

"좋아. 그럼 여기서 말해. 너랑 히스 사이에 무슨 일이 있는 건지 말이야. 지금 여기서, 당장."

"뭐라고?"

나는 물고기처럼 입술을 오므렸다. 하지만 풋 내뱉는 것 말고는 아무것도 하지 못했다. 내 얼굴이 너무 뜨겁게 느껴졌다. 꼭 불덩이 속에 있는 것 같았다.

프레디가 입술을 앙 다물었다.

"내 말 못 들었어?"

"무슨 말 하는 거야? 히스랑 나 사이에 무슨 일 있냐고? 내가 말했잖아, 히스는 기사 때문에 왔다고. 그게 다야."

"기사라고?"

"제발, 프레디!"

내 얼굴이 점점 더 달아올랐다.

"난 이 병원에서 하루 종일 버크를 기다려왔어. 버크가 죽을지도 모르니까. 그런데도 그런 소릴 하는 거야?"

프레디가 무시무시한 눈빛으로 나를 노려보았다가 얼굴을 찡그렸다.

"대답이 틀렸어."

"대체 무슨 말이 듣고 싶은 거야?"

주위에 뭔가 던질 것이 있었으면 좋겠다. 프레디를 던져버릴 순 없으니까.

"뭐가 올바른 대답인데?"

그러자 프레디가 허리께에 손을 얹으며 말했다.

"너 자신을 봐봐, 제이미. 네가 히스를 보는 표정, 히스가 널 보는 표정 말이야. 분명 뭔가 있어. 인정하라구."

내 얼굴이 시퍼렇게 질리는 게 느껴졌다.

"넌 날 잘 알잖아!"

그렇게 말하는 내 목소리가 엄청 차갑게 들렸다.

"넌 정말 히스가 나한테 관심을 갖고 있을 거라고 생각하니?"

그 말에 프레디의 입이 쩍 벌어졌다.

"모두가 너처럼 뚱뚱한 애한테 반하는 건 아니겠지."

좋다. 이젠 프레디를 집어던지는 것도 가능할 것 같다.

"그게 무슨 뜻이지?"

프레디가 약간 주춤했다.

"그러니까, 내 말의 요지는 히스가 너한테 치근덕거리냐가 아냐. 넌 어떠냐 거지."

"너, 정말 바보구나!"

나는 중환자실 쪽을 흘끗 바라보았다. 버크에게 일어난 일을 생각하니, 뱃속이 단단해졌다. 감히 나를 의심하는 말을 하다니!

"난 버크를 사랑해, 맹세코."

프레디의 뺨에서 홍조가 모두 사라졌다.

갑자기 프레디가 나처럼 지친 표정을 지었다.

우리는 잠시 동안 눈싸움을 했다. 그러고는 동시에 돌아서서 대기실로 돌아가기 시작했다. 아주 뻣뻣하게, 행진하듯이.

프레디가 중얼거렸다.

"넌 아직 솔직히 말하지 않았어. 히스한테 관심이 없다고 말이야."

"하늘에 맹세코, 난 히스한테 관심이 없어. 히스는 그냥 친구일 뿐이야. 이제 됐지?"

"그래, 그런 것 같군."

프레디가 본디 말투로 대꾸했다. 하지만 표정에는 여전히 의심의 빛이 역력했다.

팻걸의 거품 경보 – 팻보이 연대기 Ⅳ

제이미 D. 카카테라

팻보이는 살아 있다.

여러분, 환호하시길. 내가 지켜보고 있다는 걸 명심하라. 팻걸은 도처에 스파이를 두고 있으니까.

이미 말했듯이, 팻보이는 숨을 쉬고 있다. 팻보이는 병원 침대에 앉아 무설탕 무탄산 음료도 몇 모금 마실 수 있고, 무설탕 젤라틴도 빨대로 몇 모금 빨아먹을 수 있다.

냠냠.

팻보이는 혼자 일어설 수 있지만, 간호사가 도와줘야 걸을 수 있다. 상처에 통증이 심하다. 팻보이가 숨을 쉴 수 있게 하려고 자른 두 번째 수술 부위가 특히 심하다.

팻보이는 자그마한 폐활량계를 통해 공기를 들이마시고 내쉬어야 한다. 그때마다 튜브 안의 작은 파란색 공이 움직이는데, 그건 폐렴이 걸리지 않게 하기 위한 장치다.

그리고 오늘, 중환자실에서 3일을 보내고 일반병실에서 얼음 조각과 젤라틴을 먹으며 4일을 보낸 뒤, 팻보이는 퓌레로 만든 음식을 먹게 되었다. 그게 뭔지는 정확히 모르겠다. 그건 밀가루 반죽처럼 백색에 가까운 찐득찐득한 음식이다.

물론, 아무도 나한테 그 '거품'이 어떻게 생기는지 말해주지 않았다. 팻보이에게 말해주었는지는 잘 모르겠다. 아마 프레디와 노노가 그에 관한 얘기를 들으면 먹은 것을 다 게워버리고 말 거다. 팻보이의 누나들과 부모님도 얼굴이 새하얗게 질릴 거다.

거품은 이렇게 만들어진다. 정상적인 위는 산성 물질을 만들어내 소화를 돕는다. 하지만 수술한 뒤 스테이플로 고정시킨 위는 충분한 산성 물질을 만들어내지 못한다. 그래서 자그마한 주머니가 점액을 만들어내 음식의 소화를 돕는다. 밀가루 반죽처럼 찐득찐득한 것을 말이다. 점액은 주머니와 팻보이의 입, 즉 식도 사이에 있는 관 안에 들어찬다. 버크는 찐득찐득한 음식을 빨아먹고, 고통을 느끼고, 다시 찐득찐득한 음식을 먹는데, 이때 식도에 거품이 생기고, 버크의 입과 코로 뿜어져 나온다. 카푸치노 기계가 커피 거품을 만드는 것처럼. 좀 있으면 그 거품이 팻보이의 눈과 귀로도 나오는 게 아닐까.

전혀 재미있지도 않고 아름답지도 않다.

손을 들어보시길. 이 거품 얘기를 더 듣고 싶은 사람이 있다면 말이다.

글쎄, 있을까?

수술 경과: 10일째.

줄어든 몸무게: 7킬로그램.

10장
ACT의 악몽

버크의 검은 눈동자가 나를 살펴보았다. 눈동자가 점차 또렷해지고 커지는 것 같았다.

버크는 병원 침대 베개에 기대어 있다. 한쪽 팔은 배를 가로질러 축 늘어져 있다. 그렇게 모든 게 멈추어 있다. 내가 볼 때마다 버크는 늘 그렇다.

나는 버크에게 고래고래 소리치고 싶었다. 뭐 하러 이런 수술을 받기로 선택했는지. 하지만 그러지 않았다. 버크는 지금 건강을 회복하기 위해 아주 열심히 노력하고 있으니까.

우리는 흰색 타일의 흰색 병실 안에 단둘이 있었다. 나는 아침 9시 이전과 연극 연습이 끝난 뒤에 병원에 온다. 버크 부모님과 그렇게 하기로 약속했다. 토요일과 일요일도 마찬가지다. 밤엔 보통 프레디, 노노와 함께 온다. 하지만 아침에 버크는 완전히 내 차지다.

"몇 시에 가야 해?"

버크의 쉰 목소리는 기운이 하나도 없었다. 나는 시계를 흘끔 쳐다보았다.

"10분 뒤. 엄마가 현관 앞으로 데리러 온다고 했어."

버크가 기침을 했다. 축축하고 묵직한 소리를 들으니 몸이 오싹해졌다.

"프레디도 오늘 시험 같이 봐?"

버크가 커다란 눈을 깜빡거리며 물었다.

"프레디는 3주 뒤에 있는 시험을 볼 거야. 지난번에 말해줬잖아?"(ACT는 1년에 여섯 차례 치러진다:옮긴이)

"맞아, 내가 깜빡했다."

버크가 몸을 약간 움직이며 이어 말했다.

"암튼 넌 준비 많이 했으니까 틀림없이 좋은 성적이 나올 거야."

문득 버크의 머리카락이 궁금해졌다. 식욕 감퇴가 탈모를 일으킨다는 얘기를 들었기 때문이다. 11일 동안 10킬로그램이나 살이 빠졌듯이, 머리카락도 확 빠졌을까? 나는 버크의 머리 위쪽을 살펴보고 싶었다. 버크의 땋은 머리가 여전히 단단히 붙어 있는지 확인하고 싶었다. 하지만 그러면 버크는 화를 낼 거다. 찐득찐득한 거품이 버크의 입과 코에서 화산처럼 폭발하고 말 거다. 그런 걸로 버크가 스트레스를 받게 해서는 안 된다.

간호사가 퓌레로 만든 찐득찐득한 음식이 든 작은 볼을 들고 병실에 들어섰다. 나는 그 초록색 음식에서 눈길을 돌려 버크를 보았다. 초록색 거품을 상상하지 않으려고 엄청 애썼지만 소용없었다.

잠시 뒤, 나는 깨달았다. 대화가 멈췄다는 것을. 그리고 버크가 다시 나를 꼼꼼히 살펴보고 있다는 것을.

우리는 이제 함께 식사를 하지 못한다. 버크 앞에서 내가 어떻게 진짜 음식을 먹을 수 있단 말인가? 우리는 이제 식사 시간이 되어도 음식 대신 함께 할 다른 일을 찾아야 한다. 그래야 그저 서로 말똥말똥 쳐다보지 않을 테니까.

"내 몸무게 빠진 거 알아보겠어?"

버크는 지난 사흘 동안 스무 번 이상 이렇게 물어보았다. 그때마다 나는 고개를 끄덕여주었다.

"점점 더."

버크는 이제 뺨이 홀쭉해지고, 목이 축 처지고, 시트 아래 삐죽 나온 다리도 굵어 보이지 않는다. 버크가 40킬로그램 이상 줄어드는 걸 정말 볼 수 있을까? 나도, 수술을 하면 그렇게 될까?

이제 난 버크에 비해 너무 뚱뚱해.

그런 생각이 들자 마음이 심란해졌다.

"이제 가야 해."

나는 의자에서 벌떡 일어서서 마지막으로 버크를 보았다. 버크의 멋진 눈은 감겨 있었다.

"넌 최고야! 행운을 빌게."

"너도."

★

낡은 포드 자동차에 오르자 엄마한테서 마늘 냄새가 났다. 엄마는 집에서 입는 옷을 입고 있었다. 친구들과 마주칠지도 모르는데 더 좋은 옷을 입고 오실 것이지.

나는 한숨을 쉬며 좌석 옆 콘솔 박스에 쌓인 편지 더미를 밀쳤다. 그런데 아빠 보험회사에서 온 편지봉투가 눈에 띄었다. 열어봐도 된다고 말하는 엄마 목소리에 왠지 긴장한 기색이 역력했다. 엄마도 나랑 같은 생각을 하고 있는 것 같았다. 이 편지는 바로 비만 치료 수술에 관한……

나는 보험회사 로고가 찍힌 편지봉투를 집어 들고 앞면에 적힌 우리 집 주소를 보며 눈을 깜빡거렸다. 초점을 맞추려 해도 글씨가 희미하게 보였다.

난 비만 치료 수술을 바라지 않는다. 버크가 겪고 있는 그런 일을 겪고 싶지 않다. 하지만 여기 내 손에, 그 수술을 할 만한 여유가 있는지 알려주는 편지가 들려 있다.

잠시 고민하다가 결국, 편지봉투의 가장자리를 찢고 편지지를 빼냈다.

"뭐라고 적혀 있니?"

토요일 아침, 천천히 차를 운전하며 엄마가 물었다.

"아직 모르겠어."

나는 창밖 풍경을 살피며 시험장까지의 거리를 계산해봤다. 아직

15분쯤 여유가 있었다. 그런데 문득, 내가 지금 들고 있는 편지지에 비하면 ACT 따위는 하나도 중요하지 않은 것처럼 느껴졌다. ACT 뿐 아니라 그 어떤 것도.

나는 편지지를 진지하게 들고, 깨지기 쉬운 물건이라도 되는 듯 조심스레 다루었다.

정말로 보험이 적용되면 어쩌지? 엄마 아빠가 수술 받으라고 독촉하면 어쩌지?

내가 정말로 수술을 원하게 될까?

내 눈이 내 커다란 배와 무릎으로 향했다. 아주 잠깐 동안, 나는 지방덩어리가 없는 내 모습을 그려보았다. 텔레비전에 나오는 속옷 모델처럼 단정하고 날씬하고 근육이 보기 좋게 붙은. 그리 되면 오래 걸어도 숨이 차지 않고, 난간을 잡지 않고도 프레디처럼 빠르게 계단을 오르내릴 수 있을 거다. 땀도 많이 흘리지 않을 거다.

몸에서 냄새가 나지 않을까, 더 이상 걱정할 필요도 없을 거다.

나도 수술을 받으면 버크만큼 빠른 속도로 몸이 오그라들 거다. 내가 얼마나 작아질 수 있을까? 뼈만 앙상한 노노처럼 될까? 아니면 글래머 프레디처럼 될까?

그리 되면, 난 핫칙스로 가서 그 파란색 무늬 셔츠를 살 거다. 동물성 제품을 취급하는 가게에서 옷을 샀다는 이유로 노노가 나랑 의절한다 해도, 뭐 상관없다.

젠장, 핫칙스에서 물건을 산다면, 나 자신과 의절해야 할지도 모른다. 하지만 그 셔츠는 그럴 만한 가치가 있다.

나는 천천히, 편지를 펼쳤다.

내 눈은 단어들로 흐릿해졌다. 보험 혜택을 받을 수 있다고 적혀 있지 않기를 바라면서, 동시에 그렇게 적혀 있기를 바라면서, 내 머리는 상반된 두 개의 방향으로 움직였다. 날씬한 나와 뚱뚱한 나.

편지지에는 깔끔하게 타이핑한 글씨로 이렇게 적혀 있었다.

카카테라 부인 귀하.

비만 치료 수술에 대한 문의에 감사드립니다. 귀하가 가입하신 보험 상품에는 체중 감량 제품, 수술, 또는 프로그램이 포함되어 있지 않습니다. 또한 현재로서는 이런 항목들을 적용 대상에 포함시키는 것을 검토하고 있지 않습니다.

건강을 추구하는 귀하에게 행운이 있기를 바랍니다.

감사합니다.

앤 스미스,
GetLifeRight 고객서비스센터

몸에서 기운이 쭉 빠져나갔다. 관절이 부러진 꼭두각시 같은 느낌이 들었다.

나는 너덜너덜한 좌석 시트에 맥없이 기댔다. 얼굴이 뜨거워지고, 땀이 질질 흘렀다. 분명 마늘 냄새가 밴 엄마 옷보다 더 고약한 냄새가 날 거다.

편지를 구겨서 바닥에 내동댕이쳤어야 했다. 봉투를 처음 봤을 때, 그렇게 했어야 했다.

어떤 뚱뚱한 사람은 경제적 여유가 있어 치료를 받을 수 있고, 어떤 뚱뚱한 사람은 그런 결정을 내릴 기회조차 가질 수 없다니, 참 공평하다! 텔레비전에서는 늘 뚱뚱하다는 건 암에 걸린 것만큼이나 아주 심각한 문제라고 떠들어댄다. 온갖 종류의 끔찍한 건강 문제를 안고 살게 될 거라고, 심지어 어린 나이에 죽을지도 모른다고. 하지만 암에 걸린 아이들은 어떻게든 치료를 받는다. 그렇지 않나?

나는 편지를 돌돌 말아 칙칙한 바닥에 내동댕이쳤다. 그러고는 발로 실컷 뭉갰다. 뚱뚱한 사람들은 보험회사, 그리고 앤 스미스에겐 아무 가치도 없는 존재들인 거다.

"안 되는가 보구나."

엄마가 한숨을 쉬었다.

"안 된대."

차 안에 울려 퍼지는 내 목소리가 희한하게도 밝고 가볍게, 아무 걱정 없다는 듯이 들렸다.

"보험 적용이 안 된대."

간혹 이런 나 자신에게 놀랄 때가 있다. 이럴 땐 소리 지르며 흥분하는 게 정상일 거다. 하지만 그래봤자 무슨 소용이람? 그런다고 해서 보험회사가 갑자기 정책을 바꿀 리도 없는데 말이다.

엄마가 한 번 더 한숨을 쉬었다.

"미안하다, 제이미. 너한테 정말 중요한 일이란 걸 아는데도, 해 줄 형편이 못 돼서."

나는 구겨진 편지를 다시 밟으며 말했다.

"무슨 말이야? 보험이 적용된다고 편지에 적혀 있어도, 난 수술 안 받을 거야."

정말 그럴까?

나는 양손을 배 위에 올렸다. 이 뱃살은 아마도 영원히 내 몸의 일부로 남아 있을 거다. 시건방진 치어리더들과 앤 스미스 같은 사람들은 나더러 혹시 임신했냐고 물어볼 거다. 그리고 복어를 닮은 이 세상의 옷가게 판매원들은 영원히 나를 무시할 거다.

앤 스미스는 분명 빼빼 말랐고, 밝은 핑크빛 꽃이 그려진 홀터 드레스를 입고 하이힐을 신을 거다. 내가 그 하이힐을 신으면 굽이 부러져버리고 말겠지. 대부분의 뚱뚱한 여자들은 하이힐을 신지 않는다. 보험회사에서도 등을 돌려버린 나는 이제 여성스러운 것들에서 완전히 배제되었다. 다 뚱뚱한 덕분이다.

앤 스미스가 내 마음속에서 복어를 닮은 판매원과 겹쳐졌다. 그리고 복어를 닮은 판매원처럼 나를 바라보고 행동하는 다른 모든 여자들과 겹쳐졌다. 1킬로그램의 살을 걱정하고, 똥배가 나왔다며 한탄하는 사람들 말이다.

제발 좀 처먹으라고, 이것들아!

그들을 골탕 먹이자. 보험회사를 골탕 먹이자.

"제이미."

엄마가 부드럽게 말했다. 몇 번이나.

나는 그제야 우리 차가 시험장 밖 도로에 주차되어 있다는 걸 깨달았다. 차 곁으로 날씬한 여자애들이 우르르 지나쳐 갔다.

차에서 내리기 전, 엄마가 걱정스러운 표정으로 나를 보았다. 나는 엉거주춤한 자세로 엄마에게 안겼다.

"난 엄마가 세상에서 제일 좋아. 엄마 아빠 모두."

엄마가 코를 킁킁거리더니 나를 세게 안아주었다.

"미안하다, 얘야. 해줄 수만 있다면 우리도…… 너도 엄마 맘 알지, 그렇지?"

"내가 말했잖아. 난 그 수술 안 받을 거야. 보험 적용이 되더라도."

"알았어."

엄마가 내 이마에서 머리를 쓸어내주며 말했다. 엄마의 입술이 떨렸다.

"네가 많이 힘들다는 거 알아. 남자친구는 날씬해지는데 넌…… 엄마가 그 짐을 덜어줄 수만 있다면……."

그동안 얼마나 간절히 바랐던가. 내가 엄마나 아빠의 유전자 혹은 우리 가족의 혈통 중 어느 것이라도 물려받지 않았기를. 하지만 지금은 아니다. 그런 건 아무래도 좋다. 이제 난 팻걸이니까.

"신경 쓰지 마. 난 내 힘으로 잘해낼 수 있어."

내가 차에서 내리자 엄마가 마지막으로 행운을 빌어주었다.

나는 곧장 도서관으로 향했다. 뒤돌아보기가 두려웠다. 엄마가 혼자서 울고 있는 모습을 봐야 할지도 모르니까. 그러면 내 마음은 엉망이 될 테니까.

시험장 문을 열고 소강당을 가리키는 안내판을 따라갔다. 소강당에는 책상과 의자가 붙은 일체형 책상이 가득 들어차 있었다.

아, 젠장. 망했다!

가장 가까이에 서 있던 시험 감독관이 나를 빤히 바라보았다. 감독관은 노란색 스커트와 꽃무늬 장식의 하얀 셔츠를 입고 있었다. 이 말라깽이 여자는 내가 일체형 책상에 몸을 끼워 넣는 게 얼마나 고통스러운 일인지 절대 상상도 못 할 거다.

나는 완전히 낙담해서 강당 안을 훑어보았다. 그런데 책상에 비스듬히 기대어 있는 금발 머리 남자애가 눈에 띄었다. 주름 잡힌 면바지에 하얀 티셔츠를 입은 그 애를, 나는 어디서든 한눈에 알아볼 수 있었다.

가슴이 덜거덕거리고 몸에서 열이 났다.

내가 왜 신경 쓰지? 신경 쓰지 말자.

하지만 신경이 쓰였다. 히스 앞에서 창피함을 느끼는 건 낯선 사람들 앞에서 창피함을 느끼는 것보다 천 배나 더 나빴다.

드디어 히스가 고개를 들고 나를 쳐다보았다. 이내 그 애의 얼굴에 환한 미소가 피어났다.

나는 엉겁결에 히스에게 손을 흔들어주었다.

이제 자리에 앉아야 할 시간이다. 감독관이 앉으라고 말했으니까. 그것도 몇 번이나. 하지만 나는 옴짝달싹할 수가 없었다. 히스가 계속 나를 바라보며 미소 짓고 있었기 때문이다.

내 몸은 의자에 들어가지도 않을 거다. 난 분명 그 빌어먹을 의자를 망가트리고 말 거다. 젠장, 히스 앞에서. 누군가 나한테 뜨거운 물을 부어도 이보다는 덜 고통스러울 거다.

"자리에 앉아라."

시험 감독관이 재차 명령했다. 법 집행관의 말처럼 단호하게 들렸다.

"어서 앉으라니까."

그러자 오기가 솟아났다.

그래, 까짓 거, 못 앉을 건 또 뭐야!

나는 최대한 몸을 꼿꼿이 세우고 어깨를 폈다. 그러고는 강당 앞 시험 감독관의 탁자로 곧장 걸어갔다. 감독관의 의자 역시 작기는 마찬가지였다. 내가 앉자, 엉덩이에 깔린 의자가 덜썩 주저앉았다. 그래도 무너지지는 않았다. 감독관들은 물론 수험생 모두가 나를 의아한 눈으로 주시하고 있었지만, 신경 껐다. 난 팻걸이니까.

노란색 스커트를 입은 감독관이 뭐라고 할지 걱정되긴 했다. 하지만 이내 다른 남자 감독관이 사태 파악을 했는지 고개를 끄덕였다. 내가 불편하게 앉아 있는 모습을 바라보며, 그는 알겠다는 듯 미소를 지었다. 그제야 다른 수험생들도 관심을 껐다.

나는 히스한테 눈길조차 주지 않았다. 그 애 표정을 보고 싶지 않았다. 그 애의 멋진 파란 눈에서 동정심을 보느니 차라리 죽는 게 나을 거다.

나는 스스로에게 주문을 걸었다. 지금 히스는 이 자리에 없다. 그러니 시험에만 신경 쓰자. 이번에야말로 좋은 점수를 받아 이 끔찍한 ACT의 악몽을 끝내야 한다.

영어 시험시간이 다가오자, 졸음이 몰려왔다. 모든 걸 때려치우고 싶었다. 내가 마주하고 있는 아이들 중 아무한테나 한 대 갈겨주고 싶었다.

히스를 보지 말자.

슬슬 배가 아파왔다. 온몸에 땀이 흘렀다.

히스를 보지 말자.

시험문제의 예문을 파악하는 데 애를 먹었다. 빌어먹을 '더 멀리'와 '더 널리' 사이의 차이점이 잘 기억나지 않았다.

답을 너무 꽉 눌러 쓰는 바람에 연필심이 깨져버렸다.

이건 악몽이다. 아니, 악몽보다 더하다.

난 점수를 잘 받아야 해. 노스웨스턴 대학교에 입학하기 위해선 높은 점수가 필요해.

그동안 수도 없이 외웠던 후렴구지만, 이젠 진저리가 났다. 잠시 동안, 속으로 〈오즈의 마법사〉 노래를 불렀다. 어리석도다. 어리석도다. 어리석도다.

결국, 히스를 보고야 말았다. 히스는 고개를 숙이고 열심히 문제를 풀고 있었다.

이제 내 머릿속에는 더 이상 아무것도 들어오지 않았다. 그 어떤 것도.

잠시 후, 나는 포기했다. 시험 답안지를 뒤집어놓고, 팻걸이 최근에 받은 편지들을 기억해냈다. 그러고는 아무것도 쓰여 있지 않은 뒷면에 글을 쓰기 시작했다.

버크는 수술을 받을지 말지에 대해 나한테 아무런 선택권도 주지 않았다. 그리고 저 혼자 길을 갔다. 버크, 보험회사, 노란 스커트를 입은 시험 감독관, 복어를 닮은 판매원 모두 엿이나 먹어라!

나는 이제 선택할 수 있다. 나는 이 빌어먹을 시험 때문에 더 이상 괴로워하지 않기로 선택했다.

팻걸의 답장 2

제이미 D. 카카테라

친애하는 팻걸에게: 지금 팻보이는 어떤가요?

수술을 마친 지 17일 지났고, 몸무게가 15킬로그램 줄었다. 아직 병원에 있다. 왼쪽 엄지발가락에 염증이 생겼지만, 점차 좋아지고 있다. 참, 머리도 잘랐다.

친애하는 팻걸에게: ACT는 어떻게 되었나요?

묻지 마시길. 난 다시 시험을 치를 수 없게 되었다. 내가 답안지 제출을 거부했기 때문이다. 답안지 뒤에는 이 칼럼의 초안이 적혀 있었다. 전에 받은 점수로 어찌어찌 해보는 수밖에…… 어쨌거나 ACT 관계자, 그리고 그 노란 스커트 입은 시험 감독관은 모두 지옥에나 가라! 말했잖나! 묻지 마시길!

친애하는 팻걸에게: 팻보이가 과식할 경우 정말로 카푸치노 기계처럼 거품을 만들어내나요?

장난하나? 이따위 질문은 사양하겠다. 그렇다, 팻보이는 거품을 내뿜는다. 그렇다, 프레디는 누가 이 이야기를 꺼낼 때마다 토한다. 노노는 까무러칠 지경이다. 그만! 정말 화가 치밀어 오른다.

친애하는 팻걸에게: 팻보이가 옳은 결정을 했다고 생각하나요?

팻보이의 결정을 내가 어떻게 생각하느냐는 전혀 중요하지 않다. 안 그런가? 팻보이는 이미 수술을 받았고, 나는 언제나 팻보이 곁을 지키고 있을 테니까. 팻보이는 스스로를 위해 선택했다. 적어도 팻보이는 선택을 할 수 있었다. 하지만 모두가 그런 건 아니다.

친애하는 팻걸에게: 팻보이의 몸무게가 줄어든 걸 당신도 알 수 있나요?

당연하다. 팻보이는 여전히 한 덩치 하지만, 볼 때마다 매일 변하고 있다.

친애하는 팻걸에게: 당신은 팻보이와 맞추기 위해 다이어트를 하고 있나요?

아니다. 당신도 ACT 관계자들처럼 지옥에나 가버려라!

나는 내 답변에서 '선택'이라는 단어를 언급했다. 여러분이 마지막으로 그 단어를 찾아본 게 언제였나? 온라인 사전에 따를 것 같으면, 선택이란 "고를 수 있는 권리, 힘 또는 기회, 옵션"이다. 권리. 힘. 기회. 옵션.

자기 몸에 무슨 일이 일어날지 고를 수 있는 권리, 힘, 기회 또는 옵션을 갖고 있다는 게 어떤 건지 여러분은 생각해본 적이 있는가? 나는 힘이라는 말을 특히 좋아한다. 본질적으로, 선택은 힘을 의미한다.

누군가에게서 선택을 빼앗는다는 건 그에게서 힘을 빼앗는 것이다. 그건 잘못된 거다. 그렇지 않나? 누군가에게서 힘을, 권리를, 기회를 훔치는 거다. 아닌가?

만약 여러분이 내 말에 동의한다면, 제발 보험회사 앤 스미스에게 메시지를 남겨주시길.

11장
에블린의 회초리

우편 발송 마감 정확히 한 시간 전에 장학금 신청서와 대학 입학 지원서를 모두 마무리하는 건 아무나 할 수 있는 게 아니다. 홀 안에서 빨간색과 흰색 줄무늬 타이츠와 초록색 후프 스커트를 입고, 반짝이를 붙인 상태에서 말이다.

"젠장, 젠장, 젠장."

나는 날짜 칸에 대고 프레디의 수정펜을 톡톡 두드렸다. 그러자 노노가 눈을 흘겼다. 노노는 수정펜이라면 질색이다. 화학약품이 너무 많이 들어 있단다.

노노가 내 눈앞에 있는 것만으로도 신경이 거슬렸다. 왜 그런지는 모르겠지만. 어쩌면 계속 투정을 부리는 노노의 얼굴 표정 때문인지도 모르겠다. 어쩌면 노노는 연극에서 절대 뚱뚱한 역할을 맡을 필요가 없다는 사실 때문인지도…….

손이 떨렸다. 온통 땀과 잉크와 수정액 냄새뿐이었다. 주어진 시간 내에 이 거지같은 지원서를 끝마치고 최종 리허설을 하러 강당으로 돌아가지 못하면, 던스타인 선생님은 마법사 에블린처럼 나를 엄청 혼낼 거다.

이제 세 시간 뒤면 〈오즈의 마법사〉 오프닝의 막이 올라간다. 하지만 버크는 여전히 병원에 있다. 히스는 신문 편집 일로 바쁘긴 하지만 연극을 보러 오도록 노력하겠다고 말했다.

"네가 지원서를 언제 썼느냐는 중요하지 않아!"

내가 다시 날짜를 수정할 때, 프레디가 복도 라커에 몸을 기대며 말했다.

"네가 언제 서명했는지 사람들이 어떻게 안다고 그래?"

"연도를 잘못 쓴 건 문제가 되겠지!"

나는 연신 얼굴을 찡그렸다. 노노가 눈앞에서 신경질적으로 손톱을 물어뜯고 있었기 때문이다.

"지원서 이리 내놔봐!"

프레디의 목소리가 카랑카랑하게 울려 퍼졌다.

"30분 후면 중앙우체국 문 닫아. 당일특송으로 보내려고 공항까지 가고 싶진 않단 말이야."

프레디가 새로 사 입은 줄무늬 바지를 가리키며 말했다.

"오늘 데이트 있어. 너도 알잖아."

나는 마지막 펜 자국을 지우며 내뱉었다.

"짜증나 죽겠어!"

"그냥 나한테 줘!"

프레디가 손을 쓱 뻗었다. 내가 마지못해 지원서를 건네자 프레디는 그걸 받아 노노에게 주었다. 노노는 마치 그게 독약이라도 되는 것처럼 떨떠름하게 받아들었다.

귀가 윙윙거렸다. 부아가 치밀어 올랐다.

"아이, 정말! 그냥 접어서 봉투에 집어넣으면 되잖아!"

노노는 나한테 맞기라도 한 듯 움츠러들었다. 그 모습을 본 프레디의 얼굴이 복어를 닮은 핫칙스 판매원처럼 부풀어 올랐다.

"진정해, 제이미."

프레디가 차분한 목소리로 말했다. 하지만 나는 진정하기는커녕 더 시끄러워졌다. 내 목소리가 텅 빈 복도에 쩌렁쩌렁 울려 퍼졌다.

"그건 수정액이야, 노노. 쥐약이 아니고! 넌 왜 만날 아무것도 아닌 걸 갖고 야단법석을 피우는 건데?"

노노가 고개를 숙였다. 이윽고 노노의 뺨이 가슴에 닿았다. 지원서를 든 팔도 축 늘어졌다. 노노는 아무 말도 하지 않았다. 이것이, 이상하게도, 나를 더욱 미치게 만들었다.

"대체 넌 왜 늘 그 모양이야?"

나는 노노에게 한 발 앞으로 다가서며 따졌다.

그러자 프레디가 나와 노노 사이에 끼어들었다.

"그만둬, 제이미."

프레디가 큰 소리로 쏘아붙이는 바람에, 나는 이를 앙 다물고 조금 뒤로 물러섰다. 그제야 얼굴의 열기가 조금 가셨다.

침묵.

만약 내가 뭐라고 더 떠들어댄다면 상황이 엉망이 되고 말 거다.

노노는 머리부터 발끝까지 부들부들 떨고 있었다. 노노가 기절하지는 않을까 걱정스러웠다. 지원서를 떨어트리지는 않을까 걱정스러웠다. 두 가지 다 걱정스러웠다.

프레디는 노노에게서 서류를 건네받아 봉투에 집어넣고, 봉투를 단단히 봉인했다. 그러는 내내 나를 째려보았다.

웬일인지, 나는 계속 입 다문 채 꼼짝 않고 있었다. 나는 마녀 에블린보다 더 심하게 폭언을 퍼붓고 싶었다. 노노에게 욕을 퍼붓고 프레디에게 주먹을 날리고 싶었다. 하지만 그러지 않았다. 정말, 정말로 그러고 싶지 않았다. 나는 그저…… 지원서를 낚아채 그걸 찢어버리고…… 그대로 도망치고 싶었다. 대입 지원서도 없고, 히스도 없고, 위장접합술도 없는 곳으로. 뚱뚱한 몸도, 홀쭉한 몸도 없는 곳으로.

"이제 가자."

봉투 작업을 마무리한 뒤, 프레디가 말했다.

프레디와 노노는 동시에 나한테 등을 돌리고 걸어갔다. 홀을 곧장 지나 건물을 빠져 나갔다.

나는 거기에, 거기에, 거기에 그대로 서 있었다. 마치 영원 같았다. 유리 패널을 통해 프레디와 노노가 보였다. 주차장을 건너 멀리 멀리 걸어가고 있는 모습이.

★

해가 뉘엿뉘엿 저물고 있었다. 드디어 개막공연의 밤이 다가오고 있었다.

나는 막 노스웨스턴 대학교에 입학지원서를 보냈다. 볼품없는 ACT 점수와 학교신문 칼럼 포트폴리오를 동봉해 심사관들에게 보냈다. 그러면서 지원서를 우편으로 보내는 걸 도와주려는 절친들을 화나게 만들었다. 하지만 어쨌거나 쇼는 계속되어야 한다.

"에블린!"

번스타인 선생님이 뒤에서 소리쳤다.

심장마비에 걸리는 줄 알았다. 간신히 목숨을 건지고 뒤돌아보니 선생님은 이미 자리에 없었다. 강당의 자동문을 통해 안으로 들어가버린 뒤였다. 나는 서둘러 선생님을 쫓아갔다.

문을 밀자마자, 나는 깜짝 놀랐다. 뒷좌석이 이미 사람들로 가득 차 있었다. 그리고 로이스 레인 기자가 있는 방송국에서 나온 직원인 듯한 사람들이 강당 구석에 카메라를 설치하고 있었다.

무대를 향해 중앙통로를 걸어가는데, 뒤에서 플래시가 터졌다. 그래, 여기 에블린이 나가신다. 모두 모두 주목하시라.

무대에서 앞쪽 세 번째 줄 중앙통로 좌석을 지나치며, 나는 잠시 고개를 돌렸다. 시즌 티켓 회원인 버크가 앉는 자리였다. 버크가 멀쩡하다면 지금쯤 여기 앉아 나를 반겨줬을 텐데.

무대 위로 올라가니 플래시가 더 많이 펑펑 터졌다.

대체 뭣들 하는 거지?

던스타인 선생님이 미소를 머금은 채 나를 기다리고 있었다.

나는 걸음을 멈추었다. 그러고는 옷차림을 살피며 내가 이상하게 보이지는 않는지 확인했다. 던스타인 선생님은 오프닝 밤에 결코 웃는 법이 없다. 고래고래 소리치고, 시끄럽게 떠들어대고, 비명을 지르고, 와글와글 촐랑거린다. 사이코 치와와처럼. 미소? 가당치도 않다.

"매진됐다."

선생님이 말했다.

"게다가 시즌 티켓 회원들 대부분이 왔다. 네가 큰일 해낸 거야."

"제가요?"

이 무슨 뚱딴지같은 소리지?

"전 아무것도 한 게 없는데요. 정말 매진된 거 맞아요?"

"난생처음이다. 네가 해냈어. 다 네 칼럼 덕분이야."

선생님이 손가락을 허공에 흔들어 보였다.

"그걸 뭐라고 부르지?"

"팻걸 선언요."

그 순간 내 입술과 뺨이 순식간에 굳어버렸다.

선생님이 고개를 끄덕였다.

"지역방송국은 물론 다른 지역의 언론사 기자들도 팻걸을 보러 왔단다."

나는 할 말을 잃었다. 마치 물통에 빠진 사악한 마녀처럼. 그저 고개를 끄덕이는 것조차 무척 힘들었다.

선생님은 버크에 관한 내 칼럼이 전국적인 관심을 끌고, 또 청소년 위장접합술에 대한 논쟁을 일으켰다고 주저리주저리 떠들었다.

선생님이 지금 제정신인 거 맞나? 하찮은 학교신문에 다른 지역 사람들이 관심을 갖는다는 게 대체 말이 되냔 말이다!

하지만 생각해보니, 던스타인 선생님의 말은 사실인 듯했다. 빨리 가서 분장이나 하라고 고함치는 대신 흐뭇한 미소를 짓고 있는 걸 봐서는 말이다.

의상을 갈아입고 분장을 하러 걸어가는데, 휴대전화가 울렸다. 액정화면에 버크의 전화번호가 찍혀 있었다. 입가에 절로 미소가 일었다. 버크는 내가 오늘 공연을 하는 걸 까먹지 않은 거다. 지금은 아파서 병원에 갇혀 지내는 신세지만 말이다.

"안녕, 버크!"

"안녕! 너, 그거 알아?"

버크의 목소리가 헐떡거렸다.

나는 당연히 이런 말을 기대했다.

오늘이 오프닝 날이지?

또는

대박나라!

또는

오늘 밤 너의 마녀 연기를 사람들은 절대 잊지 못할 거야.

하지만 버크가 한 말은 이거였다.

"다시 몸무게를 쟀는데, 18킬로그램 줄었어. 18일 만에 18킬로그램이나 줄었다구. 믿을 수 있겠어?"

"아, 그래, 정말 잘됐다."

나는 전화기를 내던지고 자리에 주저앉고 싶었다. 하지만 전화기를 다른 쪽 귀에 바꿔 대며 똑바로 서 있으려고 애썼다.

내가 말을 잇지 않자, 버크가 말했다.

"네 목소리가 꼭 우물 속에 있는 것처럼 들려. 주위에 사람들이 많나 봐. 내 말 듣고 있니?"

관객석에서 들려오는 잡담 소리, 출연 배우들과 스태프들이 웅성거리는 소리가 한데 섞여 으르렁거리는 물소리처럼 들렸다. 좀 잠잠해지는가 싶더니 다시 요란한 소리가 났다.

"오늘은 10월 첫째 주 주말이야, 버크."

"첫째 주라고? 아, 오늘이 오프닝 하는 날이구나!"

전화기 너머에서 손바닥 부딪히는 소리가 들렸다. 버크가 자기 이마를 탁 친 모양이었다.

"그렇구나. 넌 멋지게 해낼 거라고 믿어. 사람들한테 본때를 보여줘."

내 가슴이 옥죄어왔다.

"알았어."

전화기를 집어던지고 싶었다. 하지만 사람들이 주위에 너무 많았다. 이제 움직일 시간이다. 가야 한다.

그래, 본때를 보여줄 거야.

이럴 거면 차라리 전화를 안 받는 게 나았겠다 싶었다. 하지만 나는 곧 생각을 바꾸었다. 어쨌든 버크는 잊지 않고 전화해주었다. 그리고 나를 응원해주었다. 그게 중요하다. 버크는 병원에 있고, 그거면 됐다.

나는 탈의실로 들어가 끙끙대며 의상에 몸을 집어넣었다. 마지막으로 의상을 점검하고, 분장을 하고, 머리를 다듬고, 빨갛고 하얀 줄무늬 장갑 밖으로 손톱에 초록색 반짝이를 칠하는 동안 시간은 거침없이 흘러갔다. 이제 난 제이미도, 팻걸도 아니다. 난 심술쟁이 여왕, 윙키(날개 달린 원숭이 : 옮긴이)들의 주인이다. 사악한 서쪽 마녀, 에블린이다. 뚱뚱한 여자들, 사악한 마녀들은 비중 있는 역할을 하는 경우가 드물다. 하지만 오늘 밤만은 서럽지 않았다.

무대 뒤에 선 나는 관객석을 흘끗 쳐다보았다. 어쩔 수 없이 뒷줄의 기자들과 버크의 자리에 눈길이 갔다. 그 텅 빈 자리를 확인하자 조금 침울해졌다. 내 깊은 곳에, 마치 우주가 뒤집어지고, 다시 제자리로 돌아오지 않은 것처럼.

조명이 번쩍 빛났다. 무대 스태프들이 숨을 몰아쉬며 땀을 뻘뻘 흘렸다. 언제나 그렇듯이, 점점 더 더워졌다. 나는 마음속으로 내 대사를 외웠다. 음악이 커졌다 작아지고, 작아졌다 커졌다. 1막이 끝나고, 드디어 내 차례가 되었다.

나는 페인트칠된 나무 왕좌에 앉았다. 아직 무대 밖이라 관객들의 눈에는 보이지 않았다. 왕좌는 내 몸에 겨우 맞았다. 하지만 ACT 시험장 의자와는 비교할 수 없을 정도로 좋았다.

윙키들의 노래가 시작되었다. 윙키들이 무대 로프를 가로질러 걸어갔다.

내 왕좌가 바닥을 구르기 시작했다.

시종이 윙키들에게 채찍을 휘두르며 더 세게 잡아당기라고 고함쳤다. 그러고는 큰 소리로 외쳤다.

"길을 비켜라! 길을 비켜라! 사악한 서쪽 마녀 납신다. 길을 비켜라!"

윙키들이 울부짖으며 한 번 더 세게 잡아당겼다. 마침내 커다란 왕좌가 사람들에게 보이는 곳으로 굴러와 멈추었다. 무대 중앙에.

나는 사람들을 아주 멋지게 노려보았다. 얼굴을 찌푸리고, 자리에서 일어나서 큰 소리로 내 첫 번째 대사를 내뱉었다.

"닥쳐!"

나는 윙키들을 향해 삿대질을 하며 말했다.

"오늘 나는 모두에게 사악한 존재니까!"

'나쁜 소식은 안 돼' 음악이 크고 빠르게 울려 퍼졌다. 나는 관객을 향해 돌아서서 노래하기 시작했다. 그런데, 버크의 회원석은 더이상 빈자리가 아니었다.

히스가 거기 앉아 있었다.

나는 깜짝 놀랐다.

히스는 청바지와 파란 폴로 티셔츠를 입고 있었다. 금발이 눈을 가리고 있었다. 히스의 손은 온통 풀 범벅일 거다. 어쨌거나 내가 에블린 역할 하는 걸 보기 위해 거기 앉아 있었다. 버크의 자리에.

음악이 더욱 커졌다가 잦아들었다. 그리고 다시 시작되었다. 윙키들이 나를 노려보았다.

젠장. 사인을 놓쳤다.

재빨리 고개를 끄덕인 뒤, 얼굴을 증오, 파멸, 재앙의 표정으로 재정비하고 걸음을 옮겼다. 노래를 힘차게 불렀다. 그러면서 회초리를 모두의 머리에 연신 휘둘렀다. 동작이 큰 엉덩이 액션 몇 번. 어깨 액션 몇 번. 내 가슴이 초록색 코르셋 밖으로 튀어나와 노출 사고를 일으키지 않기를 간절히 바랐다.

회초리를 탁, 탁, 탁 휘두르며 노래할 때 반짝이는 빛이 비처럼 내렸다. 윙키들이 사방으로 정신없이 흩어지며 도망쳤다.

난 악마다.

난 에블린이다.

철썩, 철썩! 히스, 버크, 프레디, 그리고 노노. 철썩! 기자들과 던 스타인 선생님. 철썩! 앤 스미스. ACT 시험. 철썩!

"누구도 내게, 누구도 내게 나쁜 소식을 전해주지 말기를."

회초리가 소용돌이치며 빙글빙글 크게 움직였다.

그러는 동안에도 관객석 뒤쪽의 기자들이 신경 쓰였다. 저 사람들은 대체 무얼 적고 있는 거지?

팻걸, 그녀는 칼럼니스트인가 회초리광인가?

나는 본능처럼 에블린 역할에 몰입했다.

이제 3막에 이르렀고, 히스는 여전히 거기에 앉아 있었다. 내가 벽과 커튼 사이의 작은 구멍을 통해 엿볼 때마다 히스의 웃는 얼굴이 보였다.

이윽고 다시 내 차례가 왔다. 나는 급히 뛰어나가 웅장하게 마지막 입장을 했다.

도로시에게 슬리퍼를 내놓으라는 대사를 내뱉을 때, 히스는 여전히 웃고 있었다.

기자들은 조명 때문에 보이지 않았다.

나와 '겁쟁이 사자'의 싸움이 시작되었다. 겁쟁이 사자가 나보고 미쳤다고 소리쳤다.

"지금 날 모욕하는 건가?"

나는 겁쟁이 사자에게 날카로운 소리를 냈다. 아무도 화나게 함 없이 마음껏 소리칠 수 있는 기회를 만끽했다.

"아닙니다, 뚱보 마마. 저는 단지……."

겁쟁이 사자가 말을 더듬거렸다.

"뚱보 마마? 뚱보 마마라고?"

나는 진짜 신나게 고함을 쳤다. 우와! 내가 지금처럼 혼을 다해 이 대사를 읊조린 적이 있었던가?

나는 테이프를 붙여놓은 X 표시에 조심스레 발을 들여놓았다. 내가 사라지기로 되어 있는 그곳에. 그러고는 겁쟁이 사자의 팔을 움켜쥐고 그 녀석을 쇠문 안에 처넣었다.

"고양이 같은 녀석, 널 갈기갈기 토막내주마. 네 가죽을 벗겨내주마!"

잠시 뒤, 나는 무대 밑으로 서서히 사라졌다. 강렬한 음악과 함께. 무대 뒤에 있던 스태프들이 재빨리 플랫폼 커버를 제자리로 가져다놓았다. 이제 나는 어둠 속에 있었다. 모든 게 끝났다. 팻걸이 해낸 거다.

땀이 비 오듯 쏟아졌다. 냄새가 고약했다. 무대 위로 다시 돌아온 나는 분장실로 향하는 복도로 들어섰다. 히스가 청바지에 손을 넣은 채 그곳에 우뚝 서 있었다. 바보처럼 이를 훤히 드러낸 채. 히스의 눈이 내 가발에서 반짝이 화장으로 움직였다. 그러다 내 가슴으로, 그리고 다시 위로.

남자들이란! 남자는 다 똑같다. 여자 가슴은 남자들을 바보천치로 만든다.

"오늘 정말 대단했어."

히스가 차분히 말했다.

"고마워. 믿을 수가 없네. 네가 이걸 보러 올 시간을 내다니 말이야."

히스에게서 좋은 냄새가 났다. 애프터쉐이브 냄새일까? 팔꿈치와 청바지 왼쪽 무릎 위에 편집용 풀이 말라붙어 있는 것만 빼고 히스는 정말 멋져 보였다.

"놓치고 싶지 않았거든. 넌 정말 그 역할을 위해 태어난 것 같아. 너도 알지, 그렇지?"

"사악한 서쪽 마녀. 최고의 꿈이지."

"넌 아주 많은 재능을 갖고 있어. 오늘 연극에서 제일 멋있었어."

히스가 손가락으로 무대 쪽을 가리키며 말했다.

"그래서 연극 보다 말고 그냥 나온 거야. 네가 사라지니까, 시시해서 못 봐주겠더라구."

온통 초록색 반짝이가 붙어 있는 내 뺨이 뜨거워졌다.

"고마워."

히스가 소심한 표정을 지어 보이더니 다시 말했다.

"뭐 좀 먹을래?"

"나도 정말 그러고 싶어. 하지만 연극이 다 끝날 때까진 여기서 떠날 수 없어."

배고픔에 겨운 내 골난 얼굴은 진짜였다. 팻걸도 아니고 에블린도 아닌 나 자신의 표정이었다.

"커튼콜도 받아야 하고 뒤풀이도 해야 해. 오늘은 오프닝 날이잖아. 옷 갈아입고 분장 지우는 데도 시간이 꽤 걸릴 거고."

그리고 팻걸 기사 초안을 잡아야 해. 네가 스트레스 받아 날 죽이기 전에.

히스가 실망한 표정을 지었다. 하지만 히스도 이해하고 있다는 걸 알 수 있었다.

"좋아. 혹시 나중에라도 힘이 좀 남아 있다면, 동굴로 와. 먹을 것을 준비해놓고 기다릴게."

난 갈 수 없어.

하지만 난 내가 가리란 걸 알았다. 내가 아무리 피곤해 멍 때리고 있어도, 어쩌면 이 세상에서 내가 있어야 할 마지막 장소는 히스 몬텔과 함께하는 동굴일지도 모른다.

"고마워."

나는 조용히 말했다. 노노가 엄청난 비밀을 말할 때 그러는 것처럼.

"별일 없으면 갈게. 기자들을 피할 수 있다면."

작별 인사를 하고 걸어 나가며, 히스가 어깨 너머로 손을 흔들어 보였다. 히스가 볼 리 없었지만, 나도 손을 흔들어주었다.

그런데 커튼콜이 왜 이렇게 오래 걸리지?

팻걸에게 주인공을!

제이미 D. 카카테라

왜 팻걸은 주인공을 할 수 없는 걸까?

그러니까, 진지하게 말해서, 몇 시간 동안 거구의 여인이 무대 한 가운데 있으면 여러분은 눈이 아픈가?

캔자스에서 온 도로시는 왜 뱃살이 있으면 안 되는 걸까? 〈오페라의 유령〉의 크리스틴은 왜 무대를 좀 넓게 차지하면 안 되는 걸까? 뚱뚱해서 노래를 덜 예쁘게 부르나?

팻걸을 원하는 사람은 아무도 없다. 즉, 좀 더 단도직입적으로 말해, 누구도 팻걸을 원해서는 안 된다.

그게 규칙 아닌가?

어떤 책, 연극, 영화든 결말에 이르면 팻걸이 날씬해지거나 살을 빼야만 하는 것처럼.

게다가, 왜 팻걸이 자신을 측은하게 여기는지, 왜 자살 위험이 높은지, 글자 그대로 죽기 살기로 날씬해지려 하는지에 대한 기사들이 넘쳐난다.

저기요?

이런 경향을 막고 싶으십니까?

나중에 여러분이 유명한 책을 영화나 연극으로 각색하고 싶다면, 팻걸에게 주인공 역을 맡기세요. 줄리엣에게 쓰리 엑스라지(XXXL) 옷을 입히세요. 오펠리아에게 군살을 덕지덕지 붙이세요.

자, 용기를 갖고, 선례를 깨부수자.

팻걸에게 주인공을!

12장
두 번째 인터뷰

던스타인 선생님은 무대 교체, 장면 교체, 그리고 새로운 지침에 관해 고작 32분 동안 고함을 치고 나서 모임을 끝냈다. 이건 정말 기록적이다. 선생님은 특히 마녀 에블린이 극적으로 사라진 것에 흡족해했는데, 그건 달리 표현해보면, 선생님이 흥행과 언론의 이목 집중에 아주 흡족해한다는 뜻이었다.

나는 선생님이 마구 짖어대는 동안 다 쓴 칼럼을 접었다. 문을 나서려는데 선생님이 내 팔을 붙잡고 작은 소리로 말했다.

"인터뷰할 때는 긍정적으로 해. 즐겁게."

"저를 인터뷰한다고요?"

나는 선생님 뒤, 텅 빈 공간을 흘끗 바라보았다.

"나만요? 출연진 전부 다가 아니고요?"

선생님은 손으로 무대 문을 가리키며 걱정스러운 강아지처럼 조바심쳤다.

"지금 기자들이 기다리고 있어. 현명하게 굴어야 해, 제이미. 〈오즈의 마법사〉를 위해서 말이야."

좋다.

저 기자들은 분명 내 쇼를 보고 기사를 쓰러 온 거다. 나하고만 이야기하고 싶어 하는 거다.

그렇게 생각하니, 팔다리가 천근만근 무겁게 느껴졌다. 내 뇌가 허공에 둥둥 떠다니는 풍선 같았다. 로이스 레인 기자의 그 메스꺼운 태도가 머릿속에서 춤을 추었다.

내 자아가 두 개로 분열되었다. 왼쪽 절반은 마녀 에블린이 되어 무대 위에서 마음속 외침들을 지글지글 분출하고 싶어 했다. 전국의 수많은 사람들이, 특히 언론 장학금 심사위원들이 내 팻걸 기사에 관심을 갖도록 즐겁게 쇼를 하자. 밝게, 밝게, 밝게 웃자.

그래, 나도 할 수 있어. 장학금 심사위원들의 환심을 사자.

하지만 오른쪽 절반은 당장 이 자리에서 탈출해 버크에게 달려가고 싶어 했다. 아니, 히스에게 달려가 내 칼럼을 보여주고 의견을 구하고 싶어 했다. 히스를 만나고, 그 애랑 얘기를 나눈다고 생각하니 기분이 좀 풀어졌다. 그렇게 여유 시간을 갖고 나면, 즐거운 마음으로 버크를 만나러 갈 수 있을 거다. 프레디와 노노한테 공연 전에 못되게 군 걸 사과할 수도 있을 거다. 엄마를 기분 좋게 할 뭔가를 할 수도 있을 거다. 엄마는 지금 딸을 위해 아무것도 못 해주는 집안 형편 때문에 우울해하고 있으니까.

하지만 결국, 장학금에 대한 열망이 승리를 거머쥐었다.

몇 분 동안 분장을 고치고 옷차림을 가다듬고 땀 냄새가 나는지 겨드랑이를 확인한 뒤, 나는 무대 뒤로 향했다. 세트와 쌓아둔 지지대를 지나 커튼을 열고 밖을 내다보니, 관객석이 거의 비어 있었다. 기자 패거리만 남아 있었다. 방송국 기자 한 명, 카메라맨 한 명, 그리고 신문사에서 일하는 듯한 남자 한 명. 그 남자 곁에 카메라 기자는 없었다. 로이스 레인처럼 보이는 사람도 없었다.

나는 숨을 깊이 내쉰 뒤, 커튼을 열고 무대 위로 한 걸음 발을 내디뎠다.

관객석 오른쪽 구석에 있던 기자 두 명이 몸을 곧추세웠다. 나는 잠시 기다리라는 뜻으로 한 손을 들었다.

"규칙을 말씀드리겠습니다."

바버러 월터스('인터뷰의 여왕'이라 불리는 미국의 인기 앵커 : 옮긴이)를 빼닮은 방송국 여기자가 고개를 끄덕이며 마이크를 내렸다. 콧수염을 기른 신문사 기자는 어깨를 으쓱해 보였다.

나는 한 번 더 숨을 깊이 들이쉬고 말을 이었다.

"우선, 제 허락 없이 제 말을 인용하지 마세요."

나는 팔짱을 낀 채, 마치 윙키들에게 격노할 준비가 되어 있는 마녀 에블린처럼 기자들을 훑어보았다.

누구도 첫 번째 규칙에 반대하지 않았다. 그래서 나는 계속 밀어붙였다.

"둘째, 역겨운 질문은 안 됩니다. 셋째, 제 이름은 제이미 카카테라예요. 팻걸이 아니고요. 혼동하지 마시길 바랍니다."

바버러를 닮은 여기자가 동정적인 표정을 지어 보였다. 콧수염 기자는 뭔가를 적었다.

"넷째, 두 분 모두에게 5분씩 드리겠습니다. 저는 칼럼을 쓰러 학교로 돌아가야 하니까요."

콧수염 기자가 즉각 자기는 《헌트빌 하퍼》의 토드 샌더스 기자라고 말했다. 나는 그 말을 듣고 깜짝 놀랐다. 헌트빌은 가우드에 비하면 '대도시'다.

콧수염 기자가 물었다.

"원래부터 과체중이었나요, 카카테라 양?"

좋아, 쉬운 질문이군.

나는 무대 한가운데로 자리를 옮겼다. 그 남자로부터 불과 몇 미터 떨어진 지점이었다.

"네, 그렇습니다."

콧수염 기자가 그 말을 적었다. 그러면서 이렇게 말했다.

"남자친구인 버크 웨스틴처럼 체중 조절 수술을 고려한 적은 없나요?"

나는 머뭇거렸다. 하지만 오래 걸리지 않았다.

"네, 고려해봤습니다."

콧수염 기자가 '그럼 그렇지'라는 표정으로 나를 바라보았다. 긍정적으로, 현명하게 굴라는 던스타인 선생님의 말이 떠올랐다. 그래서 나는 미소 지으며 이렇게 덧붙였다.

"하지만 저는 경제적으로 그걸 선택할 만한 형편이 못 됩니다. 또 수술 후 버크의 모습을 보면서 제가 그 고통을 견딜 수 있을지도 의문이 들었어요."

콧수염 기자가 내 말을 모두 받아 적고는 의기양양한 표정을 지었다. 다음 질문으로 비장의 카드를 준비했다는 듯이.

"어린아이가 위장접합술을 받는 게 허용되어야 한다고 생각하나요?"

콧수염 기자 뒤에서 바버러가 고개를 저었다. 마치 이렇게 말하는 것 같았다. '난 저런 실수는 하지 않을 거야.'

긍정적으로, 현명하게. 긍정적으로, 현명하게.

"우린 어린아이가 아닙니다."

고함치고 싶었지만 성질 죽이고 말했다. 내 목소리가 무대를 지나, 메가폰을 대고 말하는 것처럼 텅 빈 관중석으로 전해졌다.

"우린 몇 달 뒤면 성인이 됩니다. 어떤 사람이 위장접합술을 받아야 하는지 저는 모르겠습니다. 하지만 그 수술이 합법이라면, 10대들도 그 수술을 선택할 수 있어야 한다고 봅니다."

콧수염 기자 토드가 내 대답을 받아 적는 동안, 바버러가 앞으로 걸어 나오며 마이크를 들었다. 그녀 뒤로 카메라맨이 따라 움직였다. 카메라 위의 불빛이 빛났다.

바버러가 질문을 시작했다. 정감 어리고 포근했다. 엄마가 생각나게 하는 무언가가 있었다.

"카카테라 양, 난 채널3에서 나온 바버러 기넷입니다. 카카테라 양의 칼럼은 아주 대범하고 새로웠어요. 당찬 행보, 축하드립니다."

"감사합니다."

세상에나, 진짜 이름이 바버러라니. 진짜 웃긴다.

바버러가 내 눈을 똑바로 바라보며 질문했다.

"팻걸 칼럼에 대한 영감은 어디서 얻었나요?"

"제 생활입니다. 매 시간, 매일매일."

또 쉬운 질문이네. 감사합니다, 하느님.

"기자님이 저처럼 덩치가 커진다면, 둘 중 하나를 선택해야 합니다. 남들 눈에 안 띄게 숨어 다니는 슈퍼사이즈 쥐가 되든가, 아니면 팻걸이 되는 겁니다. 저는 이제 팻걸이 말할 시간이라고 생각했죠. 다시는 절대 입 다물지 말자고 말예요."

바버러가 고개를 끄덕였다. 진짜 엄마처럼 보였다. 검정색 실크 정장만 아니라면 말이다.

"카카테라 양의 칼럼엔 여성의 역량 강화에 관한 긍정적인 메시지뿐 아니라 비만을 옹호하는 부정적인 건강 메시지도 들어 있는데, 이에 대해 어떻게 생각하나요?"

"제 칼럼이 부정적인 건강 메시지를 준다고는 생각하지 않습니다. 관련 자료를 전부 읽어본다면, 제약회사나 다이어트 기업이 후원한 연구를 빼고, 비만이 초래하는 건강 위험, 또는 비만에 대한 정의조차 명쾌하지는 않다는 걸 발견하게 될 겁니다."

다리가 아파오기 시작했다. 무대 끝에 걸터앉고 싶었다. 하지만 후프 스커트를 입고 앉을 수는 없는 노릇이었다.

"위험이 있긴 합니다. 네, 그래요. 하지만 이런 위험이 비만과 직접적으로 연관이 있는지는 분명치 않습니다. 그리고 제 글은 체중감량에 관한 게 아닙니다. 마음과 사고, 생활태도에 관한 거죠."

나는 관객석 뒤 시계를 흘끗 바라보았다.

"질문을 두 개만 더 받겠습니다. 가봐야 하거든요."

바버러가 질문에 앞서 온화한 미소를 지어 보였다.

"버크 웨스틴은 실제로 어떤가요? 카카테라 양이 보기에."

그 말에 팔꿈치로 쿡 찔린 듯이 배가 아파왔다. 얼굴이 심장박동으로 뜨거워졌다. 뜨거운 열기가 온몸을 가로질러 밀려왔다. 내 안에 텅 빈 구멍이 생겼다. 관객석에서 버크의 빈자리를 보았을 때처럼…….

"버크…… 버크는 달라지고 있습니다."

목이 메어왔다. 뭔가 다른 말을 해야 했다. 무대 위에 혼자 서서 울고불고 말을 더듬거리는 내 모습을 카메라가 찍지 못하게, 무슨 말이라도 해야 했다. 인터뷰 규칙에 하나 더 추가하지 못한 게 원망스러울 뿐이었다. 제이미를 울리는 질문을 하지 말 것!

나는 겨우 말을 이어갔다. 버크의 합병증과 고통에 대해. 버크가 얼마나 침착하고 단호한지, 그리고 내가 버크를 얼마나 좋아하는지에 대해.

"이미 살이 많이 빠졌습니다. 완전히 딴 사람 같아요."

나는 목을 어루만지며 말했다.

바버러가 뭔가 다른 질문을 하려고 머뭇거리는 사이, 콧수염 기자 토드가 정면으로 한 방 먹였다.

"카카테라 양은 지금 버크 웨스틴의 건강을 걱정하는 건가요? 아니면 버크 웨스틴이 날씬해져서 더 이상 카카테라 양과 함께하고 싶어 하지 않을까 봐 걱정하는 건가요?"

사실, 내가 정상적인 상태라면 저따위 질문을 하는 사람을 흠씬 두들겨 팼을 거다. 하지만 난 주먹을 휘두를 힘도 없었다. 후려갈길 말도 생각나지 않았다.

나는 토드와 바버러 기자, 카메라맨에게서 물러났다. 그들이 다시 뭐라 말하기 전에, 비틀거리며 어두운 무대를 빠져나갔다.

히스와 동굴, 신문, 그리고 히스가 틀어놓은 지루한 음악이 필요했다. 그 음악을 들으면, 히스가 뭔가 터무니없고, 완전히 히스다운 말을 해주면 기분이 좋아질 것 같았다. 쿵쾅 뛰던 심장이 멈추고 제대로 숨을 쉴 수 있을 것 같았다.

반은 걷고 반은 달리면서, 칼럼 원고를 손에 꼭 쥔 채 인도를 가로지르고 모퉁이를 돌았다. 밖은 무척 어두웠다. 달도 없고, 구름이 별을 가렸다. 가을 공기는 눈물이 날 만큼 차가웠다. 팻걸 인터뷰에 관해 히스에게 이야기할 생각을 하니 이가 부들부들 떨렸다.

히스가 날 안아주면 좋겠다. 그럼 기분이 어떨까? 히스의 품에 안기면, 내 얼굴이 히스의 어깨에 닿으면, 히스한테 무슨 냄새가 나는지 알 수 있겠지. 히스가 얼마나 강인하고 단단한 느낌인지 알 수 있겠지. 내 귀에 속삭이는 히스의 목소리도. 아, 현기증이 난다.

★

저 앞에 드디어, 학보사가 있는 건물이 보였다. 어두운 복도 저편에서 불빛이 흘러나오고 있었다. 신비하게 흔들리는 촛불처럼.

"이런!"

너무 갑자기 걸음을 멈추는 바람에 거의 넘어질 뻔했다. 칼럼 원고를 너무 꽉 쥐어서 종이가 구겨졌다.

"아, 어쩌지."

내가 도대체 무슨 생각을 하는 거야?

완전 돌았군. 진짜 바보 멍청이잖아.

나는 손가락으로 반짝이가 엉겨 붙은 두툼한 뺨을 쓰다듬고, 짤막한 목을 지나 거대한 가슴, 그리고 에블린의 후프 스커트가 걸쳐져 있는 공룡 같은 배를 만져보았다.

난 순도 100% 팻걸이다. 히스가 날 만나고 싶어 할까? 날 만지고 싶어 할까? 날 안아주고 내 눈을 애타게 바라보고 싶어 할까?

이건 영화가 아니다. 실생활에서, 히스 같은 남자들은 나 같은 팻걸과 사랑에 빠지지 않는다. 나는 뚱보 역할을 맡아야 한다. 나는 사악한 마녀, 못된 새언니, 점쟁이, 쭈그렁할멈, 심지어 몸 파는 여자들을 관리하는 포주도 될 수 있다. 하지만 아름다운 공주는 될 수 없다. 가냘픈 꽃, 누구나 원하는 그런 여자 말이다.

이 드라마에서, 제이미 카카테라는 절대 주인공을 맡지 못한다. 버크와 함께 있을 때만 빼고.

난 버크를 사랑한다. 그런데 왜 히스의 체취를 떠올리는 걸까?

나는 눈을 비비고 버크를 생각하려 했다. 하지만 별과 하늘만 보였다. 버크의 얼굴이 떠오르지 않았다. 버크가 어떤 모습인지 그려지지 않았다. 버크는 정말 달라졌다. 점점 달라지고 있다. 그리고 점점 나한테서 멀어지고 있다.

히스는 나한테 뭐지?

친구? 동료 편집자?

아니면…….

쾅!

내 뺨을 찰싹 때려주고 싶었다.

나는 문을 열었다. 청바지에 폴로셔츠를 말끔히 차려입은 히스가 보였다. 어둠 속에서 히스의 눈동자는 보이지 않았지만 방긋 웃는 얼굴은 또렷이 보였다.

심장박동수가 높아지더니 숨이 가빠졌다.

히스를 보니 좋아 죽겠어? 친구. 동료. 그게 바로 너야. 정신 좀 차려, 얼른!

히스의 시선이 잠시 어깨가 드러난 탑을 입은 내 가슴께를 힐끔거리는가 싶더니 후프 스커트로 향했다.

"옷을 아직 안 갈아입었네?"

"이거 먼저 주려고."

나는 숨을 헐떡거리며 구겨진 칼럼 원고를 내밀었다.

히스가 칼럼을 받아들었을 때, 나는 불쑥 내뱉었다.

"채널3하고 《헌트빌 하퍼》에서 기자가 와서 날 인터뷰했어."

"와!"

히스가 내 곁에 바짝 다가왔다.

"대단하다."

히스가 이를 보이며 활짝 웃었다. 나도 따라 웃었다. 난 바보 멍청이니까.

그런데 히스가 앞으로 나와 나를 에워싸더니 꼭 안았다.

앗, 이럴 수가!

히스는 나보다 키가 커서 내 얼굴이 히스의 어깨에 닿았다. 말랐지만 단단했다. 강한 힘이 느껴졌다. 편집실에 맴도는 아교 냄새와 눈을 따끔거리게 하는 약품 냄새 따윈 전혀 방해가 되지 못했다. 그저 완벽한 체취와 흥분에 빠져들고 싶었다.

히스의 입술이 내 이마에 닿았다. 부드럽고 따뜻하고 단단했다.

몸이 떨렸다. 어쩔 수 없었다. 기분 좋은, 소름끼치는 떨림.

무슨 일이지?

이 이상한 녀석은 누구지?

난 누구지?

있을 수 없는 일이다. 하지만 일어났다. 나는 꽁꽁 얼어붙었다. 마치 내 발이 바닥 타일에 딱 달라붙은 것처럼.

히스는 포옹을 풀고 나서도 두 손을 내 어깨 위에 올려놓았다. 히스의 폴로셔츠에 초록색 반짝이와 화장품 자국이 묻어 있었다.

"그 옷 입으니 정말 멋지다."

히스가 속삭였다. 낮고 차분한 목소리였다.

그 소리에 나는 완전히 무너져내렸다. 나는 아무 말도 하지 못했다. 말할 생각조차 못 했다.

"공연장까지 데려다줄까?"

히스의 묵직한 목소리에 내 몸이 더 떨렸다.

"어, 뭐라고?"

"옷 갈아입어야지. 그래야 다시 와서 일을 할 수 있잖아."

히스가 귀 뒤로 내 머리칼을 넘겼다.

또 할 말을 잃었다.

히스가 나를 더 바짝 당겼다. 이제 내 온몸이 히스와 닿았다. 히스는 내 눈을 너무도 사랑스럽고 부드럽게 응시했다. 마치 나랑 키스하고 싶은 것처럼.

제발 키스하길.

제발.

하지만 히스는 그러지 않았다.

"다시 돌아올 거지? 그렇지, 제이미?"

"그래."

나는 얼른 대답했다. 꿈꿔왔던 영화 속 주인공처럼. 속삭임과 한숨. 내가 앞으로 조금만 몸을 기울이면, 우린 키스를 하게 될 거다.

그 순간, 갑자기 프레디의 말이 떠올랐다.

"그러니까, 내 말의 요지는 히스가 너한테 치근덕거리냐가 아냐. 넌 어떠냐 거지."

프레디는 병원에서 그렇게 물었었다. 그리고 난 프레디에게 거짓말을 했다. 가장 친한 친구에게. 그땐 내가 거짓말하고 있다는 걸 몰랐지만, 그건 분명 거짓말이었다.

버…… 크…….

한기와 속삭임, 그리고 한숨이 내 안에서 흘러나왔다. 히스의 손 안에서 나는 온몸이 굳었다.

버크를 생각하자 정신이 확 깼다. 버크가 키스를 하기 전 물끄러미 나를 바라보는 모습, 서로 껴안을 때면, 늘 몽롱하고 순수하고 행복해 보이는 버크의 모습이 떠올랐다.

버크의 미소.

버크의 눈동자.

버크는 여느 때보다 더 내가 필요하다. 그리고 난 버크를 저버리지 않을 거다. 난 버크의 여자다. 버크는 내 남자다. 그렇다. 그렇게 되어야 한다. 그래야만 한다. 안 그래?

"공연장까지 같이 가줄까?"

히스가 내 손을 놓아주며 말했다.

"아니, 괜찮아. 됐어."

나는 고개를 저었다.

미소가 사라지고 히스의 얼굴이 굳었다.

"그럼 여기서 기다리고 있을게."

난 안다. 내가 다시 돌아오지 않으리라는 걸. 그걸 히스도 알고 있다는 걸.

우리는 다음 호에 내보낼 칼럼에 대해 이야기를 나누어야 한다. 하지만 지금은 아니다. 그럴 순 없다. 잘못된 길을 갈 수는 없다. 내가 아무리 간절히 원한다 할지라도……. 그런데 이 찝찝한 기분은 대체 뭐지?

히스가 편집실 문을 열고 안으로 사라졌다.

하지만 내 심장은 여전히 뛰고 있었다. 쿵쾅, 쿵쾅. 히스의 손이 머물렀던 팔뚝이 여전히 뜨거웠다. 내가 왜 이러는 거지? 안 돼. 그러면 안 된다구.

건물 밖으로 나왔을 때, 내 안의 무언가가 갈기갈기 찢기고 있는 게 느껴졌다.

올바른 일을 할 때 이런 느낌이 드는 건가?

아니다. 감정을 속이기 때문에 그런 거다.

밤공기가 내 얼굴을 후려갈겼다. 차갑고 심술궂었다.

나는 답을 알 수 없었다. 뭐가 바른 답인지. 아니, 이제 내가 어떻게 해야 할지도…….

주인공을 하는 것도 결국 그리 대단한 건 아닌가 보다.

〈오즈의 마법사〉의 한 대목이 떠올랐다.

'넌 이길 수 없어. 넌 비길 수도 없어. 이 게임에서 빠져나갈 수도 없어.'

팻걸, 춤추다

제이미 D. 카카테라

팻걸이 춤추는 데는 여러 가지 이유가 있다. 연례 할로윈 파티가 아니더라도 말이다. 여러분에게 그 모든 걸 말하지는 않겠다!

우선 최고의 이유는, 팻보이가 어제 오후 3시 22분에 집에 왔다는 거다. 예정보다 몇 주 늦었지만 팻보이가 드디어 집에 왔다! 하지만 그렇다고 해서 여러분이 곤경에서 벗어나는 건 아니다. 여러분은 여전히 긍정적인 생각을 보내주어야 한다. 그리고 팻보이를 위해 응원하고 기도해야 한다. 바삐 움직이시길. 더 많은 이야기가 곧 나올 테니. 사진과 함께!

수술 경과: 31일.

체중 감량: 20킬로그램.

둘째, 〈오즈의 마법사〉가 대히트를 쳤다. 지난주와 이번주 모두

매진이다.

셋째, 난 ACT를 두 번 다시 치를 필요가 없다.(그래, 맞다. 난 시험을 볼 수 없다. 어쨌든 끝났다.)

넷째, 프레디 덕분에 내 대입 지원서와 신문 칼럼 포트폴리오를 접수시켰다. 프레디는 그걸 우편으로 부쳐주었다.

다섯째, 《헌트빌 하퍼》가 이번주 초에 팻걸에 관한 기사를 실었다. 콧수염을 기른 토드 기자가 내 인용문을 똑바로 실었다. 정식 신문에 실리다니, 와우!

여섯째이자 두 번째로 멋진 이유는, 팻걸 인터뷰가 채널3과 제휴 관계인 방송국들에서 '신체 이미지 자각' 캠페인의 일환으로 방송될 예정이라는 점이다.

이제, 이걸 생각해보자. 만약 팻걸이 여러분 앞에서 춤추기로 결심했다면? 그것도 여러분이 너무 가까이 다가오면 여러분을 땅바닥에 내동댕이쳐줄 팻보이도 없이 말이다.

여러분은 웃을 건가?

분명, 뚱뚱한 사람이 춤추는 모습을 보고 웃는 건 국제적인 유행이 되어가고 있다. 온라인 세상에 들어가 '뚱보 댄싱'을 검색해보면, 15만 개 이상의 웹사이트를 찾아낼 수 있다. 거기엔 비디오 클립 밑에 '꼭 용암이 흘러내리는 것 같네요' 같은 기막힌 촌평이 달려 있을 거다.

이게 다가 아니다. 우리는 뚱보가 키스하고, 뚱보가 피어싱을 하고, 뚱보가 문신하고, 뚱보가 뭘 하는 걸 특집으로 내세우는 수많은 사이트들을 찾아낼 수 있다. 거기엔 당근 이런 코멘트가 달려 있다. 역겨워, 돼지, 뚱보, 혐오스럽다, 어처구니없다 등등.

포르노그래피에 대한 내 기사를 기억하시는지?

그렇다면, 이런 웹사이트들을 그 제목 아래 분류하고, 이런 꼬리말을 달아두자.

시간이 남아도는 바보천치들.

비만은 새천년을 맞이한 오늘날 전국적인 건강 위기의 근원으로서 적대시되고 있다. 21세 이하 연령대에서 80퍼센트 이상의 사람들이 비만은 게으름의 결과라고, 뚱뚱한 사람들은 반드시 날씬해져야만 더 나은 삶을 누릴 수 있다고 믿고 있다.

여러분에게 사소한 비밀 하나 알려주겠다.

난 어쨌거나 춤추고 있다.

13장
말라깽이들의 반격

노노를 시위 현장에 내려주고 다시 도로에 들어섰을 때, 프레디가 낡은 도요타 자동차의 핸들을 톡톡 두드렸다.

"왜 그래, 제이미?"

"아무것도 아냐."

나는 창밖을 바라보며 아무렇지 않다는 표정을 지어 보이려고 애썼다. 내 손에 들려 있는 히스의 쪽지는 구겼다 폈다, 구겼다 폈다를 수없이 되풀이한 뒤였다.

프레디가 한숨을 쉬었다. 그 뜻은 이렇다. '귀신을 속이지 누굴 속이려고?'

프레디는 옷을 근사하게 차려입었다. 푸른색 실크 원피스와 거기에 딱 맞는 구두. 반면에 나는 평상시에 입는 치렁치렁한 스커트와 셔츠를 입었다. 사진관에 가서 졸업 증명사진을 찍을 때는 옷 위에 졸업 가운을 겹쳐 입을 거니까, 뭐 어쨌든 상관없었다.

프레디의 또 한 번의 한숨이 내 죄책감을 후벼 팠다.

좋아, 좋아. 내가 거짓말하고 있거나 말하지 않고 있거나 2천 가지 친구 수칙을 위반하고 있다는 거, 나도 알아. 하지만 대체 내가 무슨 말을 할 수 있겠어?

난 알고 있어. 내가 노노를 쏘아붙인 것 땜에 네가 지금도 열 받아 있다는 걸. 하지만 난 히스랑 2주 전에 키스를 할 뻔했어. 그때부터 히스가 미친개라도 되는 것처럼 피해왔지. 난 〈오즈의 마법사〉 공연 땜에 녹초가 됐어. 수학 점수는 엉망진창이 됐고. 그리고 믿기지 않을 정도로 줄어든 남친이랑 몇 시간씩 어색한 시간을 보내야 해. 그 애는 체중 감량 말곤 할 말이 없어. 이제 됐니?

이렇게 말하라고? 그건 곤란하다.

그래서 나는 차창 밖을 보며 쪽지를 접었다 폈다 했다. 프레디의 한숨소리가 더 커졌다. 사진관으로 가는 내내.

주차를 하고 있는데, 프레디의 전화기가 울렸다. 프레디가 액정 화면을 확인하더니 이마를 찡그리며 나한테 전화기를 건넸다.

"안녕."

버크였다.

나는 프레디의 전화기를 사용해야 하는 처지다. 정액제 요금을 다 써버렸으니까. 프레디는 무제한 통화 요금제여서 얼마든지 쓸 수 있다. 나도 그런 여유가 있었으면 좋겠다. 무제한 통화가 된다면…… 돈이 무제한으로 있다면, 삶이 훨씬 편리해질 텐데.

"너희들 어디 있어?"

버크의 목소리는 깊고, 힘이 있었다. 나를 가슴 설레게 했던 예전의 목소리와 비슷했다. 버크의 예전 모습이 떠올랐다. 나의 버크. 곰처럼 포근히 껴안아주는, 이를 드러내며 방긋 웃는 버크. 적어도 전화상으로는 내가 원하는 대로 될 수 있었다.

"노노는 화학염료 사용 반대 시위에 갔어. 프레디랑 난 졸업반 증명사진 찍으러 사진관에 왔고."

그러면서도 자꾸 손에 든 쪽지에 신경이 쓰였다. 히스는 그 쪽지를 학보사 편집실의 내 우편함에 넣어두었다. 나는 일주일 내내 히스를 피해 다녔다. 히스가 없을 때만 신문 일을 했다. 그리고 새 팻걸 기사는 히스의 우편함에 넣어두었다.

쪽지에는 이렇게 적혀 있었다. '이 연재기사는 좀 약해. 더 센 게 필요해. 네가 장학금을 받고 싶다면 말이야.' 그 아래엔 굵은 글씨로 이런 말이 붙어 있었다. '우리, 이야기 좀 하자. 빨리.' 그리고 'H'라고 서명되어 있었다. 히스는 나한테 처음 쪽지를 전해준 뒤로 언제나 'H'라고 썼다.

"제이미? 듣고 있는 거야?"

버크의 목소리가 내 의식을 콕콕 찔렀다.

"어, 미안."

"사진 찍고 나서 나한테 와줄 수 있냐고 물었어."

"당근이지."

버크가 나직이 속삭였다.

"초콜릿바 몇 개 사다 줄래? 딱 두 개만. 큰 거 말고. 음식 고문에 돌아버릴 지경이야."

"제정신이야? 그랬다간 마녀 같은 너네 누나들이 날 가만 안 놔둘 거야."

버크가 한숨을 쉬었다.

"제발, 응? 조금만 맛보자. 먹고 싶어 미치겠단 말이야."

"됐거든. 네가 직접 사 먹으면 되잖아."

나는 전화기에 대고 키스하는 소리를 냈다.

"정 달콤한 걸 원하면, 이걸로 만족해야 할 거야."

버크가 웃었다.

"그래, 알았어. 이따가 맛 좀 보여줘."

전화를 끊으며 나는 미소 지었다. 하지만 내 손에 들린 쪽지는 점점 더 무겁게 느껴졌다. 결국 쪽지를 돌돌 말아 바닥에 던져버렸다.

프레디와 나는 사진관 앞에 차를 세우고 햇볕을 쬐었다. 그냥 아무 말 하지 않고 있는 게 좋았다. 하지만 프레디는 따지려 들었다.

"넌 버크에 대해 거의 말하지 않는구나."

프레디가 자동차 키를 뽑아 가방에 집어넣었다. 그러고는 내 쪽으로 몸을 기울였다. 비밀을 속삭이려는 듯이.

"너랑 히스는 어때?"

나는 몸을 뒤로 젖혔다.

"그냥 그래."

프레디는 아무 말도 하지 않았다. 그저 나를 노려볼 뿐이었다.

"히스는 내 친구야, 프레디. 아니, 친구라기보단 비즈니스 파트너, 또는 동료? 뭐 그런 거라구."

"히스 이야길 할 때 네 표정은 좀 웃겨!"

그러더니 프레디가 한 손으로 나를 잡고 조용히 말했다.

"나한테는 뭐든 다 말해도 돼. 난 입이 무거우니까. 버크는 오래전부터 내 절친이야. 하지만 너와 나…… 우린 같은 여자잖아."

"고마워."

그건 진심이었다. 그 말을 했을 때 약간 배가 꼬이긴 했지만.

내가 프레디를 믿고 있나?

무슨 일이 있든, 누군가 내 편이 되어줄 사람이 있다고 나는 믿는 걸까?

우리는 차에서 내렸다. 차문을 닫고 나서 프레디가 말했다.

"나를 위해 두 가지만 해줘."

나는 뒤돌아 프레디를 바라보았다.

"아무리 화가 나도 노노한테 함부로 말하지 마."

프레디가 손가락 하나를 들어 올렸다.

"그리고 시간 내서 노노한테 사과해. 너도 알잖아, 노노가 어떤 애인지. 노노는 진실한 애야. 네가 아무렇지 않게 내뱉은 말에도 쉽게 상처를 받는다구."

"그래, 알았어. 약속할게."

프레디가 기쁜 표정을 지었다. 그러더니 다시 심각한 표정으로 돌아갔다. 두 번째 손가락이 올라갔다.

"만약에 네가 히스나 다른 누구한테 빠진다면, 버크랑 깔끔하게 끝내. 제대로 헤어지라구. 알았어?"

나는 고개를 숙였다. 무슨 말을 해야 하지?

"그래, 좋아."

이 말밖에 할 수 없었다.

사진관 안으로 들어가는 내내, 서류를 작성하는 내내, 나는 고개를 축 늘어트렸다.

사진관 여자가 프레디를 탈의실 쪽으로 데리고 가더니 가운을 들고 카운터에 다시 나타났다. 그 가운은 100년 뒤에도 나한테는 절대로 맞지 않을 거다.

젠장.

그래서 내가 먼저 전화를 걸어 라지 사이즈 가운이 있는지 알아봤던 거다. 나한테 맞는 가운이 없어 평상복을 입고 사진을 찍는 불상사가 벌어지지 않도록. 그런데 라지 사이즈에 대한 사진관 여자의 정의와 내 정의가 달랐음에 틀림없다. 슈퍼 사이즈, 또는 메가 사이즈, 또는 빌어먹을 코끼리에게 맞을 정도로 충분한 사이즈가 있는지 물었어야 했는데.

사진관 여자가 미소를 지으며 가운을 쑥 내밀었다.

"프리 사이즈예요."

정말 웃겼다. 꼭 치과 수술 때 입는 옷 같았다.

허풍이 아니라 진짜로.

★

프레디의 차를 타고 언덕 위의 버크네 집으로 가는 내내, 우리는 침묵을 지켰다. 아까 찍은 사진이 어떻게 나올지 자꾸 신경이 쓰였다. 사진 속 내 모습이 정말 싫다. 거울에 비친 내 모습을 보기 싫은 거랑 비슷하다. 내 육중한 몸을 사랑하는 팻걸이 되었으면 좋겠다. 거기서 아름다움을 찾을 줄 아는…… 히스처럼.

"그 옷 입으니 정말 멋지다."

세상에! 나는 히스의 이미지와 목소리를 마음 밖으로 밀어내려 애썼다. 그러면 안 되는데. 하지만 그때 히스의 시선, 히스의 목소리, 그 장면이 계속 돌아갔다.

얼마나 진심이었을까?

히스는 분명 지금 나를 미워하고 있을 거다. 마치 히스가 전염병에라도 걸린 것처럼 그 애를 피해 다녔으니까. 나는 히스에게 신문 일을 모두 맡겼다. 내 칼럼을 쓰는 것만 빼고.

프레디가 버크네 집 앞에 주차할 때, 히스의 구겨진 쪽지가 차 바닥을 굴렀다.

"우리, 이야기 좀 하자. 빨리."

이렇게 말하는 히스의 목소리가 들렸다. 히스의 푸른 눈에 어린 진지한 표정이 보였다. 왜 히스를 머릿속에서 지우지 못하는 걸까? 버크네 집 현관문 앞에서도 나는 여전히 히스를 생각하고 있었다.

M&M이 현관에 모여 있었다. 둘 다 반들거리는 멋진 파란색 원

피스를 입었는데, 갓 대학을 졸업한 전도유망한 커리어우먼들처럼 보였다. 외출하려는 모양이었다. 하느님, 감사합니다.

프레디가 M&M과 인사를 나누는 사이, 나는 조용히 부엌으로 향했다. 햇빛이 커다란 창문으로 들어와, 타일 바닥에 모자이크 무늬를 만들고 있었다. 모든 것이 깔끔하고 반짝반짝 빛이 났다. 버크가 사는 세상의 모든 것은 언제나 아주 깨끗하고 산뜻하다.

버크 아빠가 반짝반짝 빛나는 테이블 옆에 서서 그 위에 펼쳐진 옷 무더기를 바라보고 있었다. 셔츠 서너 벌, 반바지와 스웨터 몇 벌, 그리고 아직 가격표가 붙어 있는 청바지 두어 벌.

버크는 아빠 곁에 서 있었다. 확실히 달라 보였다. 수술을 한 지 35일, 그리고 23킬로그램 체중 감량. 버크가 똑바로 서 있으니 확연히 살이 빠진 게 한눈에 보였다. 살이 빠지고 키가 자란 또 다른 버크. 오싹 한기가 느껴졌다. 하지만 나는 턱을 꽉 다물고 버렸다.

그리고 버크는 머리를 밀었다. 대머리처럼!

그걸 보자 절로 눈이 깜박거렸다. 통렬한 아픔이 배를 잘근잘근 씹어댔다. 버크는 레게머리를 싹둑 잘라낼 수밖에 없었다. 정말로 머리칼이 빠지기 시작했으니까. 수술에 따른 '완벽하게 정상적인' 상황이었다.

버크가 빛나는 머리를 손바닥으로 쓰다듬으면서 환하게 웃었다.

"아주 매끈해!"

"그래, 보기 좋아."

나는 말에 진심을 담으려 노력했다.

"이것들 좀 봐."

버크가 테이블 위에 있는 셔츠와 팬츠를 집어 들고 흔들었다.

"예전에 입던 더블엑스 라지 사이즈야. 이젠 나한테 너무 커."

내 몸이 싸늘하게 식어갔다.

웃자. 그래야 한다. 왜냐하면 버크가 들떠 있으니까. 난 버크를 위해 행복한 척해야 한다. 하지만 눈앞이 뿌예졌다.

버크는 지금 나보다 더 작은 사이즈의 옷을 입고 있다. 그리고 이젠 온통 체중 감량에 대한 이야기뿐이다. 체중 감량이란 말이 정말싫다. 꼭 버크가 자신의 절반을 어딘가에 두고 잊어버린 것 같다.

내 버크가 사라지고 있어. 에블린처럼.

테이블 위에 놓인 커피 컵이 눈에 들어왔다. 컵 밖으로 스푼이 삐죽 나와 있었다. 나는 깨달았다. 그게 버크의 점심식사였다는 걸.

버크보다 훨씬 홀쭉해 보이는 버크 아빠가 내 곁을 미끄러지듯 스쳐 지나며 내 어깨를 토닥였다.

"오랜만이다, 제이미."

나는 버크 아빠가 거실의 안락의자에 앉아 텔레비전 리모컨을 집어 드는 걸 지켜보았다. 달리 시선을 둘 곳이 없었다.

"어때?"

버크가 잡지에 나오는 근육질의 사내처럼 포즈를 취하며 물었다.

"살 빠진 걸 알아보겠어?"

"당근이지."

대답이 자동으로 튀어나왔다. 어색한 미소와 함께.

통증이 있는지, 버크가 뻣뻣한 자세로 다가와 나를 껴안았다.

"걱정 마. 너도 나처럼 빠질 수 있어. 네가 원한다면 말이야."

버크가 이를 드러내고 활짝 웃으며 말했다.

"너도 할 수 있어, 제이미."

순간, 온몸에서 기운이 쭉 빠져나갔다. 내 몸이 두 배나 크게 느껴졌다. 그리고 여긴 내가 있어야 할 곳이 아니라는 생각이 들었다.

나도 할 수 있다고?

나도? 내가 원한다면? 하지만 그런 수술은 원한다고 누구나 할 수 있는 게 아니란 말이야.

마음속에서 수천 가지 반박의 말들이 아우성쳤지만 참았다.

그렇게 아무 말 없이 버크에게 안겨 있는데, 문득 히스가 생각났다. 편집실에서 히스가 갑자기 나를 끌어안았을 때 났던 향기로운 체취가. 히스가 내 이마에 키스하던 모습이.

죄책감이 속에서 뱀처럼 몸부림쳤다.

나는 버크를 슬쩍 밀쳐냈다. 그제야 버크가 속삭이듯 말하는 소리가 들려왔다.

"······감옥이 따로 없어."

버크가 고개를 절레절레 흔들었다.

"식구들은 이해 못 해. 거의 다 나았는데 말이야."

여전히 속에서 뱀이 몸부림치고 있었지만, 나는 계속 미소를 지으려 노력했다. 난 지금 버크를 위해 여기 와 있는 거니까.

"누나들한테 초콜릿을 조금만 먹고 싶다고 졸라대는 중이야."

버크가 엄지손가락과 집게손가락으로 아주 조금이라는 표시를 만들어 보였다.

나는 어깨 너머로 거실 너머 현관을 흘끗 쳐다보았다.

"하지만 누나들은 끄떡도 안 해. 네가 좀 몰래 갖다주라."

"안 돼!"

그러자 버크가 팔을 벌리며 애원했다.

"날 도와줄 사람은 너밖에 없어."

나는 손가락으로 현관을 가리켰다.

"그랬다간 너네 누나들이 내 목을 물고 피를 다 빨아먹을 거야."

"제발!"

강아지 같은 눈으로 나를 보는 버크가 안쓰러웠다.

"생각해볼게."

나는 그렇게 얼버무렸다.

그때 거실에 있던 버크 아빠가 나를 불렀다.

"제이미, 여기 좀 와볼래?"

초콜릿바에 대한 이야기를 들으셨나? 망했다.

버크도 나처럼 깜짝 놀란 표정이었다.

"미안해."

버크가 속삭였다. 나는 버크에게 잠자코 있으라고 손짓했다.

우리는 함께 천천히 거실로 걸어갔다. 우리의 운명을 마주하러. 설상가상으로, 프레디와 M&M이 집 안으로 들어서고 있었다. 웬일인지 아직 집을 나서지 않았던 모양이다.

"……자그마한 가우드 고등학교에서 커다란 논쟁이 벌어지고 있습니다."

텔레비전에서 소리가 울려 퍼졌다.

"그곳에서는 지금 졸업반 제이미 카카테라 양이 신랄하고 무례한 '팻걸 선언'으로 고도비만에 대한 자신의 권리를 옹호하고 있습니다."

"와우."

프레디가 그러면서 커다란 가죽 소파에 앉았다.

"팻걸이 거물이 됐는걸. 이건 전국 방송이잖아?"

버크 아빠가 고개를 끄덕이며 설명했다.

"〈생각거리〉라는 프로란다. 전국 도처의 기자들이 취재한 흥미로운 기사를 내보내지."

버크가 휘파람을 불며 환호성을 질렀다.

M&M은 둘 다 똑같이 입을 떡 벌리고 멍하니 있었다. 왕방울 눈을 하고서.

바버러 기넷. 〈오즈의 마법사〉 오프닝이 끝난 뒤 나를 인터뷰했던 바로 그 기자가 화면을 채웠다. 기자 뒤로는 살찐 뱃살과 엉덩이들이 실룩실룩 지나가고 있었다.

잠시 동안, 바버러는 사랑스럽고 인정 많고 솔직해 보였다. 그러다 눈을 가늘게 뜨더니 《와이어》 한 부를 들고 읽어나갔다.

"난 호르몬 장애도 없고 내분비 장애도 없다. 난 '라지' 또는 '엑스라지' 같은 상투적인 문구, 혹은 병원에서 쓰는 고도비만 같은 단어들을 좋아하지 않는다…… 난 뚱뚱하다…… 이겨내기 위해서는 그 말에 익숙해져야 한다."

육중한 뱃살과 엉덩이들이 계속해서 바버러 뒤를 지나가고 있었다. 가끔씩 카메라가 그중 가장 육중한 사람들을 클로즈업했다.

바버러가 잠시 말을 멈추고 카메라를 뚫어져라 쳐다보더니, 눈썹을 치켜뜨고 계속 읽어나갔다.

"팻걸은 뚱뚱하기 때문에 오히려 '정상' 사이즈 옷을 입는 사람들에 비해 신체 이미지와 관련된 문제가 좀 덜할 것이다."

또다시 카메라를 죽일 듯이 응시하더니, 팻걸 선언 중 맥락에서 벗어난 것을 인용했다.

"……강박적인 과식은 어떤 진단 매뉴얼 혹은 보험 설계에서도 비만의 원인으로 공식 인정되지 않고 있다…… 다이어트산업은 수십억 명의 사람들을 무기력하게 만들 뿐만 아니라 상황을 더욱 악화시키기도 한다. 분명, 다이어트산업은 비만에 대한 경각심을 불러일으키는 수많은 연구들에 자금을 대고 있다."

순간 나는 알아차렸다. 뉴스가 어느 방향으로 흘러가고 있는지를. 온몸이 뜨거워지며 증오심이 솟아올랐다.

"어느 청소년의 목소리입니다."

뱃살과 엉덩이들의 행진이 계속되는 가운데, 바버러가 고개를 저었다.

"언론의 자유일까요? 아니면 전국적으로 심각한 건강 위기를 무시하기로 결심한, 한 엉뚱한 소녀의 악의적인 의견일까요?"

다른 모두와 마찬가지로 나도 할 말을 잃고 말았다. 그저 화면을 뚫어져라 응시할 뿐.

바버러는 팻걸 기사를 자기 맘대로 싹둑 잘라 인용하고, 내 인터뷰의 순서를 앞뒤로 바꾸고, 내 인터뷰 목소리를 마음대로 편집해 버렸다. 내 목소리는 비명을 질러대고 미친 듯이 날뛰면서 현대 의학과 삐쩍 마른 여자들, 위장접합술을 경멸하고 질투하는 밉상 뚱보 활동가라는 느낌을 주었다.

바버러는 또 이렇게 말했다. 내가 체중 감량 수술이라는 "믿기지 않을 정도로 용감한 결정"을 내린 "남자친구"를 "무자비하게 짓밟고" 있다고.

"네가 날 짓밟고 있다고?"

버크가 날카로운 소리를 냈다.

"조용히 좀 해봐."

M&M이 동시에 명령했다.

버크는 별수 없이 입을 다물었다.

버크 아빠는 손으로 턱을 문질렀다. 곤혹스러워하는 표정이었다.

바버러는 한술 더 떴다. 내가 몇몇 "급진적인 친구들"과 함께 "파렴치한 공격"을 느닷없이 감행해 핫칙스 체인점에 엄청난 피해를 입혔다고.

프레디가 나지막이 욕을 내뱉었다가 바로 입을 다물었다.

바버러가 다시 《와이어》를 들어 보였다.

"이런 터무니없는 주장에 맞설 대책이 시급한 것으로 보입니다.

마르고, 건강한 학생들이 강제로 이 '뚱보 신문'이 지껄이는 걸 막아야 할까요?"

뚱뚱한 뱃살과 엉덩이들이 서서히 흐릿해지는 가운데, 바버러가 한참 동안 뜸을 들였다. 그러고는 다시 입을 열었다.

"가우드 고등학교의 '팻걸 선언'은 진정한 생각거리입니다. 지금까지 바버러 기넷이었습니다. 다음주까지, 안녕히 계십시오."

잠시 화면이 멈춘 뒤, 광고가 튀어나와 요란을 떨었다.

뉴스가 끝났다.

하지만 나는 오래도록 그저 멍하니 있었다.

내 휴대전화가 울렸다. 집에서 걸려온 전화였다.

"제이미, 사람들이 전화하고 난리가 났어."

엄마는 인사말도 없이 곧장 그렇게 말했다.

"이웃 사람들, 기자들, 교장선생님, 그리고 너네 신문 편집장 히스도 전화했어. 빨리 집에 와야 할 것 같다. 제이미? 제이미, 듣고 있니?"

아뇨.

"네."

나는 대답했다. 조용히, 차분하게.

"지금 가요."

팻걸에게 총을 겨누다

제이미 D. 카카테라

총을 겨눠라.

방아쇠를 당겨라.

팻걸을 쏘는 건 식은 죽 먹기다.

어쨌거나, 우리는 가장 큰 목표물이니까.

채널3 기자 바버러 기넷에게도 딱 그렇게 보였던 거다. 바버러는 사실을 왜곡했다. 나를 어리석고 위험한 사람으로 보이게 만들었다. 바버러는 내 말을 왜곡해 나를 정말 불건전한 사람으로 보이게 만들었다. 바버러는 팻걸을 쏘았다. 즐거웠나요, 바버러? 작고 차가운 심장이 좀 따뜻해졌나요?

내가 충격을 먹어서 이러는 게 아니다. 이건 뚱뚱한 사람들에 대한 공격이다. 팻걸들이여, 여러분의 슈퍼 사이즈 엉덩이를 부여잡고 마음 단단히 먹어라! 비난과 차별의 표적이 되었으니까.

세계의 방송, 신문, 라디오, 블로그, 웹사이트 등에서 비만 위기, 과체중의 위험을 떠들어대며 날뛰고 있다. 그들의 주장에 따르면, 우리는 건강 관리비용을 솟구치게 하는 주범이다. 우리는 전 지구적 경고의 명분이다. 우리는 항공산업을 파산시키고 연료를 낭비하게 하고 있다.

이것은 바버러 기넷에 대한 개인적인 메시지다. 당신이 생각할 거리를 주겠다. 당신이 정말로 생각이라는 걸 하고 있다면 말이다.

1. 온갖 매체에서 가느다란 허벅지, 셀 수 있는 척추골, 움푹 팬 뺨, 해골 같은 미소의 사진들로 우리를 압박하고 있다. 하지만 날씬한 사람들은 그보다 더한 신체적, 정신적 압박을 받고 있다. 《USA 투데이》에 실린 몇몇 보도와 특집기사에 의할 것 같으면, 전형적인 젊은 여배우 또는 표지모델은 건강한 평균 여성보다 30퍼센트 정도 더 말랐다고 한다. 그리고 저혈당증, 탈모, 심지어 영양실조로 인한 골다공증 위험 등의 문제에 직면해 있다고 한다. 몇십 년 전의 여자 모델과 배우들은 '정상적인' 사람보다 7~8퍼센트 정도만 날씬했다는 사실을 당신은 알고 있는가? 이런 사실이 지금의 사이즈 강박관념, '비만 유행'과 어떻게 연관되어 있다고 생각하는가? 생각해보라.

2. 비만에 관한 연구 논문들에 따르면, 뚱뚱한 사람조차 뚱뚱한 사람을 증오한다고 한다. 그것은 '비만에 대한 부정적 편견'이라 할 수 있다. 당신이 나에 대한 보도를 했을 때 아주 완벽하게 드러냈던 바로 그것 말이다. 북아메리카비만협회의 연구 결과에 따르면, 조사에 응한 1천 명의 사람 중 절반이 뚱뚱한 몸으로 오래 사느니 차라리 날씬한 몸으로 짧게 살겠다고 답했다. 15퍼센트의 사람들은 비만을 피할 수만 있다면 10년 혹은 그 이상 덜 사는 것도 감수하겠노라고 답했다. 뚱뚱하다는 것은 이제 공포의 대상이다. 뚱뚱하게 사느니 차라리 일찍 죽겠다고 말할 만큼. 그 결과, 아이들에게 위험한 수술이 증가하고 있다. 팻보이도 그중 한 명이다. 생각해보라.

3. 여기서 끝이 아니다. 당신이 했던 것 같은 태도와 과장 기사 덕분에, 33퍼센트의 사람들이 뚱뚱해지느니 차라리 이혼하는 게 낫다고 생각한다. 20퍼센트의 사람들이 뚱뚱해지느니 차라리 아이 없이 사는 게 낫다고 생각한다. 15퍼센트의 사람들이 뚱뚱해지느니 차라리 우울증에 걸리는 게 낫다고 생각한다. 14퍼센트의 사람들이 두둑한 뱃살 때문에 심지어 알코올 중독에 빠진다. 생각해보라.

4. 무슨 소리, 아직 안 끝났다. 1천 명을 대상으로 한 동일한 연구 조사에서, 10퍼센트의 사람들이 자기 자녀가 뚱뚱해지느니 식욕부진에 걸리는 게 낫다고 답했다. 8퍼센트는 자녀가 뚱뚱해지느니 학습장애에 빠지는 게 낫다고 답했다. 그리고 심지어 5퍼센트는 뚱뚱한 것보다는 차라리 팔, 다리 또는 시력에 문제가 있는 게 낫다고 답했다. 다행히, 자녀를 날씬하게 만들 수만 있다면 아이의 팔이나 다리를 자르는 것도, 또는 눈을 빼는 것도 감수하겠느냐는 질문 항목은 없었다. 난 그런 말이 나올까 두렵다.

당신이라면 비만을 피하기 위해 무엇을 포기할 건가요, 바버러? 당신 아이의 생명? 발가락? 다리?

저기요! 당신에게 정말 중요한 게 뭐죠? 이것이 진정한 생각거리입니다. 말해보세요. 그러면 제가 그걸 이 '뚱보 신문'에 싣도록 하지요. 모든 불쌍하고 학대받는 말라깽이 아이들을 위해서요. 우리의 새로운 건강 특집에 넣도록 할게요.

'저혈당증과 탈모로 들어가는 10단계.'

14장
칼럼은 계속되어야 한다

"저혈당증과 탈모라고?"

에드먼드 교장선생님이 지난주 《와이어》를 책상에 툭 던졌다. 그러고는 가죽의자에 몸을 기댄 채 배 위에 손을 올려놓았다.

"좀 귀에 거슬리지 않니, 제이미? 난 네 선언이 식욕부진에 대한 혹평으로 변질되는 게 싫구나. 전 국민의 눈이 우리 학교와 네 칼럼에 쏠려 있는 것도 그렇고 말이야."

나는 어금니를 깨물었다. 입 다물고 있으려고 애썼다.

에드먼드 교장선생님은 지금까지 팻걸 칼럼에 관대한 태도를 보여왔다. 왜냐하면 학교신문에는 별 관심이 없으니까. 교장선생님이 신경 쓰는 건 운동부뿐이니까. 우리가 시대착오적인 인쇄매체, 《와이어》를 폐간하고 조용히 사라진다면 교장선생님은 아주 행복해할 거다.

하지만 지금, 《와이어》가 뉴스를 만들어내고 있다. 그냥 뉴스를 보도하는 게 아니라. 그래서 교장선생님은 난처한 상황에 처해 있는 거다.

교장실은 사람들로 꽉 차 있었다. 교장선생님은 책상 뒤에 앉았고, 닥스 선생님은 책상 옆에, 버크와 나는 책상 앞에 놓인 의자에 앉았다. 우리 뒤로는 우리 부모님과 함께 히스와 히스 아빠가 앉아 있었다.

"최근 팻걸 특집은 넘지 말아야 할 선을 넘었습니다."

지도교사인 닥스 선생님이 탈색된 금빛 머리카락을 만지작거리면서 말했다.

"죄송합니다, 교장선생님."

우린 전혀 죄송하지 않은데요. 적어도 저는요.

하지만 나는 입을 다물었다. 난 팻걸이다. 팻걸은 그런 말을 함부로 내뱉었다가 정학을 맞을 만큼 무모하지 않다.

닥스 선생님이 여기 있는 건 교장선생님에게 불려왔기 때문이다. 그렇지 않다면, 선생님은 히스와 내가 하는 일에 전혀 신경 쓰지 않을 거다. 선생님은 편집 작업을 하는 동굴에는 코빼기도 안 보이고, 늘 저학년 아이들과 기자실 칸막이에서 시간을 보낸다. 닥스 선생님이 아니라, 히스와 내가 사실상 신문을 책임지고 있다.

닥스 선생님은 일요일 교회에 갈 때나 입는 멋진 흰색 드레스를 단정히 차려입고 있었다. 기자들과 방송국 차량들이 연신 교정을 가득 채운 뒤로 우리 학교에서는 모두가 외모에 신경 쓴다. 학부모

방범순찰대조차 예외는 아니다.

히스가 나를 바라보았다. 히스의 눈동자가 내 뺨, 얼굴, 어깨에 닿는 걸 느낄 수 있었다. 온몸이 화끈거렸다. 히스에게 신경 쓰지 않으려 할수록 더 신경이 쓰였다. 벼랑 끝에 선 느낌이었다. 같은 방에 버크랑 히스랑 함께 있으니, 숨 쉴 공기가 충분치 않기라도 한 것처럼 숨이 막혔다.

히스가 천천히 시선을 돌려 교장선생님을 바라보았다.

"저는 '팻걸에게 총을 겨누다' 기사가 제이미의 다른 기사들과 비교해 지나쳤다고는 생각하지 않습니다."

차분하고 이성적인 목소리였다. 신문 마감시간에 쫓겨 조바심을 칠 때면 늘 나를 진정시켜주곤 하던 바로 그 목소리였다.

"저희는 사람들이 흥분하고, 생각하고, 고함치기를 원합니다. 이 문제를 이야기하고 의사소통하기를 바랍니다. 그게 바로 '팻걸 선언'의 목적이죠."

"맞아요!"

버크도 동의했다.

버크는 우리 학교의 새 농구부 셔츠와 스웨터를 입었는데, 작아 보였다. 내가 마지막으로 봤을 때에 비해 믿기지 않을 정도로 작아 보였다.

버크 엄마가 버크의 어깨를 꼬집으며 조용히 하라고 했다.

"저는 제 아들의 의학적인 문제가 전국적인 뉴스가 되는 게 싫습니다."

버크 아빠가 버크의 어깨에 손을 얹으며 말했다.

"지역 문제일 때는 상관없었습니다. 이 학교와 동네에서는요. 하지만 메이저 방송국이 개입해 보도하는 바람에 모든 게 바뀌었습니다. 비만수용협회 활동가들이 제가 다니는 회사 앞에서 피켓을 들고 반대 시위를 하고 있습니다."

"학교도 마찬가지랍니다."

교장선생님이 창문 밖 도로를 손짓하며 말했다. 하지만 크게 흥분한 것 같아 보이지는 않았다.

학교 앞에서도 비만수용협회 사람들이 '힘내라, 팻걸!'이라고 적힌 피켓을 흔들고 있었다. '악의적인 펜대를 꺾어라'라고 적힌 포스터를 든 비만 혐오주의자들을 향해서 말이다.

정말 다들 미친 것 같다. 사태가 이렇게까지 커질 줄이야…….

나는 한숨을 내쉬었다.

"우리 가족은 일이 더 커지는 걸 원치 않아요."

버크 엄마가 단호한 표정으로 힘주어 말했다. 그러면서 버크의 어깨를 토닥였다.

"수술은 버크한테 유익했어요. 그런데 이 칼럼은 수술을 비참한 악몽처럼 보이게 만들었어요."

"그건 사실이 아니에요, 아줌마."

나는 버크 엄마에게 두 손을 벌리며 호소했다.

"저는 모두에게 보여주려고 노력하는 중이에요. 그 수술이 얼마나 힘든 건지를요. 그건 절대 쉬운 해결책이 될 수 없어요."

"글쎄, 어쨌든 더 이상은 내 아들에 관한 기사가 나오지 않았으면 좋겠구나."

이번에는 버크 아빠가 결론짓듯이 단호하게 말했다.

"아빠, 전 상관없어요. 전 스타가 되는 게 좋아요."

버크가 그렇게 말하고는 나를 향해 이를 드러내며 씩 웃었다. 마치 "난 네 스타가 되는 게 좋아"라고 말하는 것 같았다.

나는 버크에게 미소로 답해주고 싶었다. 하지만 내 입술은 뻣뻣하게 움직였다.

히스는 버크의 웃는 표정과 내 어리석은 미소를 놓치지 않았다. 히스의 표정은 변함이 없었다. 하지만 어둡고 불쾌한 무언가가 푸른 눈동자에 스쳐 지나갔다.

나는 둘 사이를 왔다 갔다 하는 테니스 관람객 같았다. 아무 잘못도 하지 않았는데 기분이 더러웠다.

아직까지는 아무 잘못도 하지 않았다.

"저는 제이미가 잘 알아서 할 거라고 믿어요."

우리 엄마가 처음으로 입을 뗐다. 엄마는 집에서 입는 옷 대신 직장에서 입는 옷을 입고 왔다.

"학생들은 지금 버크의 상태가 어떤지 궁금할 거예요. 그러니까 이렇게 어정쩡하게 끝낼 수는 없다고 봅니다. 어떻게든 결론을 내야죠."

배달부 유니폼을 입고 온 아빠가 엄마 말에 동의한다며 웅얼댔다. 버크와 히스도 동의한다고 맞장구를 쳤다. 그때 사무실 문이 덜

걱거렸다. 나는 프레디와 노노를 떠올렸다. 열쇠구멍에 귀를 갖다 대고 안을 엿보며 "맞아, 맞아!"라고 외치는 모습을.

교장선생님이 집게손가락을 잠시 입술에 대고 눌렀다. 그러더니 버크네 부모님에게 시선을 돌렸다.

"학생들과 카카테라 가족들 말에 일리가 있다고 생각합니다. 여기서 이야기를 마무리하는 게 좋겠네요. 버크의 수술 후 경과를 특집기사로 싣는 데 동의해주시겠습니까? 큰 실례가 되지 않는다면 말입니다."

"왜 그래야 하죠? 가십 전문 기자들한테 더 좋은 먹잇감이 될 텐데요."

버크 아빠가 말했다.

그러자 버크가 끼어들었다.

"새롭게 변한 내 모습을 다들 아직 못 봤잖아요."

버크가 줄어든 자기 몸을 가리키며 말했다.

"저는 추수감사절이 지나서야 학교로 돌아올 예정이니까요. 제이미가 한 번 더 기사를 쓰게 해주세요. 제가 지금은 건강하게 잘 있다는 걸 모두 알게 말예요."

부모님이 별다른 반응을 보이지 않자, 버크가 재차 말했다.

"그리고 제이미는 이 기사가 필요해요. 제이미는 대학 장학금 지원 프로그램에 기사 포트폴리오를 보냈어요. 분명 지금도 심사위원들이 지켜보고 있을 거예요."

버크는 나한테 달콤한 표정을 지어 보였다. 그러고는 부모님을 향해 돌아섰다.

"저도 이 기사가 필요해요. 모두에게 사실을 알려야 하니까요.
네?"

버크의 표정은 사뭇 진지했다. 언제나 그렇듯이, 버크는 내 영웅
이 되려고 노력하는 중이었다.

내 의지와 상관없이, 내 눈길이 버크에게서 히스에게로 옮겨 갔
다. 히스와 히스 아빠는 모두 차분하고 말이 없었다. 교장실에서 벌
어지고 있는 이 모든 일에서 초월한 것처럼.

원래 도도한 사람들인가? 하지만 히스는 도도한 사람이 아니다.
안 그런가? 그보다는 부끄러워하는 것 같았다. 언제나 그렇듯이.

결국, 버크네 부모님은 팻보이에 관한 최종 기사를 싣는 데 동의
했다. 하지만 여러 가지 조건을 붙였다. 나는 빨리 기사를 써야 했
다. 이 모임 뒤 곧바로. 그리고 승인을 받아야 했다. 우리 부모님도
동의했다. 닥스 선생님도 동의를 표했다.

히스는 기뻐하는 표정이었다. 히스 아빠는 멍하니 관심 없다는
표정이었다. 어쩌면 히스 아빠는 도도한 사람일지도 모르겠다.

교장선생님은 교장실에 어른들만 남게 했다. 언론의 관심이라는
폭풍에 어떻게 대응할지를 두고 '몇 가지 더 세부적인 사항'을 논
의하기 위해서라고 했다.

어른들이 무슨 얘길 더 하려는 건지 궁금했지만, 우리는 곧바로
교장실을 빠져나왔다.

교장실을 나와 보니, 역시나 프레디와 노노가 밖에서 기다리고 있었다. 둘은 우리를 보자마자 안에서 무슨 일이 있었는지 죄다 알려달라고 졸라댔다.

버크가 제일 먼저 입을 열었다.

"제이미는 팻보이 기사를 쓸 수 있게 됐어."

프레디의 미소 띤 입이 더욱 커졌다.

"그리고 또?"

이번에는 히스가 어깨를 으쓱해 보였다.

"팻걸 칼럼도 계속 쓰게 됐어. 아무도 쓰지 말라는 얘긴 안 했으니까."

"좋았어!"

노노가 앙상한 팔을 들어 올리며 말했다. 시위 구호를 선창할 때 그러는 것처럼.

"결국 우리가 승리한 거네!"

그러자 버크가 팔을 내 어깨에 올려놓고는 나를 자기 쪽으로 끌어당겼다.

"자, 여기 내 여친, 승리의 주인공이야."

버크의 손이 닿자 내 몸이 뻣뻣하게 굳었다. 나는 연신 히스를 힐끔거렸다. 히스 역시 마찬가지였다.

히스의 눈에 불꽃이 일었다. 하지만 히스는 차분한 목소리로 이렇게 부탁했다.

"제이미, 동굴에 와서 다음주 레이아웃 작업 좀 도와줄래?"

히스는 지금까지 3주 동안 편집 작업을 혼자서 해왔다. 내가 히스를 우울하게 만들었다는 걸 난 알고 있었다. 하지만 히스와 단둘이 있는 시간이 왠지 부담스러웠다.

"프레디랑 약속했어. 노노를 도와서 시위 전단을 만들기로."

버크네 집에 함께 모여 전단 작업을 할 거라는 말은 하지 않았다. 그건 말하고 싶지 않았다. 히스 눈동자의 불편한 빛을 또 보고 싶지 않아서.

"좋아."

히스는 청바지 주머니에 손을 쑤셔 넣고는, 아주 오랫동안 꾸물거렸다. 내가 한 번 더 힐끔거릴 때까지. 그러더니 우리 모두에게 고개를 끄덕이고는 중앙 홀 쪽으로 걸음을 옮겼다. 히스답게. 조용히, 물 흐르듯이.

히스가 시야에서 사라진 후에도 나는 여전히 그 쪽을 바라보고 있었다.

그때 버크가 말했다.

"아, 이런! 전단 작업을 깜빡하고 있었네. 오늘 밤에 모임이 있어."

우리는 동시에 버크를 쳐다보았다.

"모임이라고?"

"비만수술 후원자 모임인데 월, 수, 금요일에 모임이 있어. 엄마랑 누나들이 가라고 했거든. 하지만 작업이 끝나기 전에 집으로 돌아올 수 있을 거야."

버크가 자기 배를 가리키며 말했다.

모임을 일주일에 세 번이나 한다고? 글쎄, 뭐든 무슨 상관이람. 미식축구 모임은 그보다 더 자주 있는걸 뭐. 그런데 미식축구 모임은 질투하지 않는 내가, 그런 모임에 질투심을 느끼는 건 왜일까?

그 모임엔 분명 여자애들이 절대적으로 많을 거다. 당연한 거 아냐? 날씬한 몸매를 갖고 싶어서 수술까지 한 남자애가 버크 말고 또 어디 있겠어?

"걱정 마. 너도 나처럼 빠질 수 있어. 네가 원한다면 말이야."

버크가 한 말이 기억나자 이빨이 딱딱 부딪혔다.

넌 지금 버크가 날씬한 여자애들이랑 어울리는 게 싫은 거야. 하지만 피장파장이지 뭐. 그러는 넌 결백해? 사실 넌 지금 늦은 밤에 히스랑 같이 있기를 간절히 원하고 있잖아.

그러니 넌 지옥에 갈 거야, 제이미 카카테라.

어른들이 드디어 교장실에서 나왔다.

히스 아빠는 조용히 홀을 빠져나갔다. 히스가 그랬던 것처럼. 히스 아빠의 뒷모습을 바라보고 있자니, 어쩔 수 없이 히스를 생각할 수밖에 없었다. 히스의 삶에 대해 더 많은 걸 알고 싶어졌다. 정말이지 히스에 대해 아는 게 별로 없었다. 음악에 대한 구닥다리 취향과 구닥다리 그래픽 디자인 기술밖에는 아는 게 없었다.

히스에 관한 모든 것이 액체처럼 손에 잡히지 않았다. 히스가 움직이는 방식처럼 이해하기 힘들었다. 그저…… 내 손가락 사이로 금세 흘러나가 멀리 미끄러져 갈 뿐이었다.

버크네 가족과 우리 가족이 인사를 나누는 동안, 버크가 근육질 포즈를 취하며 물었다.

"내 최종 특집에 멋진 사진을 실어줄 거지, 그렇지?"

그 말을 들은 프레디가 우리를 힐끔 쳐다보고는 신음소리를 냈다. 노노는 웃었다.

나는 한숨을 내쉬었다.

"그래, 미스터 아메리카. 멋진 나체사진을 실어줄게."

"내가 얼마나 빠졌는지 확실히 보여주는 그런 사진 말이지?"

버크는 정말로 걱정하는 것 같았다.

홀의 불빛이 버크의 대머리에 반사되었다. 버크의 몸매 전체가 매끈매끈하고 윤이 났다.

"각도가 정확히 맞지 않으면 사진에 그게 제대로 안 보이는 경우도 있으니까."

"살 빠진 건 아주 확실해. 사람들이 모두 알아차릴 거야."

그제야 버크가 얼굴에 안도의 빛을 띠었다.

엄마가 어서 집에 가자고 부르자, 버크가 나를 잡고 있던 손을 풀어주었다.

"나중에 보자."

버크가 말했다. 그러고는 키스하는 시늉을 했다.

내키진 않았지만, 나도 키스하는 시늉을 하고 애써 웃는 체했다.

노노는 알아차리지 못했다. 버크처럼.

하지만 프레디는 아니었다.

프레디가 나를 말똥말똥 바라보았다. 프레디의 눈썹이 우스꽝스럽게 움직였다.

"그래, 잘 가."

나는 큰 소리로 말했다.

그냥 내버려둬.

나는 프레디에게 눈빛으로 간청했다.

프레디는 그렇게 했다.

하지만 프레디는 오랫동안 그냥 내버려두지는 않을 거다.

팻보이 연대기 - 최종회

제이미 D. 카카테라

〔여기에 사진을 넣을 것!〕

빠바바바밤!

새롭게 달라진, 과거 팻보이였던 한 사람을 소개하겠다.

아무래도 새 이름이 있어야겠다. 근육맨으로 하면 어떨까? 조만간 날씬이, 젓가락, 또는 말라깽이 같은 별명으로 불러야 할지도 모르겠다. 하지만 지금 당장은 아니다. 지금은 그냥 조각상을 감상하시길.

〔여기에 근육 사진을 넣을 것!〕

40일이 지나자, 우리의 근육맨은 놀랍게도 25킬로그램이나 살이 빠졌다.

감염도 치료됐고 수술 부위도 아물고 있어서, 한 번에 반 컵 정도의 음식을 섭취할 수 있다. 퓌레라든가 애플소스 같은 것만 가능하다. 정크푸드(인스턴트 음식:옮긴이)는 금지다.

근육맨은 산책도 하고, 가벼운 근력운동도 다시 시작했다. 무엇보다 2주마다 옷 사이즈가 달라지고 있다.

근육맨은 후원자 모임에 가는 길에, 전화상으로 몇 가지 질문에 고맙게도 답을 해주었다. 그 내용을 공개하겠다.

지금까지 수술 결과는 기대했던 대로인가요?

네, 그래요. 체중 감량 속도는 점점 둔화된다고 해요. 벌써 조금 그런 것 같네요. 하지만 내가 얼마나 달라졌는지, 누구라도 눈으로 확인할 수 있을 겁니다.

당신은 몇 가지 심각한 합병증으로 고생했고, 죽음의 문턱을 넘나들었고, 엄청난 고통을 견뎌냈어요. 그래도 다시 그 수술을 받겠어요?

절대 그런 일은 없을 겁니다.

왜죠?

내가 다시 뚱뚱해지는 일은 절대 없을 테니까요.

최악의 순간은 언제였죠?

처음으로 온통 거품투성이가 됐을 때요. 하지만 지금은 잘 조절하고 있어요.

최고의 순간은 언제였죠?

더블엑스 라지 사이즈를 입지 않아도 됐을 때요. 앞으론 더블엑스 라지 근처에도 안 갈 겁니다. 와우, 멋지지 않나요!

이제 날씬해졌으니, 가장 하고 싶은 건 뭔가요?

비행기도 타고 싶고, 극장에도 가고 싶어요. 이젠 좌석 문제로 눈치를 안 봐도 되니까요. 그러고 보니, 하고 싶은 게 너무 많네요. 평범한 옷가게에서 쇼핑하며 옷도 입어보고, 패러글라이딩이나 번지점프도 하고 싶어요. 뛸 수 있다면 운동장도 달려보고 싶고요.

미식축구를 다시 할 건가요?

모르겠어요. 위장접합술 이후의 신체 운동에 관한 연구가 많지 않거든요. 앞으로 두고 봐야 알겠죠.

후회는 안 되나요?

아뇨. 전혀.

또래의 다른 사람들에게 이 수술을 추천할 건가요?

참나, 퍽 까다로운 질문이군요. 그렇기도 하고 안 그렇기도 해요. 날씬해지는 게 가장 중요하다고 생각한다면, 물론 추천할 겁니다. 하지만 그렇지 않다면, 답은 '아니오'입니다. 상상을 초월하는 엄청난 노력과 인내가 필요하니까요. 적어도 지금까지는 그래요.

팻보이 칼럼에 대한 바버러 기넷 기자의 최근 보도를 어떻게 생각하나요?

그 여자더러 내 낡아빠진, 빨지도 않은 더블엑스 라지 바지나 먹으라고 해요. 케첩도 뿌리지 말고요. 여보세요, 바버러. 여기 와서 좀 잡숴보시죠!

최근 어느 비인쇄 매체의 무모하고 어리석기 짝이 없는 과장 보도 때문에, 이 기사가 근육맨의 수술 후 경과에 대한 마지막 보고가 될 것이다. 좀 더 알고 싶다면 여러분이 직접 팻보이에게 물어보시길. 채널3의 바버러 기넷 기자에게 직접 불만을 토로하시길.

15장
의학적 응급상황

"옷을 벗으세요. 가운은 캐비닛에 있어요. 다 되면 검사대 위에 서시고요."

간호사가 아래쪽에 여닫이문이 두 개 달린 장식장을 가리키며 말했다. 그러고는 얼굴에 미소를 머금은 채 밖으로 나가며 등 뒤로 문을 닫았다.

닫힌 문을 물끄러미 바라보며, 내 양 어깨에 날개가 나서 멀리 날아갔으면 좋겠다고 생각했다.

오늘은 〈오즈의 마법사〉와 숙제와 장학금에 대한 걱정에서 하루 빠져나왔다. 매년, 추수감사절 두어 주 전에 있는 가족 건강검진.

전에는 이 병원에 와본 적이 없었다. 아빠 회사가 작년에 보험회사를 바꾸는 바람에 병원을 바꾸게 되었다. 전에 다녔던 병원은 지저분하고 분주하고 시끄러웠다. 무엇보다 그곳 사람들은 내 체중을

놓고 싸가지 없이 굴었다. 매번. 하지만 이 병원 역시 고급스러운 실내장식이 돋보일 뿐, 맘에 안 들긴 마찬가지였다. 실크 벽지로 마감된 벽에 건강관리에 관한 포스터가 덕지덕지 붙었는데, 죄다 멍청한 말만 적혀 있었다. 그나마 봐줄 만한 건 '**비만이 당신의 목숨을 노린다**'라는 표어가 달린, 피아노만 한 크기의 관에 누운 덩치 큰 남자의 사진이었다.

대기실 의자에는 전부 팔걸이가 있어서 나는 피아노 관에 누운 남자 앞에 내내 서 있어야 했다. 나는 모든 사람들이 죄다 보는 가운데, 복도에서 몸무게를 재는 게 정말 싫었다. '**비만이 당신의 목숨을 노린다**'는 표어보다 훨씬 고약했다.

몸무게를 재고 나서 피를 뽑았다. 물론 간호사는 처음부터 혈관을 찾는 데 애를 먹었다. 찌르고, 쑤시고, 흔들고, 찌르고, 찌르고.

"**미안합니다, 살집이 있는 분들은 혈관 찾기가 좀 힘들어요.**"

"네, 알아요."

뚱뚱한 사람들을 더 잘 다룰 수 있도록 간호사와 기술자들을 훈련시키는 게 그리 힘든 일인가? 살집이 있는 사람들을 위해 사이즈가 다른 바늘을 구입해 사용하면 병원이 망하기라도 하나?

환자용 가운을 입으려고 옷을 벗으니, 흐리터분하고 빛바랜 흥분이 온몸으로 퍼졌다. 이제 나는 발가벗은 채 새 자동차 냄새가 풍기는 방에 혼자 있다. 어떤 이유로든, 어디에서든, 발가벗고 있는 게 싫다. 그럴 리 없다는 걸 알면서도, 왠지 누군가 나를 지켜보고 있는 게 아닌가 싶어 불안해지기 때문이다.

나는 재빨리 의자 위에 옷을 개어놓고, 캐비닛 안에서 가장 커 보이는 가운을 얼른 낚아챘다. 가운에 팔을 넣어보았지만 잘 들어가지 않았다. 온몸이 후끈거렸다. 한참 동안 가운과 실랑이한 끝에, 간신히 양팔을 집어넣을 수 있었다.

검사대에 올라서자, 검사대가 앞으로 기우뚱했다. 그 바람에 바닥에 고꾸라질 뻔했지만, 간신히 몸을 곧추세웠다.

나는 검사대가 출렁거리지 않게 뒤쪽으로 물러섰다.

모든 장치가 내 아래서 너무 작게만 느껴졌다. 이곳 역시 새로운 것은 없다. 전에 갔던 병원들과 똑같다. 팻걸들을 위한 병원은 없는 거다.

한바탕 난리법석을 떨고 난 뒤, 잠시 앉았다. 추웠다가 더웠다가를 반복하며 몸이 떨렸다. 나는 벽에 죽 걸린 건강 캠페인 포스터를 바라보았다. 거구의 남자 몸에 아기 머리가 놓여 있었다. 이런 표어랑 같이.

'당신 아이에게 가르치는 식습관이 평생을 갑니다.'

그때 복도에서 인기척이 났다. 잠시 후 의사와 간호사가 문을 열고 들어왔다.

의사는 자기 이름이 미첨이라고 했는데, 던스타인 선생님을 퍽 많이 닮았다. 키가 작은 것도, 마른 것도, 커다란 안경 너머로 더 커 보이는 눈동자도, 심지어 신경질적인 것까지.

"큰 완대를 가져와요."

의사가 지시하자 간호사가 2초 만에 커다란 혈압 완대를 갖고 왔다. 의사는 그걸 내 팔뚝에 두르고 바람을 넣었다. 팔뚝이 조여들어 꽤 아팠다.

의사가 내 혈압을 읽더니 약간 놀란 표정을 지었다. 혈압이 정상이어서 의외라는 듯.

"118에 78. 좋아요."

1분쯤 지나, 직원이 들어와 내 혈액검사 결과를 전했다. 미첨 박사는 수치를 자세히 들여다보더니 다시 놀란 표정을 지었다.

"음, 수치가 다 범위 내에 있네. 정상이야. 놀라운데? 모든 상황을 고려해봤을 때 말이야."

"전 아주 건강해요."

'모든 상황을 고려해봤을 때' 라는 말은 못 들은 체했다.

"지금이야 그렇지만, 방심하면 안 돼. 학생 몸무게엔 말이야."

미첨 박사가 커다란 안경테 너머로 나를 빤히 바라보며 말했다. 그러고는 의자에 앉아 주머니에서 PDA(개인용 휴대 단말기 : 옮긴이)를 꺼내 버튼을 톡톡 두드렸다.

"학생은 체중 조절 프로그램을 시도해본 적 있어?"

나는 슬쩍 기분이 나빠졌다. 의사들은 다 똑같다. 늘 체중에 대한 질문으로 검진을 시작한다. "몇 학년이니?"로 시작할 수는 없는 걸까? 어느 학교 다니니? 취미는? 무슨 운동 좋아하니? 같은 질문 말이다.

"제 경험상, 다이어트는 효과가 없어요. 다이어트를 하면 요요현상이 나타나고, 빠진 것보다 훨씬 더 많이 살이 쪄요."

미첨 박사는 연신 PDA를 두드려댔다.

"그러니까 학생은 체중 감량에 관심이 없다는 건가?"

"저칼로리 저탄수화물 식이요법도 집에서 해봤고, 의사들이 추천해준 프로그램도 세 가지나 해봤는걸요."

"하나라도 제대로 했니?"

그 말에 뺨이 뜨거워졌다.

"네."

박사는 다시 PDA를 두드렸다.

"얼마 동안 했지?"

나는 어깨를 으쓱했다.

"확실하진 않아요. 각각 몇 달씩, 거의 1년 동안 체중감량센터에 다녔어요. 하지만 별 소용 없었죠."

박사가 의심스럽다는 표정으로 나를 힐끗 보았다.

"하나라도 제대로 했다면, 체중이 줄었을 텐데."

"참나, 했다니까요."

나는 주먹을 움켜쥐었다. 하지만 이내 주먹을 풀었다.

"하지만 저한텐 효과가 없었다고요."

젠장, 내가 왜 이 의사한테 열을 내고 있는 거지? 처음 겪는 일도 아닌데.

"그럼 아주 열심히 하지 않은 모양이구나. 아니면 프로그램에 뭔가 문제가 있었거나."

박사가 PDA에서 눈을 떼고 안경 너머로 나를 바라보며 말을 이었다.

"우리 병원엔 영양사에 행동의학 전문가도 있단다. 상담도 처음 두 번째 방문까지는 무료고."

PDA 버튼을 쿡쿡 누르며, 박사가 통보하듯 말했다.

"내가 계획을 짜주지."

박사는 내가 거부할 기회조차 주지 않았다. 커피를 끓여도 될 만큼 열 받아 벌겋게 달아오른 내 얼굴을 보고도 모른 체했다.

"우린 또 체중 조절 수술도 한단다."

박사가 신호를 보내니, 간호사가 즉시 주머니에서 팸플릿 뭉치를 꺼냈다.

간호사가 그걸 내밀었지만, 나는 고개를 저었다.

"그런 수술은 보험 혜택을 못 받아요. 벌써 확인했어요."

그러자 박사가 얼굴을 찡그렸다.

"내가 되는지 확인해보마. 네 체질량지수(몸무게를 키의 제곱으로 나눠서 얻은 값:옮긴이)가 30을 넘었어. 고위험군에 속하지. 보험회사에서도 의학적 응급상황의 경우엔 예외를 인정해줄 거다."

의학적 응급상황이라고? 아, 세상에.

환자용 가운만 안 입고 있었다면 바로 복도로 뛰쳐나갔을 거다.

"제가 무슨 암이라도 걸린 것처럼 말씀하시네요."

"비만은 암만큼 심각한 거란다. 마음가짐을 바꾼다면 체중 조절 프로그램으로 나은 결과를 얻을 수 있어. 부모님과 진지하게 얘기해봤니?"

"네."

"부모님이 상황의 심각성을 이해하신다면, 집 담보대출을 받아서라도 필요한 수술비를 어떻게든 마련해주실 거다. 그건 내가 부모님과 상의하마."

PDA에 대고 콕, 콕, 콕.

내 입이 떡 벌어졌다.

집 담보대출이라고? 내 위를 줄이려고 우리 집을 위험에 빠뜨린다고? 이 사람, 미친 거 아냐?

박사가 테이블을 향해 손짓했다.

"엎드려 누워볼래? 조심조심."

왜, 내가 이 빌어먹을 장비를 뭉개기라도 할까 봐?

마음 같아서는 미첨 박사의 거시기를 뻥 차고 싶었다. 하지만 잠자코 그 작은 테이블 위에 조심조심 엎드려 누웠다. 다행히 굴러 떨어지지는 않았다.

박사가 마뜩잖다는 표정으로 내 배에 손을 얹고 진찰을 하기 시작했다. 세게 누르는 바람에 숨쉬기가 힘들었다. 토할 것만 같았다.

간호사가 이리저리 돌아다녔고, 박사는 침대 커버를 들어 내 배를 몇 번 더 눌렀다.

"뱃살이 너무 많아 뱃속 기관들의 상태는 알 수 없지만, 겉보기엔 큰 이상이 없는 것 같군."

박사가 혼자 중얼거렸다. 내가 그 말을 듣고 어떤 기분이 들지는 전혀 신경 쓰지 않는 것 같았다.

"성경험은 없을 테니, 자궁경부암 검사는 생략할 거야."

들고, 찌르고, 누르고, 노려보고.

"검사를 하고 싶다면 산부인과에 가봐야 할 거다. 거기가 훨씬 기술이 좋으니까."

나는 아무 말도 하지 않았다. 의사가 내 꽉 찬 방광을 꿀렁꿀렁 눌렀을 때도. 사람들은 보통 팻걸은 성경험이 없을 거라고 단정하고 싶어 한다. 그 이유는 물론, 누가 팻걸을 원하겠느냐고 생각하기 때문이다. 내버려두자. 누가 신경이나 쓴대?

배를 다 쑤신 박사가 이번에는 내 가슴을 검사했다.

"아프니?"

"아뇨."

까무러쳐 죽을 지경이었지만 그렇게 대답했다. 내가 뚱뚱하기 때문에 아픈 거라고 말할까 봐.

박사는 가슴에 이어 차례차례 내 온몸을 진찰해나갔다.

오줌보가 터질 것처럼 아팠다. 온몸 구석구석이 벌겋게 달아오르고 땀이 솟아나 끈적거렸다. 진짜 토할 것 같았지만, 꾹 참았다. 진짜로 왈칵 게웠다간 날 계속 잡아놓고 몇 가지 테스트를 더 하려 들 테니까.

마침내 나는 이성을 잃고 미첨 박사를 바라보았다. 검사대 위에서 버둥거리면서.

"지금 자꾸만 토할 것 같은데, 그것도 비만 때문인가요?"

"아마 그럴지도 모르지."

박사는 나를 보지도 않은 채 말했다.

"비만은 역류성 식도염의 위험을 크게 높이거든. 구토는 그런 조건의 환자들한테 흔히 나타난단다."

"삐쩍 마른 사람도 식도염에 걸리지 않나요?"

"물론이지. 하지만 그건 다른 문제란다."

그러니까, 내가 뚱뚱해서 그런 거라고? 당신이 쿡쿡 쑤셔서 그런 게 아니고?

그렇게 따지고 싶었지만, 참았다. 대신 나는 이렇게 말했다.

"몇 년 전 병원에 실려 갔을 때 의사가 저희 엄마한테 그랬어요. 제가 과체중이라서 경련을 일으켰다고요. 사실은 이질에 걸려 탈진한 건데도 말예요."

미첨 박사가 한숨을 내쉬었다.

"카카테라 양. 이렇게 과체중인 한, 어떤 의사도 학생을 쉽게 검사하지 못할 거야."

그러고는 PDA를 들여다보며 버튼을 톡톡 두드려댔다.

"내 진료가 맘에 안 든다면 다른 의사로 바꿔주마. 하지만 확신하는데, 다른 의사들도 학생의 비만에 대해선 나랑 의견이 같을 거야."

다른 의사로 바꿔주신다고요?

아, 정말 눈물 나게 감사하군요.

그저 어서 빨리 이곳을 벗어나고 싶었다. 미첨 박사와 PDA로부터 벗어나서 다시는 돌아오고 싶지 않았다. 팔다리가 썩어 문드러지지 않는 이상. 아니, 그럴 경우에도 여기에 다시 오느니 차라리 내가 직접 잘라버리고 말 거다.

미첨 박사가 진료실을 나갔을 때, 나는 울음을 터뜨렸다. 의사도 싫고, 내가 질질 짜는 것도 싫고, 모든 게 다 싫어졌다.

나는 내 몸엔 절대 맞지 않을 가운들이 들어찬 옷 수거함에 내 가운을 집어던졌다.

팻걸, 라틴어로 떠들다

제이미 D. 카카테라

이것은 팻걸들더러 건강해지라며 악담을 해대는 의사들에게 보내는 공개편지다. 지금 나는 화가 채 풀리기도 전에 이 기사를 작성하고 있다. 그래, 맞다. 닥터 M, 이건 당신을 위한 기사다.

친애하는 닥터 M과 전국 도처에 있는 의사들에게.

나를, 그리고 다른 팻걸들을 도와주고 싶다면, 당신들 모두 예전에 의과대학에서 배웠을 간단한 규칙 한 가지를 따르시길.

Primum non nocere.

무엇보다, 남에게 해를 끼치지 말라.

어떻게 나한테 해를 끼쳤냐고? 어디, 생각 좀 해보자. 내가 입은 상처를 일일이 열거하면 열두 페이지 이상 될 거다. 대신, 당신이

해야 할, 그리고 하지 말아야 할 것들의 목록만 말하겠다.

내 모든 건강상의 문제를 뚱뚱한 탓으로 돌리지 말 것. 말라깽이들은 위경련이 절대 안 생기나? 뭐라고? 생긴다고? 음, 그렇다면 말라깽이들에겐 뭐라고 하겠는가?

철저하고 완벽한 검진을 해줄 것.

체중검사, 혈액검사, 혈압검사를 가지고 난리 피우지 말 것.

내 몸에 맞는 장비와 물품을 구비하고, 공개적이지 않은 곳에서 체중을 잴 것.

나를 훈계하거나 비난하거나 창피를 주지 말 것. 당신은 아무것도 아닌 일이라고 생각하려 들지도 모른다. 하지만 솔직히 그런 허튼소리는 도움이 되지 않는다. 내가 지금은 물론이고 평생토록 의료 서비스를 피하도록 만들 뿐이다. 예약 시간에 맞춰 의사를 찾아가느니, 차라리 고름 질질 흐르고 콧물 뚝뚝 떨어지고 눈에서 피를 뚝뚝 흘리는 감염에 걸려 죽겠다.

내가 바보 멍청이라고 지레짐작하지 말고, 당신이 나한테 실질적으로 어떤 도움을 줄 수 있는지를 생각하라. 내가 뚱뚱한 거, 나도 안다. 나도 내 몸에 불만 있고, 다이어트에 관심 있고, 치료를 반대하지 않는다. 체중 감량 프로그램에 대해 당신이 아는 것보다 내가 훨씬 많이 알 거다. 새로운 아이디어, 중요하고 지속적인 지원책이 없다면, 입 다물고 치료나 하시길.

믿을 수 없는 건강 포스터를 사용하지 마시길. 수많은, 심지어 대부분의 10대 여성들이 그런 메시지를 오해한다는 걸 아는가? 스스로에 대해 더 나쁘게 느끼고, 사이코적인 체중 감량 '즉효약' 전략을 받아들인다. 이에 관한 연구를 확인해보시길. 내 말이 맞다는 걸 알게 될 거다.

겁주기 전략과 어둡고 칙칙한 메시지를 재고해보시길. 희망에 대해 말해주시길. 내가 희망을 찾도록 도와주시길. 당신은 다른 환자들을 위해서라면 그렇게 해주려 할 거다. 팻걸들이라고 희망이 필요 없을까?

Primum non norcere.

이게 그렇게 어려운가?

16장
초콜릿바

엄마 차를 타고 도착했을 때, 버크의 집에서는 환한 불빛이 흘러
나오고 있었다. 모두들 이미 와 있는 모양이었다.

나는 방금 전 끝마친 연재기사 원고를 가지런히 접어 셔츠 주머
니에 쑤셔 넣고, 오는 길에 편의점에서 산 물건이 든 갈색 종이봉투
를 챙겨 들었다. 초콜릿바 한 개. 버크의 거듭된 독촉에 결국 지고
만 거다.

불법 밀수품이 가득 들어 있기라도 한 것처럼, 나는 종이봉투를
움켜쥔 채 문에 살며시 다가가 문을 두드렸다. 너무 크지 않게. 프
레디나 버크나 노노가 그 소리를 듣기를 바라면서.

그러나 내 기대는 곧 무참히 깨지고 말았다.

박쥐처럼 검정 셔츠와 검정 재킷을 입은 버크 누나가 문을 열고
내 얼굴을 확인하더니, 불만스럽다는 듯 이마를 찌푸렸다. 그러고

는 내 손에 들린 봉투를 살폈다.

난 최대한 밝은 미소를 지어 보이며 말했다.

"암호를 대야 하나요?"

그러자 버크 누나가 나를 째려보았다.

거실에서는 버크 아빠가 텔레비전 뉴스를 보고 있었다. 인사를 하고 부엌으로 가니 프레디, 노노와 버크가 원형 테이블에 모여 있었다.

'지구 온난화를 멈춰라'라는 구호가 적힌 전단 뭉치가 사방에 널려 있었다. 노노는 전단에 칠을 하고 있었다. 물론 환경에 무해한 매직펜으로. 그리고 프레디와 버크는 종이를 접고 있었다.

"하느님, 감사합니다."

프레디가 말했다.

"손이 늘어 다행이다. 작업량이 장난이 아니거든."

나는 종이봉투를 테이블 위에 올려놓으며 버크에게 눈길을 주었다. 버크는 그게 무슨 뜻인지 눈치 챘다. 나는 팔걸이 없는 커다란 의자에 앉아, 종이를 접어 쌓아 올리기 시작했다.

여전히 대머리에, 어깨가 약간 축 처진 버크가 방긋 웃음을 쏘아 댔다. 그건 이런 뜻이었다.

넌 최고야.

부엌이 뭔가 달라졌다는 생각이 들었다. 버크가 아니라. 그러다 마침내 알아차렸다. 바로 냄새였다. 음식 냄새가 전혀 나지 않았다. 한 달 동안 쓰지 않은 부엌 같았다. 식구들이 버크를 도와주기 위해, 부엌이 아닌 다른 곳에서 식사를 하는 거겠지. 그래야 버크가 퓌레로 만든 자기 음식을 보며 한탄하지 않을 테니까.

잠시 동안, 우리 모두 조용히 일에만 열중했다. 아주 조용했다. 희한한 느낌이었다. 부엌에서 음식 냄새가 사라진 것보다 더 희한한 느낌이었다. 이 이상한 단절감이 정말 싫었지만, 나는 그저 종이를 접고, 접고, 또 접었다.

그때 버크가 선언했다.

"내일이면 부드러운 음식으로 넘어가. 씹을 수 있는 음식."

또 그 얘기다.

나는 전단을 접어 손가락으로 힘주어 꾹꾹 눌렀다. 왜 온통 그 얘기뿐이지? 버크는 곧 물을 거다. 자기가 살 빠진 걸 알아보겠냐고. 그럼 우리는 지겹도록 해준 대답을 또 되풀이해야 한다. 몰라볼 만큼 빠졌다고, 꼭 다른 사람이 된 것 같다고.

노노가 우리를 구원해주었다.

"가장 먹고 싶은 게 뭐니?"

"피자."

버크가 눈 하나 깜빡이지 않고 대답했다.

"그리고 스테이크도. 하지만 아직은 무리야. 작은 것부터 시작해야 하거든."

버크의 눈이 슬며시 종이봉투로 향했다.

그걸 보자 웃음이 나왔다. 예전의 버크라면 초콜릿바 하나로는 간에 기별도 안 갈 텐데. 초콜릿바 대여섯 개를 먹어치우고도 또 피자를 먹으러 가는 애였으니까. 하지만 예전의 버크는 죽은 지 오래다. 그런 생각을 하니 다시 우울해졌다.

"만약 내가 한 달 동안 먹지 못했다면,"

나는 전단을 접으며 말했다.

"팝콘을 먹고 싶을 거야. 아니면 통감자구이나 파스타."

"난 미트로프."

프레디의 말에 우리 모두 흐뭇한 미소를 지었다.

"난 시라타키국수."

노노가 전단에 지구 모양을 그리며 말했다.

처음 듣는 음식 이름에 내가 의아한 표정을 짓자, 프레디가 설명해주었다.

"시라타키국수는 두부로 만들어."

"다 그런 건 아니야. 어떤 건 마 뿌리로 만들기도 하는데, 정말 맛있어."

노노가 설명을 보탰다.

우리는 그렇게 한참 동안 먹고 싶은 음식에 관해 수다를 떨었다. 그간의 침묵을 만회하려는 듯이.

그사이 버크가 종이봉투를 슬쩍 자기 쪽으로 끌어 당겼다. 나 말고는 아무도 눈치 채지 못했다.

"잠깐 갔다 올게."

그러고는 어디론가 사라졌다. 봉투를 들고서.

우리가 수다를 멈추고 다시 작업에 몰두하고 있는데, 버크가 돌아왔다. 버크는 아무 일 없었다는 듯 태연한 표정으로 의자를 당겨 내 옆에 앉았다.

나는 바른 자세로 고쳐 앉았다. 뭔가 나쁜 짓을 하다 들키기라도 한 것처럼.

병원에 다녀온 뒤로 계속 기분이 좋지 않았다. 전단 접는 일도 그렇고 버크와 함께 있는 것도 그렇고, 모든 게 피곤하기만 했다. 모든 게 잘못된 것 같았다. 그저 이 자리를 떠나고 싶었다. 벗어나고 싶었다. 히스에게 달려가고 싶었다. 왜냐하면 그 감정이 옳은 것이니까.

히스가 나랑 무언가 로맨틱한 걸 하고 싶어 한다고는 생각하지 않았다. 하지만 알아낼 필요가 있었다. 과연 진실이 무엇인지를. 안 그러면 그 생각에 미쳐버리고 말 테니까.

하지만 버크의 집에서, 버크 바로 옆에 앉아 다른 남자애 생각을 하다니? 미친 거 아냐?

이마를 테이블에 들이받고 싶었다. 내 뇌가 정상으로 돌아올 때까지.

나는 쉬지 않고 전단을 접어댔다.

5분.

10분.

전단 더미는 접어도 접어도 줄지 않고 그대로인 것 같았다.

시곗바늘이 아주, 아주 천천히 움직였다.

20분.

30분.

머릿속에 잡다한 생각의 소용돌이가 거세게 휘몰아쳤다. 도대체 내가 여기엔 왜 왔지? 왜냐하면 나는 버크를 사랑하니까. 정말이다. 여기서 실수를 저지르고 싶지는 않다. 하지만 뭐가 실수지? 히스와 우리 관계의 본질에 대해, 우리가 친구이자 동료로 지내는 법에 대해 대화를 나누는 건 잘못된 게 아니지 않은가.

문득 이상한 느낌이 들어 버크를 보니, 버크가 자기 배에 손을 대고는 연신 트림을 해대고 있었다. 나는 버크가 노노의 전단 위에 거품을 뿜어대지 않을까 두려웠다. 프레디와 노노도 눈치를 챘는지 버크를 뚫어져라 쳐다보았다.

주위에 침묵이 다시 엄습했다. 버크의 숨소리만 빼고.

버크의 숨소리가 점점 커져갔다. 버크가 전단을 다시 잡으려다가 멈추고는 가슴을 문질렀다. 나는 버크가 땀을 흘리고 있다는 걸, 버크의 목과 얼굴 옆쪽 혈관이 맥박 치고 있다는 걸 알아차렸다.

나는 버크의 손을 잡고 맥박의 고동을 느꼈다.

"괜찮아?"

슬슬 걱정이 되기 시작했다. 하느님, 맙소사. 버크가 이러다 죽어버리는 건 아닐까? 고작 초콜릿바 한 개를 먹었을 뿐인데? 배가 아파왔다. 버크의 고통이 전달되었나?

버크가 다시 트림을 했다.

"가스가 차는 거야?"

프레디가 물었다.

버크가 고개를 절레절레 지었다.

"아니, 그냥 복통이 좀 있어. 가끔 그래. 하지만 처음 수술 받았을 때보다는 덜해."

버크가 갑자기 얼굴을 일그러뜨리더니 손으로 배를 움켜잡고 몸을 뒤틀었다. 그러다 어느 순간, 전단 더미 위에 토하기 시작했다.

"아저씨!"

프레디가 비명을 질렀다.

"도와주세요!"

노노가 고래고래 고함쳤다.

방 안 가득 시큼한 냄새가 퍼져나갔다. 하지만 나는 비명을 지를 수도, 고함을 칠 수도 없었다. 온몸이 꽁꽁 얼어붙은 느낌이었다. 하느님, 맙소사. 다 내가 준 초콜릿바 때문이야. 그런 멍청한 짓을 하다니, 내가 버크를 죽인 거야.

버크 아빠가 달려왔다. 뒤따라온 M&M도 낑낑대며 토하고 있는 버크에게 달려들었다.

버크 아빠가 전화기를 들고 911 버튼을 누르려 하자, 버크가 앰뷸런스를 부르지 않아도 된다고 신음하듯 소리쳤다. 그리고 실토했다. 초콜릿바를 먹어서 그런 것 같다고.

"그냥 먹은 걸 쏟아내는 중이에요."

버크의 목이 메었다.

모두가 나를 무서운 눈으로 째려보았다.

★

"넌 버크가 불행해졌으면 좋겠니?"

큰누나 모나가 나를 향해 레이저 눈빛을 쏘아댔다.

"그럴 리가요."

우리는 거실에 앉아 있었다. 프레디, 노노와 나는 소파에, 버크 아빠는 안락의자에, 그리고 M&M은 거실 맞은편에 놓인 2인용 소파에.

버크는 위층 침대에 누워 있었다. 죽지는 않겠지만 밤새도록, 어쩌면 내일까지 고생 좀 할 거다.

이번에는 작은누나 마를린이 흡혈 박쥐 같은 눈으로 나를 째려보았다.

"넌 버크가 다시 뚱뚱해지길 바라니?"

그래. 아니. 그런가? 젠장!

"아뇨!"

나는 큰 소리로 대답했다.

"버크가 계속 사달라고 졸랐어요. 안 된다고 수도 없이 말했지만, 소용없었어요. 저도 이젠 지쳤다구요."

"버크는 노노랑 저한테도 부탁했어요. 제이미가 아니었다면, 아마 제가 사다 줬을걸요."

프레디가 지원사격에 나서자, 노노가 고개를 끄덕였다.

"버크가 너희한테 사달라고 했단 말이지? 멍청한 녀석 같으니라구."

마를린이 고개를 절레절레 흔들고는 의자에 몸을 기댔다.

"암튼 다시는 이런 짓 하지 마."

모나가 한결 풀린 목소리로 말했다.

"너희들은 아무 잘못 없다. 다 버크 탓이지."

버크 아빠가 차분한 목소리로 이어 말했다.

"버크는 지금 마약 중독자나 마찬가지란다. 단것을 못 먹으면 미칠 것 같은 거지."

프레디가 불만을 터트렸다.

"식탐도 못 막아주는데 위를 잘라내봤자 무슨 소용인가요?"

프레디의 말에, 버크 아빠가 고개를 끄덕이며 말했다.

"그건 버크가 얼마나 노력하느냐에 달렸다. 너무 빨리 먹거나 많이 먹으면, 이런 일이 언제든 일어날 수 있단다. 배가 아프고, 위가 부풀어 오르고, 먹은 걸 게우고…… 맥박이 빨라지면서 땀을 흘리고 현기증도 나게 되지."

"그게 다가 아니야. 당분을 많이 먹으면 포도당 수치가 급격히 높아져. 그러다가 뚝 떨어지는데, 그만큼 충분히 당분을 보충해주지 않으면 저혈당증에 걸리게 돼. 온몸이 녹초가 되고 계속 졸리기만 한 거지. 버크는 아마 내일까지 쭉 그런 상태가 이어질 거야."

모나가 덧붙여 설명해주었다.

"어떻게 초콜릿바 한 개 먹었다고 그리 될 수가 있죠?"

내가 큰 소리로 묻자, 버크 아빠가 미소 지었다.

"버크도 너처럼 생각했을 거다."

버크 아빠의 목소리는 부드럽고 차분했다. 버크 누나들 역시 평상시보다 차분했다. 마치 이런 일이 생길 것을 예상했다는 듯이. 그리고 이런 일이 마침내 일어나서 안도했다는 듯이.

이 모든 상황에 나는 속이 꼬였다.

"다음에, 버크가 또다시 졸라댄다면……."

마를린이 말을 꺼냈다. 하지만 나는 손을 들어 올리면서 마를린의 말을 끊었다.

"됐거든요! 그런 일은 절대 없을 거예요."

그때 위층에서 버크의 목소리가 들려왔다.

"아빠! 여기요, 아빠!"

내가 무슨 일이 생긴 건지 알아차리기도 전에 버크 아빠가 벌떡 일어섰다.

마를린이 문 쪽을 향해 손짓했다.

"너희들은 이만 가는 게 좋겠다. 밤이 늦었어."

노노는 튀어 오르다시피 했다. 프레디는 좀 더 점잖게 일어섰다. 나도 소파에서 일어서려는데, 무릎이 꺾였다. 온몸이 아팠다. 버크의 고통을 내가 대신 방출하기라도 하는 것처럼.

마를린은 아버지와 함께 위층으로 향했고, 모나는 부엌에서 더럽혀지지 않은 전단 뭉치를 가져와 우리에게 건네주었다. 그러고는 우리가 밖으로 나가는 걸 지켜봤다.

나는 현관문 앞에서 걸음을 멈추고 모나를 바라보았다.

"버크한테 미안하다고 전해주실래요? 전 몰랐어요. 정말로 몰랐어요."

모나의 날카롭고 무서운 평상시 표정이 부드러워졌다. 모나는 내 어깨를 두드려주었다.

"그럴게. 하지만 사과까지 할 필요는 없어. 버크 잘못이니까. 백 퍼센트. 버크한테 큰 교훈이 됐을 거야."

팻걸, 불장난하다

제이미 D. 카카테라

팻걸에 관한 수많은 가정들이 있다.

그중 한 가지: 팻걸들은 뚱뚱하기 때문에 우울해한다.

그걸 아시는지? 수천 명의 아이들을 대상으로 한 연구에서 우울증과 비만의 연관관계는 역으로 나타났다. 뚱뚱한 아이들이 우울증에 걸릴 확률이 높은 건 아니다. 하지만 우울한 아이들은 뚱뚱해질 확률이 있다. 그러므로 우울증이 비만을 야기할지는 몰라도, 비만이 우울증을 야기하는 건 아니다.

놀랍지 않은가?

여기, 내가 최근에 마주한 또 하나의 어마어마한 가정이 있다. 팻걸들은 성적 욕구가 없다는 게 바로 그거다(왜냐하면 뚱뚱하니까).

뉴스 속보: 당근 사실이 아니다.

팻걸들의 절반은 왕성한 성적 욕구를 갖고 있다. 날씬한 친구들과 똑같다. 우리는 다만 여러분에게 말하지 않을 뿐이다. 다른 누구에게도 말하지 않을 뿐이다.

우리는 삐쩍 마른 여자애들과 똑같이 사랑을 나눈다.

우리는 남자애와 불장난할 때 머리모양이 어떻게 보일지 걱정한다. 옷이 깔끔한지, 코에 더러운 게 묻지는 않았는지, 입 냄새가 나는지 신경 쓴다. 또 남자애의 손이 엉덩이 쪽으로 움직일 때면 긴장한다. 하지만 아주 심하게 걱정하는 건 아니다.

가끔은, 남자애가 그렇게 해주기를 바랄 때도 있다. 내 말을 믿어주시길.

내가 지금 여러분을 정 떨어지게 하고 있는가?

왜?

내가 ⓐ성적 욕구에 대해 얘기하기 때문인가? ⓑ팻걸의 성적 욕구에 대해 얘기하기 때문인가?

잘 생각해보라.

17장
첫 키스

프레디의 차 뒷좌석에 앉아 학교로 가는 동안, 나는 칼럼 작성을 후다닥 끝마쳤다. 그러고는 아무렇게나 휘갈겨 쓴 종이를 호주머니에 집어넣었다.

버크의 구토 사건 때문에 내 손은 여전히 떨리고 있었다. 여전히 너무 흥분해서 아무 말도 할 수 없었다.

주차장 앞에 거의 다 왔을 즈음, 입이 바짝바짝 탔다. 자꾸만 그 장면이 생각나서 머리가 욱신거리기 시작했다. 온몸의 근육들이 꽉 조여왔다. 비명이라도 지르고 싶었다.

"난 모든 걸 버크랑 함께해왔어."

열기가 온몸에서 뿜어져 나왔다. 안전벨트가 나를 질식시키기 시작했다.

"난 많은 걸 해내려고 노력하고 있어. 연극, 신문 칼럼에 대학 장학금까지 걱정할 게 한두 가지가 아니야. 그런데 버크는 만날 똑같은 소리만 해대고 있어. 자기 몸이 얼마나 줄어들었는지 아냐고 말이야. 그리고 이젠 날 자기 식구들 전부한테 미움 받게 하고 있어. 어떻게 그럴 수 있지?"

"버크네 식구들은 널 미워하지 않아."

프레디가 차분한 목소리로 말했다.

"버크는 우리한테도 먹을 걸 갖다달라고 졸랐어."

나는 머리를 앞좌석에 쾅 박았다.

"너희들은 그 애 여친이 아니잖아!"

"그래, 맞아. 근데 말이야, 내가 보기엔, 넌 더 이상 그 역할을 원치 않는 것 같은데?"

프레디가 브레이크를 끽 밟았다.

잠시 동안, 나는 그대로 앉아 호흡을 가다듬었다. 그러고는 안전벨트를 풀고 차문을 벌컥 열어젖혔다.

"어쩜 그럴지도 모르지. 됐어? 하지만 그게 친구가 할 소리야? 이제 너랑은 끝이야."

"뭐라고?"

프레디가 아랫입술을 깨물었다.

"바보짓 하지 마!"

노노가 말했다.

프레디의 뺨에 눈물이 흘렀다. 프레디의 표정을 보니, 내가 그 애의 심장을 후벼 팠다는 걸 알 수 있었다.

날 좀 그냥 내버려두라구.

수천 가지의 잔인한 말들이 머릿속에 소용돌이쳤다. 하지만 나는 노노와 프레디를 번갈아 보고 나서 그 빌어먹을 도요타 자동차에서 내렸다. 아무 말 없이.

나는 차문을 꽝 닫아버렸다.

프레디가 악다구니를 쳤다.

신경 쓰지 않았다.

아니, 신경이 쓰였다.

나는 뒤돌아 걸었다. 빠른 걸음으로 친구들에게서 멀리 빗어났다. 다른 누군가가 되고 싶었다. 다른 어딘가에 있고 싶었다. 버크 또는 위장접합술 또는 체중 감량 또는 거품과 관련이 없다면 뭐든, 어디든 상관없었다.

동굴 안으로 불쑥 들어섰을 때, 히스는 레이아웃 테이블 쪽에 서 있었다.

들고 있던 편집용 칼과 직각자를 내려놓으며 히스가 물었다.

"무슨 일이야? 무슨 일 있었어?"

"버크!"

"버크……?"

"그놈의 수술 땜에 다 엉망이 돼버렸어! 거품, 의사들, 방송, 프레디, 노노, 장학금, 언론상……."

나는 마구 떠들어댔다. 고개를 저었다가 손으로 이마를 문질렀다가 하며, 울음이 터져 나오려는 걸 간신히 참으며 계속 고함쳤다.

마치 보름달을 보고 울부짖는 미친 사람처럼.

히스가 내 어깨를 붙잡으며 앞에 섰다.

"나 좀 봐."

히스가 말했다.

나는 여전히 머릿속에 목록을 만들어내고 있었다. 히스도 그 속에 들어 있었다. "히스, 너도!"라는 말이 입가에 맴돌았다.

더 당당하게, 더 직접적으로.

나는 히스를 바라보았다.

걱정에 가득 찬 히스의 푸른 눈동자를 똑바로.

"숨 좀 쉬어."

히스가 말했다.

나는 숨을 쉬었다.

한 번. 두 번.

히스가 고개를 끄덕였다.

"좋아. 이제 진정해."

나는 진정했다.

순간, 히스가 나를 끌어당기더니, 내 입술에 자기 입술을 포갰다.

……

……

…….

맛이 좋았다.

계피와 초콜릿 맛 같았다. 어쩌면 우리가 늦은 밤 편집 작업을 할 때 히스가 먹어대는 박하과자 맛인지도. 어디에 손을 두어야 할지, 팔을 어떻게 해야 할지 알 수 없었다. 그래서 나는 히스를 감싸 안았다.

뒤에서 사이먼&가펑클의 노랫소리가 달콤하게 흘러나왔다.

⟨Only Living Boy in New York⟩.

히스도 나를 안았다. 마치 내가 작고 깨지기 쉬운 소중한 것인 양. 마치 내가 이 세상에 살고 있는 유일한 소녀이기라도 한 듯.

심장이 심하게 요동쳤다. 그러다 가슴 밖으로 튀쳐나오는 건 아닐까 걱정스러울 정도였다. 숨 막혀 죽을 것만 같았다. 하지만 아무래도 좋았다. 이 순간이 끝나지 않기를, 영원히 계속되기를…….

히스가 입술을 뗐다. 눈을 감은 채로. 그러다가 또다시 입을 맞추었다.

나는 눈을 꼭 감았다. 눈을 뜨면 마법이 풀릴까 봐.

온몸이 꿈틀거렸다. 머리부터 발끝까지, 안에서 밖으로, 밖에서 안으로. 히스의 손길이 닿는 곳마다 불꽃이 일었다. 히스의 손길을 느끼면서 나는 더 이상 굳어버리지 않았다. 히스가 멈추지 않았으면 했다. 아무것도 생각나지 않았다. 오직 히스 몬텔만 생각했다.

문득 히스가 뒤로 물러났다. 나는 눈뜨고 싶지 않았다.

"제이미."

나는 여전히 눈을 뜨지 않았다.

"제이미. 나 좀 봐."

눈을 떴을 때, 히스는 얼굴 가득 나른하고 행복한 미소를 지어 보이고 있었다.

"언제부터 나랑 키스하고 싶었어?"

내 물음에, 히스는 어깨를 으쓱하며 내 어깨를 힘주어 눌렀다.

"오래전부터."

이제 왜 키스하고 싶었는지 물어보고 싶었지만, 나는 그러지 않았다. 그럴 수 없었다. 대신 앞으로 몸을 기대 히스 뺨에 키스했다. 달콤한 애프터쉐이브 냄새가 났다.

"너한테선 언제나 좋은 냄새가 나."

나는 뒤로 물러서며 중얼거렸다.

히스가 눈썹을 치켜뜨며 의외라는 표정을 지어 보였다.

"어떤 냄새가 나는지 안다고?"

히스의 얼굴이 붉어졌다.

"그래. 여자라면 다 알지."

히스의 눈썹이 더 올라갔다. 얼굴도 더 붉어졌다.

"좋아, 제이미."

히스가 내 귀에 대고 속삭였다.

"넌 언제부터 나랑 키스하고 싶었는데?"

길게 생각할 것도 없었다.

"오래전부터."

나는 그렇게 말하고는 미소를 지었다.

우리는 또 입을 맞추었다. 좀 더 오랫동안.

나는 히스에게 열중했다. 히스 입술의 부드러운 느낌, 향기로운 남자 냄새, 내 몸을 완벽하게 감싸고 있는 히스 팔의 느낌.

우리는 이미 서로에 대해 잘 알고 있는 것처럼 움직였다. 어떤 어리석은 부딪힘도, 비틀거림도, 실수도 범하지 않았다. 우리가 글자와 사진과 칼럼으로 완벽한 신문을 레이아웃 해낼 때처럼.

우리가 얼마나 오랫동안 서 있었지?

몇 분?

몇 시간?

누군가 불쑥 문을 열고 들어오면 어쩌지?

신문 편집은 언제 다 끝내지?

젠장, 알 게 뭐야?

키스를 끝낸 뒤에도, 우리는 오래도록 서로를 놓아주지 않았다. 이제 동굴은 하나의 섬이다. 그리고 우리는 그 섬에 살고 있는 유일한 사람들이다. 세상의 모든 마감시간과 옳고 그름 따윈 지옥에나 가라지.

왜 과거의 그 어떤 것도 진짜처럼 느껴지지 않는 걸까? 버크도, 친구들도 존재하지 않았던 것 같다. 아무 걱정도 없었던 것 같다. 내 가족, 대학, 장학금…… 그 모든 것이 쏭! 사라져버렸다.

이제 난 다시 시작할 수 있을까? 몇 번, 기회가 있긴 했다. 작년에 버크가 다른 학교 미식축구팀의 치어리더에게 치근덕거린다는 걸 눈치 챘을 때. 그리고 버크가 나랑 상의도 없이 그 괴물 같은 수술을 받기로 결정하고, 게다가 거짓말까지 했을 때. 그때 버크를 뻥 차버렸다면, 나를 비난할 사람은 아무도 없었을 거다.

이제, 이제 내가 무엇을 하든, 어떻게 하든 나는 욕을 먹을 거다. 하지만 아무래도 좋다. 만약 다시 시작할 수 있다면, 난 싸가지가 되지 않을 거다. 노노처럼 귀여워질 거다. 프레디처럼 각선미 있는 몸매를 가질 거다. 이상적인 제이미…… 온순하고, 부드럽고, 받아들이기 쉬운 사람.

"나, 지금 어때?"

내가 속삭이자, 히스가 내 이마에 키스하며 말했다.

"멋져."

그러고는 웃었다.

그 느낌이 너무나 좋았다. 친근하고 묵직했다.

히스가 다시 내 뺨에 가볍게 키스하며 말했다.

"우리, 이야기 좀 할까?"

"그래."

몇 초 동안, 우리는 아무 말도 하지 않았다. 그러다 무대 신호라도 받은 듯, 동시에 제도판으로 걸어가 벽에 기대앉았다. 제도판이 우산처럼 우리 머리 위에 있었다.

라디오에서 음악이 부드럽게 흘러나왔다. 이제 모든 것이 정상인 것처럼 느껴졌다. 예전처럼.

"넌 그동안 여자친구 많이 사귀었지? 솔직하게 말해줘."

내가 물끄러미 바라보자, 히스가 앞을 똑바로 바라보면서 약간 당혹스러운 표정을 지었다.

"몇 명 안 돼."

"누구였는데?"

나는 히스의 손을 맞잡고 히스의 손가락을 만지작거렸다.

히스는 고등학교에 들어온 뒤로 사귄 여자애들의 이름을 댔다. 2학년 때 사귄 여자애, 그리고 가톨릭계 학교에 다니는 여자애와의 짧은 만남을 수줍게 고백했다. 히스는 그 여자애의 교복이 섹시하다고 생각했단다.

"하지만 정말 못된 애였어. 이기적이고."

히스는 고개를 절레절레 저었다.

"3학년 때, 좀 영악해졌어. 그래서 조용히 지내는 거야."

수많은 질문이 내 마음속에서 소용돌이쳤다.

"넌 잘생긴 데다 인기도 많잖아. 그런데 어떻게 지금까지 가십 레이더망에 안 잡혔지?"

히스는 어깨를 으쓱해 보였다.

"내 생활을 드러내 보인 적이 별로 없으니까. 다른 애들한테 얘기하지도 않고."

나는 콘크리트 벽에 머리를 기댔다.

"난 나 자신에 대해 너무 많이 떠벌리는 것 같아. 그렇지 않니? 신문에도 그렇고."

"그렇지 않아."

히스는 내 손가락을 꽉 쥐었다.

"그래, 넌 많은 걸 얘기해. 하지만 저 깊숙한 일은 맘속에 간직해. 그러다 마침내 폭발하지. 오늘 밤처럼."

"프레디도 똑같은 말을 했었어."

"프레디는 좋은 친구야."

나는 히스를 바라보았다. 그러자 히스가 빙그레 웃었다.

"프레디는 너에 대해 눈치 채고 있었어."

나는 조용히 말했다. 내 목소리가 히스의 귀를 간질이기를 바라면서.

"프레디는 알고 있었어. 내가 알아차리기도 전에 말이야."

"내가 말했잖아. 프레디는 좋은 애야."

히스가 얼굴을 돌려 나를 바라보았다.

"오늘 밤 있었던 일, 프레디한테 말할 거니?"

"음, 그래. 말할 거야."

프레디가 엄청 화낼 텐데?

하지만 즉각 얘기해주지 않는다면, 프레디는 미친 듯이 화를 낼 거야.

"넌 몇 명이나 사귀었어?"

히스의 목소리가 내 걱정 사이로 파고들었다.

"버크뿐이었어."

나는 대답했다. 멍하니.

"그리고…… 그리고 지금은…… ."

내가 말해야 하나?

"이제 나지?"

히스가 확신에 찬 말투로 물었다.

"그래, 이젠 너야."

왜 이 말이 내 가슴을 아프게 만들까?

"하지만 너랑 버크는 아직 공식적으로 헤어지지 않았어."

히스가 내 손가락을 만지작거리며 말했다.

내가 대답하지 않자, 히스가 한숨을 내쉬었다.

"난 남의 여자를 빼앗고 싶지 않아, 제이미."

동굴에 들어온 뒤 처음으로, 내 몸이 뻣뻣해졌다.

"난 버크 게 아니야. 너도 알잖아. 난 누구의 소유물도 아니라
구."

"알았어. 알았으니까, 발톱 넣어."

히스 앞에서 난 고양이가 되어 있었다. 앙칼진 '팻캣'이 아니라,
조그마한 발톱을 가진 새끼 고양이.

히스가 진지한 표정을 지었다.

"너, 버크한테 말할 거지?"

"응, 말할 거야."

세상에, 대단하겠군.

"프레디한테 먼저 말하고."

"그래, 이해해. 하지만 그다음엔 꼭 버크한테 말해야 해."

내가 쳐다보자, 히스가 진지하게 말했다.

"수술한지 얼마 안 되는 녀석이랑 한판 붙어 때려눕히고 싶진 않
거든."

"그럴 필요 없어. 내가 알아서 할게."

하지만 히스에게 다시 키스를 하면서도, 나는 궁금했다.

버크 웨스틴한테 도대체 뭐라고 말해야 한단 말인가.

팻걸의 선택

제이미 D. 카카테라

선택.

내가 뚱뚱하기로 선택했던가?

아주 어린 소녀 시절부터 평생 비만으로 살아가기로 선택했단 말인가?

매일매일, 의식적으로 뚱뚱한 몸을 유지하기 위해 무얼 먹을지 선택한단 말인가?

잘 모르겠다. 그럴 수도 있고, 그렇지 않을 수도 있다.

나는 선택이란 매우 미묘하다는 걸 배우는 중이다. 어떤 일을 결정하고 나서, 내가 선택에 따른 결과에 직면할 때까지, 그것을 결정했는지조차 알지 못할 때가 있다.

내 칼럼에 대한 방송국의 야단법석을, 난 선택하지 않았다. 하지만 난 칼럼을 쓰기로 선택했고, 그 칼럼을 학교신문 《와이어》에 실었다. 그것이 논쟁을 불러일으킨다는 이유로 내 의견을 부끄러워하지는 않는다.

바버러 기넷이 나를 바보 멍청이로 만드는 걸, 난 선택하지 않았다. 그건 시청률을 끌어올리기 위한 바버러의 선택이었다. 하지만 난 더 많은 기자들과 이야기하는 걸 선택했다. 그 마녀 뉴스앵커가 인터뷰에 따르는 위험을 가르쳐주었는데도 말이다.

선택은 끊임없이 파문을 만들어낸다. 선택은 바다 전체를 휘저을 수 있는 파문을 일으킨다. 그런데 기분이 더러운 건, 내가 언제 선택을 하고 있는지 항상 모른다는 거다. 또 그 결과가 내 위에 우뚝 솟구쳐 있는 걸 내가 항상 보지는 못한다는 거다.

'선택에 대해 더 잘 자각하는 것'만이 내가 유일하게 할 수 있는 거다. 내가 초래한 파문이 나를 익사시키려 할 때, 투덜거리며 낑낑거리지 않아야 한다. 물살을 더욱 잘 헤쳐 나가는 법을 익혀야 한다. 그리고 뒤돌아보며, 은밀하게 선택하는 나 자신을 파악하는 법을 배워야 한다.

운명이란 선택일지 모른다.

아니, 그렇지 않을지도.

내가 아주 오랫동안, 아주 힘들게 수영을 하다 보면, 내 주변의 파문을 면밀히 관찰하다 보면, 내가 그걸 깨닫게 될지도 모르겠다.

18장
팻걸과 나 사이

"세상에, 말도 안 돼!"

프레디가 웃음을 터트렸다.

나는 프레디와 노노가 도착하기 전에 다 작성한 칼럼 원고를 접어 호주머니에 넣었다.

했다니까, 그러네.

"너, 우릴 놀리는 거지, 그렇지? 지난주에 그랬다고? 장난치지 마."

프레디는 내 얘기를 듣고, 처음엔 화난 표정, 걱정 가득한 표정을 지었다. 그런데 지금은 방바닥을 데굴데굴 구르며 웃어대고 있다. 꼭 미친 사람 같았다.

"너, 정말 했구나. 히스랑 키스했어! 그럴 줄 알았어. 그럴 줄 알았다니까!"

노노는 내 침대 발치에 가만히 앉아 고개를 저었다. 노노의 얼굴은 붉다 못해 검붉게 변했다. 물론 천연 염색이다.

엄마가 요리 중인 페페로니 피자 냄새가 집 안 가득 퍼졌다. 뱃속에서 아우성을 쳤다. 하지만 나는 침대 위로 올라가 침대 머리판에 몸을 기댔다. 신경 쓸 게, 생각할 게 너무 많았다.

"미안, 미안."

프레디는 이해하려고 노력했다.

"세상에, 일이 꼬이겠는걸. 버크가 가만 안 있을 텐데."

"이혼하는 것 같은 기분이겠지."

노노가 한숨 쉬며 말했다.

추수감사절 휴일이 얼마 남지 않아 숙제가 많지 않은 게 다행이었다. 그 뒤로도 한참 동안, 프레디는 수천 가지 사소한 것들을 꼬치꼬치 캐물었다. 히스의 체취가 어땠는지, 히스가 무슨 말을 했는지, 실제로 사랑이라는 단어를 사용했는지 등등.

마지막 질문을 받고, 나는 한숨을 크게 쉬었다. 버크는 나한테 수도 없이, 시도 때도 없이 사랑한다는 말을 퍼부었다. 물론 나도. 서로 사랑하는 사이라면 지극히 당연한 일 아닌가. 그런데 생각해보니, 히스와 나는 '사랑'이라는 말을 꺼낸 적이 없었다.

그게 뭐 대수인가?

나는 눈을 감고 머리를 침대 머리판에 쾅 부딪쳤다.

아, 제발, 이러지 말자. 따지지 말자.

하지만 마음속에서는 쓸데없는 의문들이 고개를 치켜들기 시작했다. 히스가 정말로 나를 좋아하는 게 맞나? 그냥 한번 찔러본 건가? 팻걸은 만만하니까?

"절대 안 털어놓는구나."

프레디가 토라진 목소리로 말했다.

"제이미, 넌 항상 이런 식이야. 혼자서만 알고 있지."

나는 눈을 떴다.

"아냐, 프레디."

프레디는 이제 허리에 손을 올리고 있었다. 프레디다운 눈빛을 하고서.

그때 노노가 나섰다.

"히스가 생각했던 것보다 훨씬 용감하긴 한데⋯⋯."

그 말 한 마디에 프레디가 우뚝 멈춰 서더니 천천히 방바닥에 앉았다. 그러고는 노노와 나를 바라보았다.

노노가 한 말의 의미가 뭔지 파악하는 사이, 나는 세 차례나 열이 올랐다 내렸다.

"무슨 뜻인지 설명 좀 해줄래?"

프레디의 물음에, 노노가 몸을 움츠렸다 곧게 펴며 말했다.

"난 히스를 쭉 봐왔어. 소심하고 수줍음도 많이 타고⋯⋯ 어쩌면 지나치게 겁쟁이라서 자기 마음을 확신하지 못하는지도 모르지."

좋아, 그럴지도 모른다.

"그럼 뭐야? 히스가 팻걸과 데이트하면, 그게 용감한 거야?"

노노가 나를 응시했다. 눈 하나 깜빡 않고, 미소도 없이.

"그래."

프레디의 얼굴에 긴장한 기색이 역력했다. 내가 막 폭발하지나 않을까 싶어 겁먹은 것처럼.

그게 히스가 나한테 사랑한다고 말하지 않은 이유일까?

공개적으로 팻걸과 사귈 용기가 있는지 확실히 알지 못해서?

하지만 히스는 말했어. 자기가 내 다음 남자친구…… 뭐 그런 거라고. 안 그래?

노노의 확고한 눈빛을 보니, 한 대 때려주고 싶은 충동이 일었다.

노노가 느릿느릿 말했다.

"솔직히 까놓고 말해보자. 만약 나한테 마법의 지팡이가 있다면, 그걸 흔들어 널 날씬하게 만들어줄 수 있다면, 넌 어떡할래? 지금 이대로 있을래? 아님 날씬하게 해달라고 빌래?"

그 말이 망치처럼 나를 때렸다.

내 안의 모든 것이 요동쳤다.

배를 움켜잡고 거친 말을 속사포처럼 쏘아대고 싶은 충동을, 꾹 억눌렀다. 뭐라고 대답해야 할지, 정말로 아무 생각이 없었다.

하지만 그걸 인정하고 싶지는 않았다. 내가 날씬해지기를, 최신식 경향에 따라 그걸 뭐라 부르든, 내가 그걸 원하는지 원치 않는지 솔직히 잘 모르겠다는 말을 큰 소리로 하고 싶지는 않았다.

팻걸이란 존재가 바로 나다. 그게 전형적인 나다! 그렇지 않나?

사이즈 중시 풍조와 비만에 대한 차별에 도전하고, 뚱뚱하게 살아갈 권리를 당당히 요구하는 팻걸.

내가 팻걸이 아니라면, 난 도대체 누구란 말인가?

나는 몸에 힘을 주고, 내 뚱뚱함을 느꼈다. 정말로 그것을 느꼈다. 내 몸 전체를, 내 몸의 무게를.

머리에서 지글지글 끓는 소리가 났다.

내가 입을 다물고 있는 시간이 길어지면 길어질수록, 내 몸은 더더워지고 지글거리는 소리도 더 커졌다. 하지만 나는 노노에게 고함칠 수 없었다. 그럴 수 없었다. 그러지 않기로 선택했다.

프레디가 침묵을 깼다. 프레디의 신경질적인 에너지가 프레디의 말만큼이나 날카롭게 공기를 갈랐다.

"그건 좀 지나친 말 같아, 노노. 그만둬, 제발."

노노가 침을 꿀꺽 삼켰다. 표정을 보니 한 발 물러서는 듯했다. 하지만 나와 눈이 마주치자, 노노는 이렇게 말했다.

"난 그냥 알고 싶었어. 팻걸의 어디까지가 진짜 제이미인지."

나는 그 말에도 대답할 수 없었다. 난 알고 있다고 생각했다. 하지만 확신이 서지 않았다. 노노는 너무 깊이 뛰어들어 내 안전지대 아래서 총을 쏘고 있었다. 내가 정말 살펴보고 싶지 않은 곳으로 향하고 있었다.

〈오즈의 마법사〉의 에블린처럼, 팻걸도 그저 또 하나의 역할일 뿐인가?

내가 불꽃을 내뿜으며 연기하는 또 다른 '뚱보 역할'인가?

반짝이 분장처럼, 팻걸도 그냥 문질러 없애면 그만인 걸까?

하지만 노노의 말은 아직 끝나지 않았다.

"넌 네가 칼럼에서 주장한 것들을 정말로 믿는 거니?"

노노는 그렇게 말하고는 몸을 앞으로 숙여 무릎에 얼굴을 기댔다. 나를 똑바로 보면서.

"진짜로 믿는다면, 조만간 그 때문에 위험을 감수해야 할 거야. 현실은 그리 만만치 않으니까. 어쩌면 지금 네가 히스랑 하고 있는 게 바로 그건지도 몰라. 진짜 위험을 감수하기로 선택하는 거라구."

선택.

다시 그 빌어먹을 단어가 나왔다. 이 자리에서 총알처럼 튀어나가 어디로든 달아나고만 싶었다.

그 선택의 결과를 내가 과연 감당해낼 수 있을까. 팻걸이라면 그럴지도…… 하지만 난…….

"가끔씩 난 네가 미워. 넌 모든 걸 알고 있으니까."

내가 속삭이듯 말하자, 노노가 미소를 지었다. 하지만 약간 슬픈 표정이었다.

"괜찮아. 가끔 나도 내가 미우니까. 하지만 절대로 널 미워하는 건 아냐."

못된 것.

눈물이 왈칵 쏟아졌다.

"나도 알아."

내 머릿속은 연신 부글부글, 톡톡 튀고 있었다.

네가 정말 미워하는 사람은 누구지, 제이미?

나는 나 자신을 내려다보았다. 내 뚱뚱하고, 기괴하고, 남다른(아름다운?) 몸매를.

이봐. 설마 너 자신은 아니겠지?

그때 방문이 덜걱거렸다.

우리는 모두 화들짝 놀라 몸을 곧추세웠다.

엄마였다. 부드럽게 똑똑 두드리는 소리로 알 수 있었다.

"들어오세요."

나는 중얼거렸다.

엄마가 갓 구워 따끈따끈한 페페로니 피자를 들고 들어왔다. 그러고는 방 안을 둘러보았다. 나는 엄마가 무슨 일이 있는지 눈치 챘다는 걸 알 수 있었다. 하지만 엄마는 물어보지 않았다. 엄마는 그저 가지고 온 것을 앞으로 내밀었다.

"이게 우편함에 있더구나."

엄마가 갈색 봉투를 내밀었다. 엄마의 표정을 보니, 긴장하고 있는 것 같았다.

나는 봉투를 받아들었다. 모서리에 언론상 주최 재단의 직인이 찍혀 있었다.

"네가 뽑힌 건지도 몰라!"

프레디가 불쑥 내뱉었다.

반면 노노의 표정은 엄마랑 비슷했다. 근심, 걱정, 초조.

뻣뻣하고 싸늘한 근심이 온몸에 퍼졌다. 봉투는 묵직했다. 마치 종이가 가득 들어 있기라도 하듯.

발표가 나기에는 너무 이르다. 소식을 들으려면 아직 2, 3주 남았다. 내가 제출한 포트폴리오가 반송된 건가?

왠지 좋지 않은 예감이 들었다.

"너무 빨라."

나는 겨우 한 마디 했다.

모두가 뒤에 서서 내 어깨 너머를 기웃거렸다.

친애하는 카카테라 양에게:

전국 언론상 장학금 프로그램에 지원해주셔서 감사합니다.

프로그램 지침에 언급했던 대로, 전국 언론상은 대중의 복지를 향상시키는 뛰어난 저널리즘을 지향합니다. 귀하의 칼럼이 교육적이고 계몽적이며, 신선하고 매혹적인 글임은 분명합니다. 하지만, 그 내용이 대중의 복지를 향상시킨다는 최우선적인 기준을 충족한다고는 보기 어렵습니다. 즉 귀하의 지원서는 자격에 부합하지 않습니다.

따라서 귀하가 보내주신 자료를 동봉해서 돌려보내는 바입니다.

귀하의 대학 입학에 행운이 있기를 빕니다.

토머스 샌더슨 박사,

전국 언론상 심사위원회 위원장

"이런, 이를 어째."

엄마가 내 팔에 손을 올려놓았다.

"믿을 수 없어. 겁쟁이들 같으니라구. 장담하는데, 이 사람들은 전국적인 관심의 열기를 부담스러워하는 게 틀림없어."

노노가 고개를 저으며 말했다.

"다 그 망할 바버러 기넷 때문이야!"

프레디의 얼굴이 불꽃처럼 이글이글 불타올랐다. 프레디는 내 손에서 편지를 낚아채더니 내 앞에서 마구 흔들어댔다.

"그냥 내버려둬선 안 돼. 당장 샌더슨인지 뭔지 하는 작자한테 전화를 걸어. 내일 당장 위원회 사람들을 만나러 비행기를 타야 해!"

"변호사를 구해줄 수도 있어."

내 팔을 꽉 움켜잡으며 엄마가 말했다.

희망을 담은 엄마 표정을 보니 마음속에서 왈칵 눈물이 흘렀다.

"아빠 회사의 지원 프로그램에서 법률적 조언을 제공해준단다."

"자유인권협회(ACLU)도 있어."

노노가 덧붙였다.

머릿속에서 온갖 생각들이 마구 헤엄을 쳤다.

총을 들자. 총을 들고 싸움을 준비하자.

싸울 만한 가치가 있는 싸움이니까. 내가 확신한다면.

정말?

뭔가를 해야 했다. 뭔가를 생각해야 했다.

하지만 지금은 그저 피곤하기만 했다.

결국 나는 큰 소리로 말했다.

"잘 모르겠어."

"뭐라고?"

프레디, 엄마, 노노가 동시에 외쳤다.

"넌 언제나 진실을 원하잖아. 이게 바로 그거야."

나는 프레디와 눈을 마주쳤다.

"잘 모르겠어."

프레디는 내가 농담을 하고 있다고 생각했다. 프레디는 여전히 몹시 화가 난 상태였다.

"넌 팻걸이잖아. 팻걸은 절대 물러서지 않아."

프레디가 허공에 손을 찌르며 말했다.

하지만 나는 그냥 피곤할 뿐이었다.

"팻걸은 무슨 말을 할지 언제나 알고 있어. 하지만 난 아니야. 내가 뭘 원하는지 모르겠어. 내가 다른 사람들과 싸우기를 원하는지…… 노노 말이 맞아. 팻걸의 어디까지가 진짜 나인지, 나도 잘 모르겠어. 내가 겁쟁이인지, 투쟁가인지, 아니면 그 중간의 무엇인지……."

생각할 시간이 필요했다. 휴식을 취할 시간이 필요했다.

장학금 관계자들과 싸우는 것도 내가 감수하고 싶은 위험인가?

잠시 침묵이 흘렀다.

마음이 차분히 가라앉자, 문득 이런 생각이 들었다.

어쩌겠어? 나는 이미 선택했고, 이왕 이렇게 된 거, 이 거지같은 위험들을 감수할 수밖에.

그리고 어차피 그럴 거라면 지금 당장 그래야 한다. 더 이상 미뤄서는 안 된다.

결국 나는 희망에 찬 엄마와 화가 난 프레디와 침묵을 지키고 있는 노노를 향해 돌아서서 말했다.

"버크한테 가봐야겠어."

팻걸의 고백

제이미 D. 카카테라

나는 지금 프레디의 자동차 안에서 이 고백을 쓰고 있다. 또 다른 고백을 하러 가는 길이다. 솔직히 말해, 어떤 고백이 더 힘들지 확실히 모르겠다.

여러분 모두에게 고백한다.

그동안 나는 허풍과 과장, 거친 입으로 여러분보다 내가 뭐든 훨씬 잘 알고 있는 것처럼 굴었다. 하지만 나는 그저 겁쟁이에 불과하다. 내가 무엇을 원하는지, 또 무엇을 알고 있는지 제대로 알지도 못한다. 그런데 이건 내가 뚱뚱한 것과는 아무 상관이 없다. 전적으로 내가 바보천치라는 것과 관련이 있다. 나는 정말, 정말로 바보천치가 될 때가 있다.

또 다른 고백에 관해서는, 그건 여러분이 상관할 바가 아니다.

19장
절교 선언

목요일 초저녁, 나는 버크의 집에 와 있었다. 그리고 버크는 가죽 의자에 기대앉아 손을 무릎에 포개놓은 채, 걱정스러운 표정을 짓고 있었다. 뭔가 잘못되었다는 걸 눈치 챈 모양이었다. 나는 뭐라고 말을 꺼내야 할지 몰라 한참을 망설였다.

버크는 이제 얼마나 많이 변했는지 감도 못 잡을 만큼 달라져 있었다. 다른 사람 같았다. 27킬로그램이나 줄었고, 미식축구팀에서 다시 연습을 시작했다. 몸짱으로 변신한 버크가 졸업식장에 나타나면 모두가 깜짝 놀랄 게 틀림없다.

"사실, 그동안 널 질투했었어. 난 그런 기회를 가질 수 없었으니까. 어쨌든 넌 체중 조절 수술이 옳다고 믿었고, 끔찍한 일들을 견디며 싸워왔어. 난 절대 못 할 거라 생각했지만, 넌 결국 해냈어. 네가 부러워."

나는 내 손을 내려다보며 솔직히 인정했다.

"난, 음, 지난번 초콜릿바 사건은 미안해."

버크는 방바닥 어딘가를 물끄러미 응시하고 있었다. 우리 둘 사이의 어딘가를.

"아빠한테 그것 때문에 엄청 혼났어. 아빠 말이 맞아. 그건 절대 해선 안 되는 짓이었어."

"나도 이해해."

내 목소리가 한결 부드러워졌다. 최대한 착하게 굴려고 노력하는 중이었다.

"내가 너였더라도 그걸 사달라고 괴롭혔을 거야."

버크가 고개를 흔들며 방긋 웃었다.

"넌 언제나 솔직해서 좋아. 팻걸처럼 말이야."

"팻걸도 언제나 솔직한 건 아니야. 난 이제 솔직해질 필요가 있어."

이제 말할 준비가 됐다.

버크의 얼굴에 약간 긴장하는 빛이 감돌았다. 버크가 뭔가를 말하려 했지만, 나는 숨을 깊이 쉬고는 입을 열었다.

"넌 정말 멋진 애야. 내가 그동안 만난 사람 중에서 최고로. 하지만, 이젠 너에 대한 감정이 예전 같지가 않아."

버크가 움찔하더니 몸을 구부렸다. 그러다 다시 의자 끝으로 몸을 일으켜 세웠다.

"왜? 내가 살이 빠져서?"

"이 모든 변화를 난 감당하기가 힘들어."

나는 뺨에 손을 문질렀다.

"내가 쓰레기처럼 느껴질 때가 많아. 네가 먼저 날 차버릴까 봐 두렵기도 하고. 잘 모르겠어, 버크."

"제이미, 왜 그래? 우린 헤쳐 나갈 수 있어. 넌……."

"나, 좋아하는 사람 생겼어."

심호흡.

심호흡.

"히스 몬텔. 지난주에 히스랑 키스했어. 그러곤 비겁하게 너한테 철저히 숨겨왔어. 난 빌어먹을 겁쟁이야! 진짜, 진짜 미안해."

오랫동안, 아주 오랫동안, 버크는 아무 말도 하지 않았다. 그저 나를 멍하니 바라보았다. 그러는 동안 컴퓨터의 팬이 돌아가고, 모뎀 불빛이 반짝이고, 네온 시계가 깜빡였다. 일주일간 먹은 게 모두 몸 밖으로 쏟아져 나오는 느낌이었다. 버크의 초콜릿바 사건 때보다 더 심하게.

버크가 고개를 흔들었다. 그러고는 천천히, 눈을 감았다. 당장이라도 눈물이 찔끔 나올 듯한 그 모습을 보고 있자니 심장을 후벼 파는 듯한 아픔이 느껴졌다.

버크가 눈을 번쩍 떴을 때, 버크의 표정은 공허하게 굳어 있었다.

"네가 나한테 어떻게 이럴 수 있지?"

버크의 목소리는 아주 차분했다.

"우린 '사랑해'란 말을 수천 번도 넘게 주고받은 사이야. 그런데 어떻게?"

이제 숨 쉬는 것도 힘들었다. 하지만 나는 간신히 입을 열었다.

"이렇게 될 줄은 나도 정말 몰랐어. 알았다면 진작에 너한테 말했을 거야."

"거짓말!"

버크가 의자에서 벌떡 일어나더니, 나한테서 멀리 떨어져 침대에 앉았다.

"난 영원히 네 친구로 남고 싶어"라는 말은 하지 않았다. 얼굴 표정을 보아하니, 잘못 말했다간 버크가 버럭 화를 낼 것 같았다.

버크가 빙 돌아 나를 향해 섰다.

"넌 이기적이야. 그거 알아, 제이미?"

내가 이기적이라고? 그러는 넌? 자기 혼자 살겠다고, 그런 중요한 일을 한 마디 상의 없이 자기 멋대로 결정하지 않았나?

하지만 나는 프레디와 노노와 팻걸을 생각했다. 히스와 더 이야기하고 더 가까워지기 위해 내가 결정한 선택을 생각했다.

심호흡.

"그래. 내가 이기적일 수 있다는 거, 나도 알아. 네 말이 맞아."

버크가 나를 노려보았다. 내가 자기를 놀리는 게 아닌지 확인하는 듯했다.

갑자기 버크가 고함을 질렀다.

"이런 얘길 할 거면 그냥 전화나 편지로 하지, 왜 직접 와서 하는 건데?"

그런 질문은 예상하지 못했다.

하지만 나는 분명한 답변을 갖고 있었다.

"난 너한테 사실을 말해줄 의무가 있으니까…… 사과해야 할 의무가 있으니까."

다시 침묵.

버크는 속에서 끓어오르는 감정을 참느라 애쓰고 있었다. 상처 입은 버크의 가슴속을 생각하니 나도 가슴이 아파왔다.

난 나쁜 애야. 정말 나쁜 애야. 제발, 내가 지금 옳은 일을 하고 있는 게 맞기를.

문밖에서 목소리가 들려왔다. 버크 부모님이 M&M과 뭔가 얘기하고 있었다. 다들 지금 방에서 무슨 일이 일어나는지 궁금해하고 있을 거다.

그때 버크가 침대 위 석고판을 주먹으로 내리쳤다. 석고판이 깨져 산산조각 났다.

버크가 내 쪽으로 뒤돌아섰다.

"넌 사실을 말하고, 사과했어. 이제 됐으니까, 나가줘."

도깨비같이 무시무시하고 단조로운 목소리였다.

한참 동안, 나는 버크를 바라보았다.

내가 예전에 알고 사랑했던 버크는 이제 어디에도 존재하지 않는다. 상처 입은 버크, 화난 버크의 모습은 그리 오래가지 않을 거다. 새로 태어난 버크는 금세 새로운 삶 속으로 씩씩하게 돌격해나갈 거다. 그때쯤 되면 나를 용서해주고 다시 내 친구로 돌아올 수도 있지 않을까.

누군가 문을 두드렸다.

"버크? 제이미? 제발 문 좀 열어."

버크 아빠가 외쳤다.

나는 너무 반가워 문을 활짝 열어젖혔다.

버크네 온 식구들이 문밖에서 기다리고 있었다.

내가 방을 빠져나오자, 버크 아빠가 그새 상황을 파악한 듯 고개를 끄덕여 보였다. 그러고는 손을 들어올려 M&M과 버크 엄마가 방 안으로 들어서지 못하게 했다.

"내가 들어가볼게."

버크 아빠가 방 안으로 성큼성큼 걸어 들어가 문을 닫았다.

나는 버크 엄마, M&M과 마주했다. 내가 할 수 있는 말이라곤 "죄송해요"밖에 없었다.

하지만 버크 엄마는 그저 한숨을 쉬고 내 뺨을 어루만지고 고개를 끄덕일 뿐이었다.

"괜찮아."

또다시 토닥여주었다.

"다 지나갈 거야."

내 눈에 눈물이 고였다.

모나가 측은한 표정으로 고개를 저었다.

마를린이 불쑥 다가와 나를 껴안았다. 숨쉬기 힘들 정도로 꽉.

"잘 가! 알았지?"

순간 그동안 참았던 눈물이 펑펑 쏟아지기 시작했다. 내 평생 그 어느 때보다도 내가 더 바보천치처럼 느껴졌다.

마를린이 뒤로 물러서더니 소맷부리로 내 얼굴을 닦아주었다.

"저…… 갈게요."

나는 코를 훌쩍거리며 간신히 말을 이었다.

모나가 고개를 살짝 끄덕여 보였다.

버크의 식구들을 마지막으로 한 번 쳐다본 뒤, 나는 계단을 내려와 집 밖으로 나왔다.

★

내가 프레디의 차에 올라타, 여전히 바보처럼 흐느끼며 안전벨트를 매는 동안, 프레디와 노노는 아무 말도 하지 않았다.

프레디가 먼저 입을 뗐다.

"여기서 빨리 빠져나가는 게 좋겠어. 버크가 내 차를 보면, 배신자라며 날 욕할지도 모르니까."

동네를 빠져나와 집으로 향하는데, 노노가 뒷좌석으로 넘어와서는 내 무릎에 손을 올려놓았다.

"끔찍했지?"

나는 고개를 끄덕였다.

노노가 내 무릎을 토닥여주었다.

프레디가 말했다.

"좋아, 우린 결정했어. 크리스마스이브엔 너랑 함께, 크리스마스엔 버크랑 함께 지내기로 말이야. 그럼 되겠지?"

"그래."

나는 다시 흐느꼈다.

"오래가지 않을 거야."

노노가 말했다.

생각보다 훨씬 희망적으로 들렸다.

"조만간, 모두 다 괜찮아질 거야."

얼마 뒤, 노노가 걱정스러운 듯 덧붙였다.

"괜찮지?"

제목 미정

제이미 D. 카카테라

이제 다시 시작하자.

안녕.

나는 제이미 카카테라다. 작가이자 배우이며, 이제 곧 열여덟 살이 된다.

나는 꽤 괜찮은 학생이고 대학에 가려고 준비 중이다. 수학 점수가 형편없고, ACT 작문이 약간 불안하고, 생물학 점수도 별로이긴 하지만 말이다.

나는 프레디와 노노의 친구다. 히스의 여자친구이고, 누군가의 딸이다. 또한 나는 활동가다. 내 대의명분을 찾았는지는 아직 확신이 서지 않지만, 어쨌든 열심히 활동하고 있다.

나는 돈이 많지 않다. 하지만 엄청나게 많은 계획과 엄청나게 많은 꿈을 갖고 있다. 그 꿈 중 하나는 버크 웨스틴이 언젠가 나를 용서해주는 거다. 그래서 친구가 되는 거다. 프레디와 노노가 우리 사이를 왔다 갔다 하지 않아도 되는 거다.

아, 그래. 또 하나 있다.

나는 어쩌다 보니 뚱뚱하다.

나는 뚱뚱해서 꽤 힘들다. 하지만 그게 인생의 전부는 아니다. 누구든 나를 더 이상 그런 식으로 규정하는 것을 나는 거부한다. 특히 나 자신이.

나는 뭔가 새로운 것을 시도하려고 한다. 나는 전국 언론상 관계자들로부터 퇴짜를 맞았다. 홀쭉한 세상에서 뚱뚱하게 살아가는 것에 대한 내 선언이 대중의 이익에 부합되지 않는다는 이유에서다. '전체 인구 중 일부분'에 불과한 소수 사람들만의 관심사라는 이유에서다. 그곳 관계자들에게 전화를 걸어 이야기를 나누었을 때, 그들은 내 칼럼이 '오늘날 10대들의 불건전한 행동을 지지하고 자극'할 것을 걱정했다.

하지만 그건 말도 안 되는 소리다. 차별적이며 잘못된 거다.

그들은 좀 흥분한 것 같다. 왜냐하면 몇몇 풍보 기자들이 그들에게 공공연하게 압력을 행사했기 때문이다. 하지만 내가 보기에, 그들은 문제의 본질을 분명히 파악할 필요가 있다.

우리 엄마는 아빠 회사의 직원 지원 프로그램을 통해 변호사의 도움을 받기로 했다. 그리고 언론상 관계자들은 내 이야기를 들어 보기로 결정했다. 아빠와 나는 크리스마스 며칠 전에 뉴욕 시로 날아갈 거다. 그런다고 크게 달라질 건 없을 것 같다. 심사에서 떨어질 것에 대비해 나는 2년제 단기대학, 근로장학금, 학자금 대출 등 다른 방법을 찾아보고 있는 중이다.

하지만 결과에 상관없이, 나는 끝까지 최선을 다할 거다. 언론상 관계자들이 잘못을 저질렀다는 걸 밝히고, 그런 잘못이 그대로 유지되는 걸 막을 거다.

뚱뚱한 사람에게 여행하는 것, 특히 비행기를 타고 여행하는 것은 악몽과도 같다. 나는 평생 딱 한 번 비행기를 타봤다. 일단 공항 통로가 너무 길다. 몇 킬로미터쯤 돼 보이는 통로를 다 걸으려면 무릎도 아프고 땀도 뻘뻘 흘려야 한다. 또 좌석은 어찌나 비좁은지, 다리를 뻗을 공간조차 없다. 게다가 확장형 안전벨트를 사용해야 한다. 스튜어디스는 보통 아주 공개적으로 이 벨트를 건넨다. 여행 내내 정말 비참한 기분이다.

그렇게 해서 뉴욕에 도착하면, 수없이 걸어 다니며 사람들을 만나고 감동을 주어야 한다. 내 옷은 정말 볼품없다. 나는 멋져 보이는 옷을 입어본 적이 없다. 나도 알고 있다. 대부분의 여자들이 그렇다는 걸. 하지만 나는 뚱뚱해서 더 비참하다.

모든 사소한 일들이 죄다 걱정거리다. 그걸 생각하면 좀 겁이 난

다. 그게 뚱뚱하게 산다는 것의 속 깊은 진실이다. 싸움을 시작도 하기 전에 지쳐버리고 마는 거다.

하지만 나는 해낼 수 있다. 꼭 해내고 말 거다.

이상이다.

읽어줘서 고맙다.

20장
뉴욕행 비행기

히스의 입술은 처음 키스했을 때처럼 여전히 달콤했다. 히스가 나를 꼭 안아주자, 나도 힘껏 히스를 안아주었다. 히스의 몸이 내 피부에 닿는 느낌이 정말 좋았다. 히스의 손길도. 단단한 듯, 부드럽고 따뜻한.

"흐흠."

아빠가 헛기침을 했다.

엄마가 아빠 어깨를 철썩 때리는 게 흘끗 보였다.

노노가 팔꿈치로 쿡 찌르자, 프레디가 말했다.

"서둘러. 이제 차례가 다 됐어."

내 주변의 공간이 서서히 초점 안으로 들어왔다. 공항 매점, 반짝반짝 빛나는 타일 바닥, 길게 늘어선 줄, 내 뒤에 짜증스러운 표정으로 서 있는 사람들까지.

아빠가 우리 가족의 신분증과 티켓을 보안요원에게 내밀었다. 소지품들은 이미 엑스레이 검사대의 바구니에 넣은 상태였다.

히스의 푸른 눈이 나를 위로해주었다. 나를 기운 돋게 해주었다. 진정시켜주었다.

히스와 나는 '뚱녀를 사랑하는 배짱'에 대해 얘기했었다. 난 모르겠다. 히스에게 우리 커플의 포옹을 아니꼽게 바라보는 눈길을 견뎌내게 하는 무언가가 있는지. 히스는 아주 솔직했다. 자기도 잘 모르겠다고. 하지만 우리 모두 똑같은 생각을 했다. 위험을 감수할 가치가 충분히 있다는. 그리고 난 더 이상 걱정하지 않기로 했다.

"이제 헤어질 각오가 된 것 같아."

히스가 나를 놓아주며 말했다.

나는 히스에게 웃어 보였다. 히스는 언제나 나를 미소 짓게 만드니까.

"난 언론상 심사위원들에게 알려줄 준비가 됐어. 진짜로 공공의 복지를 향상시키는 게 뭔지 말이야."

프레디가 내 기내 수화물 백팩을 쿡쿡 찔렀다.

"포트폴리오 전부 챙겼지?"

프레디가 다시 백팩을 쿡 찔렀다.

"당근이지, 프레디."

노노도 백팩을 툭 쳤다.

"서명 받은 탄원서도 챙겼지?"

"걱정 붙들어매, 노노."

그동안 우리는 탄원서에 서명을 받느라 여기저기 정신없이 누비며 돌아다녔다. 덕분에 가우드 고등학교의 학생과 부모 대부분으로부터, 그리고 우리 지역의 많은 사람들로부터 서명을 받아낼 수 있었다.

탄원서는 언론상 심사위원회의 결정에 대해 공식적으로 항의를 표했다. 팻걸 선언이 우리 사회에 일깨워준 것들을 지적하고, 수많은 사람들이 자신들의 권리를 찾기 위해 투쟁하고 있음을 분명히 밝혔다. 전체 인구의 일부분에 불과하다며 폄하하는 걸 싫어하는 사람들 말이다.

많은 사람들이 서명 옆에 자신의 몸무게를 기록해주었다.

무엇보다, 나는 지금 의상실에서 만든 푸른색 정장을 입고 있다. 버크 엄마가 주문해준 거다. 버크 엄마는 오늘 아침 학교에서 있었던 환송회에 이 옷과 함께 다른 옷 두 벌을 더 가지고 들렀다.

버크 엄마는 말했다.

"버크가 수술하기 전에 네 칼럼에 더 관심을 가졌어야 했는데, 미안하구나. 아줌마가 잘 아는 의상실에 부탁해서 특별히 만든 거니까, 이 옷 입고 힘내서 꼭 승리해야 한다. 알겠지?"

버크는 오지 않았다. 버크는 잘 적응하고 있다. 버크 엄마 말에 따르면 그렇다는 말이다.

아빠와 함께 보안검사대로 가서 엑스레이 검사를 기다리다가, 뒤를 흘끔 돌아보았다. 로프를 쳐놓은 보안지대 바로 밖에서, 친구들이 치어리더처럼 미친 듯이 손을 흔들어주었다.

나도 손을 흔들어 답해주었다.

평생 처음, 피곤하거나 두려움을 느끼지 않았다. 싸움을 시작하기도 전에 패배한 것 같은 느낌을 받지 않았다.

어쩌면 내가 나 자신에 대해 솔직해졌기 때문일지도.

좋은 친구들이 있어서일지도.

히스 때문일지도.

또는 내 선택에 대해 더 잘 알게 되었기 때문일지도.

잘 모르겠다. 여전히 난 아는 것보다 모르는 게 많다.

하지만 아무렴 어때?

내 선택을 믿고 끝까지 가보는 거다.

난 팻걸이니까.

세상의 편견에 맞서는 당당한 외침!

세상의 모든 것을 두 부류로 나누길 좋아하는 사람은 이렇게도 세상을 나눈다.

선택할 수 있는 것과 선택할 수 없는 것.

선택이 오롯이 나만의 몫이라고들 하지만, 사실 세상에는 선택할 수 없는 것이 상당히 많다는 것쯤은 우리 모두 잘 알고 있다. 어느 나라에서 태어났는가? 어떤 부모 밑에서? 성별은? 인종은? 기타 등등의 것들을 우리는 선택할 수가 없다. 그런데 아이러니하게도 이런 선택할 수 없는 것들 때문에 우리는 살아가면서 차별을 받고 소외계층으로 전락하기도 한다. 내 의지가 닿지 않는, 어쩌지 못하는 부분 때문에…….

생뚱맞긴 하지만 〈세계 인권 선언문〉을 살짝 들여다보면 제2조에 이런 말이 나온다.

"모든 사람은 인종, 피부색, 성, 언어, 종교 등 어떤 이유로도 차별받지 않으며, 이 선언에 나와 있는 모든 권리와 자유를 누릴 자격이 있다."

자, 그렇다면 비만은? 글쎄, 선뜻 인정하기 힘들 수도 있겠다. 그렇다면 이렇게 한번 생각해보자. 세상에 비만을 선택하는 사람이 있나? 내가 어떤 체형의, 어떤 신체 사이즈를 갖고 이 세상을 살아갈지 우리가 선택할 수 있나?(인위적인 수술은 차치하자. 태어날 때 선택할 수 없어 몸에 칼을 대는 것이니까.)

내가 선택하지 않은 비만에 대한 사회적 편견은 실로 대단하다. 게으르고 더러울 것이다, 냄새가 고약할 것이다, 엄청 먹어댈 것이다 등등.

이 모든 사회적 편견을 제이미는 잘 알고 있다. 그래서 남의 눈이 있는 곳에서는 잘 먹지도 않고, 남보다 두 배로 바쁘게, 열심히 살려고 한다. 제이미의 육중한 몸은 집안 내림이다. 제이미는 비만을 선택하지 않았다. 키가 큰 사람이 있으면 작은 사람이 있고, 손이 큰 사람이 있으면 작은 사람이 있고, 말라깽이가 있으면 뚱보도 있는 법이지. 이렇게 생각하며 살고 싶었지만 세상은 뚱뚱한 자신의 몸을 그렇게 바라봐주지 않았다.

비만에 대한 편견은 문학 작품 속에서도 흔하다. 비만을 대부분 심리적 장애 내지는 욕구 불만의 결정체로 바라보고 있다. 어머니가 돌아가시고 난 후 애정 결핍 내지 욕구 불만으로 음식을 마구 먹어 뚱보가 되기도 하고, 애인으로부터 버림받고 다이어트를 포기해

다시 살이 찌기도 한다.

여기, 비만에 대한 우리 안의 굳건한 편견과 맞서는 한 여고생의 분투기가 있다.

이 책을 우리말로 옮기며 처음엔 제이미의 거친 말투에 적응하기 힘들었다. 작가가 작품 주인공에게 애정을 가져야 하듯 번역가도 자신이 옮기는 작품 속 캐릭터를 속속들이 알고 좋아해야 하는데, 거친 말투와 지나치게 공격적인 태도 때문인지 쉽게 주인공에게 애정을 느낄 수 없었다. 요즘 10대들의 말 중 절반은 욕이라고 한다. 심지어 조사만 빼고 나머지는 다 욕이라고 폄하하는 사람도 있다. 제이미는 그런 10대 중 하나다. 자신이 내뱉는 거친 말처럼 그렇게 거칠지도 않고, 누구보다 쉽게 상처 입는 평범한 아이다. 제이미의 거친 말, 지나치리만큼 솔직함은 자신의 상처를 덮는 방법이었을지도 모른다. 스스로의 약점을 받아들이고 솔직하고 당당하게 살고 싶었던 욕망…….

그걸 알고 난 다음부터 제이미에 대한 애정이 서서히 일기 시작했다. 단짝이자 연인인 버크가 비만에 대한 지독한 편견을 이겨내지 못하고 체중 조절 수술을 한다고 하니, 제이미는 아마 한쪽 어깨가 떨어져 나가는 것처럼 몹시 서운했을 것이다.

자, 개봉박두! 비만에 대한 세상의 편견에 맞서는 제이미의 분투기를 들여다볼 마음의 준비가 되었다면 얼른 책장을 넘기시길!(으이쿠, 나도 어느새 제이미의 말투에 풍덩 빠져버렸다! ^^)